Un mundo nuevo

Un mundo nuevo

Anna Carey

Traducción de
Margarita Cavándoli Menéndez

Rocaeditorial

Título original: *Rise*

© 2013 by Alloy Entertainment and Anna Carey

Esta traducción se publica por acuerdo con un sello de
Random House Children's Books, Random House Inc.

Published by arrangement with Rights People, London

Primera edición: enero de 2014

© de la traducción: Margarita Cavándoli Menéndez
© de esta edición: Roca Editorial de Libros, S.L.
Av. Marquès de l'Argentera 17, pral.
08003 Barcelona
info@rocaeditorial.com
www.rocaeditorial.com

Impreso por EGEDSA
Roís de Corella 12-16, nave 1
Sabadell (Barcelona)

ISBN: 978-84-9918-714-3
Depósito legal: B. 26.253-2013
Código IBIC: YFCB

Para los lectores…
por seguirme hasta aquí

Uno

Charles me sujetaba firmemente por la espalda mientras bailábamos, girando una y otra vez por el invernadero. Los invitados no cesaban de observarnos. Yo miraba la estancia por encima del hombro de mi marido, intentando pasar por alto su entrecortada respiración. El coro se había situado al fondo del salón, de techo abovedado, y entonaba las primeras canciones navideñas del año.

«Feliz, feliz, feliz, feliz Navidad —cantaron a la vez—. Feliz, feliz, feliz, feliz…»

—Te pido que, como mínimo, sonrías —me susurró Charles al oído, mientras dábamos otra vuelta por el salón de baile—. ¿Me harás ese favor?

—Lo lamento; no sabía que mi desdicha te afectara. —Alcé la barbilla y, abriendo mucho los ojos, le sonreí—. ¿Así está mejor?

Amelda Wentworth, una mujer entrada en años y de cara redonda y pálida, nos miró con desconcierto cuando pasamos por delante de su mesa.

—Sabes muy bien que no me refiero a eso —aseguró Charles. Habíamos girado tan rápidamente que Amelda ni se enteró—. Sucede que…, sucede que la gente intuye algo raro y hace comentarios.

—Me da lo mismo —le espeté, aunque a decir verdad estaba demasiado cansada para discutir.

Casi todas las noches despertaba antes del amanecer. Extrañas sombras se reunían y me rodeaban; en esos momentos llamaba a Caleb sin recordar que ya no existía.

La canción continuó monótonamente. Charles volvió a hacerme girar por el salón de baile.

—Sabes perfectamente de qué hablo —precisó—. Al menos podrías intentarlo.

«Intentarlo...» Siempre decía lo mismo: que intentase crearme una vida en la ciudad, que intentara superar la muerte de Caleb... ¿Por qué no trataba de salir todos los días de la torre y pasaba varias horas al sol? ¿No podía dejar atrás cuanto me había pasado, no «podíamos» olvidarlo?

—Si pretendes que sonría, probablemente no deberíamos mantener esta conversación..., y mucho menos aquí.

Danzamos hacia las mesas más alejadas, cubiertas con manteles de color rojo sangre sobre los cuales había coronas navideñas como centros florales. En los últimos días, la ciudad se había transformado: habían colocado luces de colores alrededor de los postes de las farolas y de los árboles de la calle principal y, en el exterior del Palace, habían montado abetos de plástico, aunque las delgadas ramas estaban peladas en algunas zonas. Mirara hacia donde mirase me topaba con un ridículo muñeco de nieve o con un llamativo lazo provisto de adornos dorados. La nueva asistenta me había vestido con un traje de terciopelo rojo, como si yo formase parte de la decoración.

Habían pasado dos días desde la festividad de Acción de Gracias, celebración de la que había oído hablar, aunque hasta entonces jamás la había vivido. El monarca ocupaba su sitio habitual en la larga mesa y se había referido a lo agradecido que estaba a su reciente yerno, Charles Harris, jefe del departamento de Desarrollo Urbano de la Ciudad de Arena. También había agradecido el apoyo constante de los ciudadanos de la Nueva América. Aquel día sostuvo la copa en el aire y, clavando su apenada mirada en la mía, reiteró que se congratulaba por nuestro reencuentro. No le creí, sobre todo por cuanto había acontecido. Él siempre estaba vigilante, atento a que yo manifestase la más mínima señal de deslealtad.

—No comprendo por qué has seguido este camino —musitó Charles—. ¿Qué sentido tiene?

—¿Acaso tengo otra opción? —pregunté, e hice un amago de poner fin a la conversación.

En ocasiones me preguntaba si Charles sumaría dos más

dos, si se percataría de los encuentros regulares que yo mantenía con Reginald, que se sentaba a la mesa de mi padre y trabajaba como jefe de Prensa, aunque en realidad era Moss, el cabecilla del movimiento rebelde. Me había negado a compartir el lecho con mi marido, y todas las noches esperaba a que se retirase a la sala de la suite. Solo le cogía la mano en público y, en cuanto nos quedábamos a solas, me encargaba de que entre nosotros existiese la mayor distancia posible. ¿Acaso no se daba cuenta de que estos últimos meses, e incluso su matrimonio, servían para un propósito totalmente distinto?

La canción terminó y la música dio paso a aplausos dispersos. El personal del Palace recorrió las mesas portando bandejas que contenían porciones de pastel rojo escarchado y café humeante. Charles retuvo mi mano al conducirme de regreso a la larga mesa de banquetes presidida por el rey. Este iba vestido para la ocasión y, como llevaba abierta la chaqueta del esmoquin, se le veía el fajín carmesí; en la solapa lucía una rosa que tenía marchitos los bordes de los pétalos. Moss se sentaba dos lugares más allá y mostraba una expresión extraña. Se puso en pie y me saludó.

—Princesa Genevieve, ¿me concede este baile? —preguntó tendiéndome la mano.

—Me temo que pretende arrancarme otra declaración —ironicé, y le dediqué una tensa sonrisa—. Vamos, aunque espero que esta vez no me pise los pies.

Apoyé mi mano en la suya, y nos encaminamos hacia el salón de baile.

Moss esperó a que estuviéramos en el centro de la estancia, a dos metros de la pareja de baile más cercana, y, finalmente, tomó la palabra:

—Lo hace cada vez mejor —comentó soltando una risilla—. No podía ser de otra manera, ya que ha aprendido del maestro.

Me pareció que estaba distinto, casi irreconocible. Tardé unos segundos en averiguar lo que pasaba: sonreía.

—Es verdad —murmuré, y escruté el interior del puño de su camisa, sujeto con un gemelo. Casi esperaba ver la bolsita de veneno junto a la muñeca. Lo había llamado «ricina». Hacía meses que Moss esperaba esa sustancia, traída por un re-

11

belde que se encontraba en Afueras—. ¿Has visto a tu contacto? —le pregunté tuteándolo.

Moss miró hacia la mesa donde se hallaba el monarca: mi tía Rose hablaba animadamente con el jefe de Finanzas, gesticulando, al tiempo que mi padre ponía cara de circunstancias.

—Ha resultado mejor de lo que cabía esperar —respondió—. Han liberado el primer campamento. La revuelta ha comenzado. Esta misma tarde he recibido noticias de la ruta.

Esa era la novedad que llevábamos meses esperando: una vez liberados los chicos de los campamentos de trabajo, los rebeldes de la ruta los incorporarían a la lucha. Se especulaba que, en el este, se estaba formando un ejército compuesto por disidentes que procedían de las colonias. Sin duda, solo faltaban unas semanas para que asediasen la ciudad.

—Entonces hay buenas noticias, aunque no hayas sabido nada de tu contacto.

—Me lo han prometido para mañana. Tendré que encontrar la manera de hacértelo llegar.

—Así pues, el plan está en marcha.

A pesar de que había accedido a envenenar a mi progenitor, ya que yo era la única persona que tenía acceso libre a él, me resultaba muy arduo asimilar lo que significaba llevarlo a cabo. Él era responsable de demasiadas muertes, incluida la de Caleb, y por ello, tendría que haber sido una decisión fácil de tomar y desearla, todavía más. Pero, a medida que se acercaba el momento, experimentaba una sensación de vacío en el estómago. Al fin y al cabo, era mi padre, sangre de mi sangre, la única persona que, aparte de mí, había amado a mi madre. ¿Había algo de cierto en lo que me había dicho tras la muerte de Caleb?, ¿existía alguna posibilidad de que me quisiera?

Trazamos un lento recorrido alrededor del salón de baile, intentando desplazarnos con ligereza. Demoré unos instantes la mirada en el rey, que celebraba con risas un comentario de Charles.

—Dentro de unos días todo habrá terminado —murmuró Moss, cuya voz apenas era audible a causa de la música.

Supe perfectamente a qué se refería: a los combates junto a las murallas de la ciudad, a las rebeliones en Afueras, a más muertes… Todavía se me representaba la nubecilla de humo que se formó cuando dispararon a Caleb, todavía notaba el hedor a sangre en el suelo de cemento del hangar. Nos habían encontrado segundos antes de escapar de la Ciudad de Arena, justo cuando descendíamos hacia los túneles excavados por los rebeldes.

Moss me contó que, después de dispararle, pusieron a Caleb bajo custodia. El médico de la cárcel consignó que la muerte se había producido a las once y media de la fatídica mañana. Y yo me dediqué a mirar el reloj a esa hora, a la espera de que las manecillas se parasen, pero el segundero siguió girando lentamente en círculo. Caleb había dejado un hueco demasiado grande en mi vida; la enorme sensación de vacío parecía imposible de llenar. A lo largo de las últimas semanas estaba presente en el curso cambiante de mis pensamientos y en las noches que ahora pasaba a solas, palpando la frialdad de las sábanas junto a mí en la cama.

«Aquí solía estar —evocaba—. ¿Cómo podré vivir con tanto espacio vacío?»

—Los soldados impedirán la toma de la ciudad —opiné luchando por reprimir un repentino ataque de llanto. Mi padre había apartado la silla de la mesa, se había puesto en pie y se disponía a atravesar el salón de baile—. Da igual que esté vivo o muerto.

Moss hizo un ligero gesto para indicarme que alguien podía oírnos. Quise cerciorarme: a poca distancia, Clara bailaba con el responsable de Finanzas.

—Tiene toda la razón; en esta época del año, el Palace cobra vida —comentó Moss en voz alta—. Buena observación, princesa.

Se apartó de mí en cuanto la música tocó a su fin, me soltó la mano e hizo una ligera reverencia.

Mientras recorríamos la pista, varios invitados aplaudieron. Tardé unos segundos en localizar a mi padre; se encontraba junto a la salida trasera y, con la cabeza un poco agachada, hablaba con un soldado.

Moss me seguía y, después de dar varios pasos, la cara del soldado se hizo visible. Aunque hacía más de un mes que no lo veía, continuaba estando muy demacrado y llevaba el pelo cortísimo; el sol le había proporcionado un moreno de color

13

rojizo intenso. El teniente Stark me miró con intensidad cuando me senté a la mesa. A pesar de que bajó la voz, antes de que empezase la canción siguiente, le oí decir algo acerca de los campamentos de trabajo: había venido a comunicar la noticia de la rebelión.

El monarca había agachado la cabeza de tal modo que la oreja le quedaba a la altura de la boca del teniente. No me atrevía a mirar a Moss, de modo que mantuve la vista fija en la pared forrada de espejos que tenía frente a mí. Desde mi posición veía a mi padre, a quien nunca hasta entonces le había apreciado semejante nerviosismo: apoyaba el mentón en una mano y había empalidecido mucho.

Sonaron los acordes de otra canción, y las voces del coro se propagaron por el invernadero.

—Por la princesa —brindó Charles, y alzó una fina copa de sidra.

Entrechoqué mi copa con la suya, pensando únicamente en las palabras de Moss.

En menos de una semana mi padre estaría muerto.

14

Dos

Al principio no supe muy bien qué oía, pues el sonido formaba parte del brumoso espacio de los sueños. Me cubrí con la ropa de cama, pero el sonido persistió. Poco a poco centré mi atención en la habitación: una tenue luz que llegaba del exterior iluminaba el armario y las sillas. Como siempre, Charles dormía en la *chaise longue* colocada en el rincón, sobresaliéndole los pies varios centímetros fuera del almohadón. Cada vez que lo veía en esa posición, encogido y con la expresión suavizada por el sueño, la culpabilidad se apoderaba de mí. Entonces recordaba quién era ese hombre, por qué estábamos allí y que, para mí, él no significaba nada.

Me incorporé en la cama y agucé el oído. Dada la distancia a la que estábamos de la calle, el esporádico chirrido de los frenos nos llegaba débilmente, pero era inconfundible. Lo conocía de cuando nos dirigíamos al oeste, hacia Califia, y también de cuando recorrimos el largo trayecto hasta la Ciudad de Arena. Me acerqué a la ventana y miré hacia la calle principal, por la que una hilera de todoterrenos oficiales recorría la ciudad, con los faros encendidos en plena oscuridad.

—¿Qué pasa? —quiso saber Charles.

Desde veinte pisos de altura, me costó discernir las difusas figuras que se apiñaban en la parte trasera de los vehículos.

—Parece que se están llevando gente de la ciudad —respondí sin dejar de observar los coches que se desplazaban hacia el sur.

La fila de todoterrenos se extendía hasta donde alcanzaba la vista.

Charles se frotó los ojos para despejarse y murmuró:

—Supuse que no lo harían.

—¿A qué te refieres? ¿Adónde los llevan?

Se situó a mi lado, junto a la ventana, pero nuestras imágenes apenas se reflejaron en el cristal.

—Vienen; no se van —reconoció al fin, y señaló el hospital abandonado que se alzaba en Afueras—. Son las chicas.

—¿Qué chicas?

Me fijé de nuevo en los vehículos, que, en un momento dado, frenaron y volvieron a arrancar. Un grupo de soldados estaba en medio de la calzada y daba instrucciones. Conté, como mínimo, doce coches; era el mayor número de ellos que había visto en un mismo sitio.

—Las chicas de los colegios —puntualizó él, y posó su mano en mi espalda, como si ese ademán fuera suficiente para tranquilizarme—. Hoy he oído a tu padre hablar de esta cuestión. Se dice que es una medida preventiva después de todo lo ocurrido en los campamentos.

Después de la cena, el monarca se había encerrado en el despacho con sus asesores. Estaba segura, porque era evidente, de que intentaban elaborar una estrategia de defensa, pero no me imaginaba que llegarían al extremo de evacuar los colegios. Sin tiempo para asimilar lo que acontecía, las lágrimas se me agolparon en los ojos y la visión se me tornó difusa. Por imposible que pareciese, por fin se hallaban en la ciudad: Ruby, Arden y Pip se hallaban aquí.

—¿Están todas las chicas? ¿Cuántas han venido en total?

Me desplacé deprisa por la estancia y saqué un jersey y un pantalón pitillo del armario. Me los puse por debajo del camisón, sin perder un segundo en cambiarme en el cuarto de baño, actitud que habría adoptado en condiciones normales. Me situé de espaldas a Charles cuando me cambié el camisón por el jersey de color beis claro.

Cuando me volví, advertí que tenía la vista clavada en mí y las mejillas arreboladas.

—Por lo que sé, todas están aquí. Creo que el traslado terminará al amanecer. No quieren hacerlo público.

—Ocultarlo será imposible.

Miré hacia el edificio situado enfrente: en los apartamentos se habían encendido varias luces y, tras las cortinas, vislumbré siluetas que miraban hacia la calle.

Charles no dijo nada más mientras me calzaba las bailarinas de color negro brillante que había cogido del suelo del armario. Alina, mi nueva asistenta, casi nunca me permitía llevarlas en público e insistía en que luciese los tacones que me apretaban los pies y me causaban la sensación de que estaba a punto de caerme de bruces.

—No puedes salir…, el toque de queda está en vigor —comentó mi marido cuando dedujo mis intenciones—. Los soldados no te lo permitirán.

Retiré de una percha la chaqueta de un traje suyo y, a continuación, los pantalones colgados debajo.

—Claro que me dejarán salir… si vas conmigo —contesté, y le lancé las prendas.

Él se sujetó la ropa apelotonada sobre el torso y, lentamente, sin pronunciar palabra, entró en el baño para cambiarse.

Tardamos casi una hora en llegar al hospital que se hallaba en Afueras. Los vehículos seguían agrupados en la calle principal, de modo que un soldado nos escoltó a pie. Caminé cabizbaja, mirando la arenosa calzada. La última vez que había estado en esa zona iba al encuentro de Caleb: la serena noche me rodeaba, y la posibilidad de una existencia compartida lejos de las murallas, la posibilidad de un «nosotros», había dado alas a mis pies. En este momento, el impreciso perfil del aeropuerto apareció a lo lejos. Traté de divisar el hangar en el que habíamos compartido aquella noche, y donde las delgadas mantas de la aerolínea apenas nos habían protegido del frío. Caleb había acercado mi mano a sus labios y me había besado cada dedo antes de que el sueño nos venciera…

Me dominó una sensación de malestar y desasosiego. Con la esperanza de que se me pasase, inhalé el frío aire. Cuando nos adentramos en Afueras, mis pensamientos saltaron de Caleb a Pip. Hacía varios meses que había hablado con mis amigas durante una visita «oficial» que había logrado negociar con mi padre. Había regresado a nuestro colegio a visitar

17

a las alumnas y accedido a pronunciar un discurso ante las más pequeñas. Posteriormente, Pip y yo nos habíamos sentado un poco apartadas en el jardín del edificio de ladrillos sin ventanas, y mi amiga se había dedicado a deslizar los dedos en círculo por la mesa de piedra hasta que se le enrojecieron. Estaba muy pero que muy enfadada conmigo. Habían pasado más de dos meses desde que yo entregara a Arden la llave de la salida lateral del colegio, la misma que la profesora Florence me había dado a mí, pero no me había enterado de que se hubiese producido un intento de fuga. ¿Acaso Arden aún la tenía escondida entre sus pertenencias, o es que alguien la había descubierto?

Al aproximarnos al hospital, resonaba el petardeo de numerosos motores. Una sucesión de todoterrenos se hallaban pegados a una pared lateral del edificio de piedra; sus faros encendidos supusieron un agradable alivio en medio de la oscuridad. Un poco más adelante, tres mujeres soldados permanecían de pie junto a las puertas de cristal, la mitad de las cuales estaban tapiadas con madera contrachapada. El hospital había dejado de utilizarse incluso antes de la epidemia; los arbustos que lo rodeaban estaban resecos y sin hojas, y la arena se acumulaba en el límite entre la pared y el suelo. Dos de las soldados discutían con una mujer mayor que vestía camisa blanca impecable y pantalón negro, el uniforme de los trabajadores del centro de la ciudad. Una de ellas, en quien resaltaba una mancha de nacimiento roja y ovalada, le dijo:

—No podemos ayudarte.

Otra soldado, de cejas finas y nariz pequeña y picuda, que rondaba los treinta y cinco años, ordenó a la persona con la que hablaba por radio que se esperase.

Aunque la trabajadora estaba de espaldas, reconocí la delgada sortija de oro que lucía en un dedo, el anillo con una sencilla piedra verde en el centro. Eran las mismas manos que habían estrechado las mías el día en que llegué al Palace, las que habían pasado una toallita para limpiarme la piel cubierta de tierra y desenredado con gran cuidado los nudos de mi mojada cabellera.

—¡Beatrice! —la llamé—. ¿Cómo has llegado hasta aquí?

La mujer se giró. A pesar de que solo habían transcurrido dos meses desde que no la veía, parecía envejecida: marcadas arrugas le enmarcaban la boca, como si fuesen unos paréntesis, y las ojeras tenían un tono grisáceo.

—Me alegro de verla —afirmó aproximándose.

—Le falta decir «princesa Genevieve» —puntualizó Charles, y levantó una mano para cortarle el paso.

Lo aparté sin hacerle el más mínimo caso. Cuando la mañana de mis esponsales descubrieron que yo había desaparecido, Beatrice tuvo que confesar que me había ayudado a salir del Palace. El rey la había amenazado, lo mismo que a su hija, que desde que era un bebé residía en uno de los colegios. Como temió por la vida de su hija, la mujer reveló mi lugar de encuentro con Caleb, es decir, el emplazamiento del primero de los tres túneles que los rebeldes habían cavado debajo de la muralla. Mi antigua asistenta fue la causa por la que nos habían encontrado aquella mañana, la causa de que nos hubieran atrapado y hubieran liquidado a Caleb. Desde entonces no había vuelto a verla.

—Oí rumores en el centro —explicó Beatrice con una voz apenas perceptible—. Como vi pasar varios vehículos, los seguí. ¿Son las muchachas de los colegios? —Con mano temblorosa señaló el edificio y las cristaleras tapiadas—. Estoy en lo cierto, ¿no?

La soldado de la mancha de nacimiento dio varios pasos al frente y le advirtió:

—Debes irte, o tendré que detenerte por estar en la calle después del toque de queda.

—Estás en lo cierto, Beatrice —confirmé. Al final la mujer había quedado al margen de toda implicación con los disidentes; la defendí ante mi padre e insistí en que no sabía casi nada de Caleb, salvo que teníamos pensado abandonar juntos la ciudad. La habían trasladado al centro de adopciones, en el que ahora trabajaba, estando al cuidado de algunas de las participantes más jóvenes en la iniciativa de traer hijos al mundo—. También por eso nosotros estamos aquí. —Me encaré con la soldado—. Quería ver a mis amigas del colegio.

La militar movió negativamente la cabeza y dijo:

19

—No podemos permitirlo.

Su tono fue tajante. Pese a los intentos de discreción, tuve la sensación de que la soldadesca al completo estaba enterada de la historia: yo había intentado escapar en compañía de un rebelde, sabía que estaban construyendo un túnel debajo de la muralla y había ocultado la información a mi padre a pesar de los riesgos de seguridad que todo ello entrañaba. Por eso, nadie confiaba en mí.

La soldado señaló a Charles y al soldado que nos había acompañado hasta el hospital, y añadió:

—Menos aun podemos permitirlo con ellos aquí. Deben marcharse.

—No entrarán con nosotras —afirmé.

Una soldado más baja, de dientes mellados, siguió presionando la radio con el pulgar, y las interferencias nos abrumaron. Del otro extremo de la línea llegó el suave murmullo de una voz femenina, que preguntó si estaba preparada para la entrada y la descarga de otro todoterreno.

—Ya sabemos lo de las graduadas —declaré de viva voz, señalando con un gesto a Beatrice—. Las dos conocemos el destino de esas chicas. Tras obtener la autorización de mi padre, he visitado a las muchachas de los colegios. Aquí no se corre ningún riesgo de seguridad.

La soldado de la mancha de nacimiento se frotó la nuca, como si se lo replantease. Me volví hacia Charles para ver si estaba dispuesto a hacerla cambiar de parecer. Por mucho que mi lealtad estuviera en cuestión, su palabra aún tenía peso dentro de los límites de la ciudad.

—Las esperaremos fuera —afirmó él quedamente, y se alejó del edificio.

—Todavía tenemos que entrar a las últimas —añadió la soldado y, apartándose de las puertas de cristal, nos permitió acceder al edificio—. Diez minutos, ni uno más.

En la recepción solo había unas pocas luces encendidas. Como casi todas las bombillas estaban rotas y las que funcionaban parpadeaban intermitentemente, me escocieron los ojos. Beatrice caminaba pegada a mis espaldas. Varias sillas de la sala de espera estaban tumbadas, y la moqueta, delgada y raída, olía a polvo.

—Señoritas, a vuestras habitaciones —ordenó una voz femenina que retumbó en el pasillo.

Una sombra se deslizó por la pared y desapareció.

Alguien había intentado fregar apresuradamente los suelos, pero únicamente había conseguido cambiar de lugar la suciedad, de modo que un sinfín de rayas negras se dibujaban en el enlosado del pasillo. A los lados había diversos aparatos colocados en estanterías metálicas con ruedas, así como maquinaria vieja tapada con hojas de papel. Giré por un pasillo lateral, donde una mujer de cierta edad y enjuto rostro tomaba notas en un portapapeles; vestía una blusa roja y holgados pantalones, el uniforme propio de las profesoras que en el colegio había visto miles de veces. Tardé unos segundos en confirmar que no la conocía; seguramente, procedía de otro centro educativo.

—Busco a las muchachas del colegio once —anuncié.

Durante años había nombrado mi colegio por las coordenadas geográficas y, cuando llegué a la ciudad, me enteré de que todos ellos disponían de su número correspondiente.

Beatrice echó a andar por el otro lado del pasillo, se detuvo ante una puerta abierta y después en la siguiente, sin cesar de buscar a Sarah, su hija. Yo pasé junto a la maestra y me adentré en la sala del hospital muy poco iluminada, que estaba ocupada completamente por catres bajos; las ralas cortinas estaban corridas. La totalidad de las chicas tenían menos de quince años. La mayoría de ellas se habían tumbado sin quitarse el uniforme y tapado las piernas con varias mantas de algodón; ni siquiera se habían descalzado.

—No estoy segura de… —comentó la profesora. Me miró con suma atención, pero no pareció reconocerme. Vestida con jersey y pantalones yo podía pasar por cualquier mujer que viviera en la ciudad—. En esta planta no están, aunque es posible que las hayan distribuido en la de arriba. ¿Puedo preguntarle qué hace usted aquí?

No me tomé la molestia de responderle; seguí mi camino y me interné por otro pasillo que desembocó ante unas puertas de doble hoja cerradas. Las franqueé y, en la primera habitación

21

vi a una chica sentada en una cama muy alta, la más alejada de la ventana, y a otra muchacha encima de un aparato oxidado del que sobresalían varios cables. La chica rubia sostenía entre los dedos un adivinador de papel como los que solíamos hacer en el colegio. Cuando me oyeron, se bajaron de un salto y se cobijaron bajo las mantas.

Caminé deprisa por otro pasillo y me asomé a las habitaciones situadas a uno y otro lado de este. De vez en cuando hallaba a una profesora durmiendo en una de las camas hospitalarias, que olían a humedad, o en un sillón arrinconado. Pero no había alumnas embarazadas. Era consciente de que tenían que haber alojado a las chicas de la iniciativa de traer hijos al mundo al margen de las demás, pero me resultó imposible deducir dónde las habían metido.

Subí corriendo una escalera lateral; en las paredes se reflejaba el tenue resplandor de los faros de los todoterrenos. Subí una planta y pasé por delante de las puertas de las habitaciones: encontré el mismo panorama que en el ala de abajo. Ascendí hasta el pasillo siguiente y lo recorrí sin detenerme mientras me asomaba a cada cuarto. Las muchachas eran tan jóvenes como las anteriores, pero me resultaron desconocidas.

Al llegar al rellano de la sexta planta, reparé en que una soldado montaba guardia junto a la puerta. Como había subido corriendo, agaché la cabeza y el cabello se me pegó a la piel húmeda de sudor.

—¿En qué puedo ayudarla? —preguntó la mujer.

Una cicatriz le atravesaba el labio superior, que le había quedado tirante y blanquecino.

—Tengo que encontrar a las chicas de uno de los colegios —respondí—. Busco a una muchacha llamada Pip...; es pelirroja, de piel blanca y está embarazada aproximadamente de cinco meses.

La mujer soldado se acercó a la barandilla y se asomó por el hueco de la escalera. Luego, volviéndose hacia mí, me preguntó:

—¿Cómo ha dicho que se llama? —Mantuvo la culata del fusil a pocos centímetros de mi pecho para impedirme avanzar—. Pero usted, ¿quién es?

—Soy Genevieve…, la hija del rey, y estuve personalmente en ese colegio.

Me repasó de arriba abajo e inquirió:

—¿Se refiere a la pelirroja del colegio del norte de Nevada?

Asentí al recordar el nombre de la ciudad que había leído en los mapas. Había pasado demasiados años refiriéndome al colegio por sus coordenadas, como si fuera lo único que existiera en ese sitio. Me costó reconocer que se trataba de una ciudad real, donde la gente había vivido antes de la epidemia, un lugar al que alguien consideraba su hogar.

—¿La conoce? —pregunté.

Sin pronunciar palabra, la soldado corrió el cerrojo, traspasó el umbral y dejó espacio suficiente para que yo pasara. En el largo pasillo, en el que estaban apostadas otro par de mujeres soldados, no había más que una luz. Una de ellas dejó de leer el gastado libro en cuya tapa aparecía un dinosaurio, una obra titulada *Parque jurásico*.

—Cabe la posibilidad de que sepa a quién se refiere —admitió la soldado de la cicatriz en el labio—. Venía en el mismo todoterreno que yo. Había alrededor de diez chicas en la parte trasera.

Me volvió a acometer una desagradable sensación de mareo al revisar las habitaciones en las que las muchachas dormían. Casi todas rondaban mi edad, aunque varias de ellas eran un poco mayores; sus hinchados vientres resultaban evidentes bajo la ropa de cama. Me pareció imposible que estuviesen preñadas de más de seis meses, ya que en ese caso las habrían considerado demasiado frágiles para viajar.

Estaban tan cerca que hice un gran esfuerzo por dominar mis fantasías. ¿Cuántas veces había paseado por la ciudad soñando que Arden iba a mi lado, o cuántas veces, mientras merendaba, miraba la silla desocupada que tenía enfrente, planteándome qué significaría que Pip estuviera allí? Por pura costumbre reservaba una parte de mi pastel de chocolate, pues sabía que era el preferido de Ruby. Comprendí entonces lo que debió de suponer llegar a la ciudad después de la epidemia, o ser uno de los habitantes que habían perdido hasta el último amigo o familiar. Los fantasmas de mis amigas me seguían a todas partes, y aparecían y se esfumaban cuando menos los esperaba.

—Está allá atrás —informó la soldado, señalando el catre situado en el otro extremo de la habitación, justo debajo de la ventana. Me quedé inmóvil, escudriñando la cara de las chicas, que parpadearon en pleno sueño: Violet, una muchacha de pelo oscuro que ocupaba el cuarto contiguo al nuestro, descansaba de lado y con la almohada encajada entre las rodillas; y también reconocí a Lydia, que había estudiado arte conmigo. Esta chica había realizado incontables versiones de un dibujo a tinta: una mujer acostada, que se tapaba la nariz con una toalla tratando de detener una hemorragia.

Fue como caminar por un sueño consciente: los rostros me resultaban conocidos, pero las circunstancias habían cambiado. Fui incapaz de asimilarlo; incluso sabiendo lo que sabía…, no lo comprendía. Me acerqué a Pip.

El cabello le había crecido y las ondas le caían libremente por la espalda. Se había acurrucado de cara a la pared y apoyaba una mano en el vientre.

—Pip, despierta —dije sentándome en el catre.

La cogí del codo y se sobresaltó.

—¿Qué pasa? —exclamó. Pese a la falta de luz, le distinguí el rostro, de marcados pómulos y tupidas cejas oscuras que siempre le habían conferido aquel aspecto tan serio. Se trataba de Maxine, la muchacha que había dicho que el rey asistiría a nuestra graduación porque, por casualidad, había oído que lo comentaban las profesoras—. ¿Eve? —se extrañó, y se incorporó—. ¿Qué haces aquí?

—Te he confundido con Pip —repliqué recostándome en el polvoriento catre—. No me he dado cuenta.

Ella se limitó a mirarme. Su piel mostraba un extraño tono amarillento y se le apreciaban escoceduras en la zona de las muñecas donde le habían atado las correas.

—Se marcharon. Pip, Ruby y Arden se marcharon. Nadie las ha visto desde hace más de tres semanas.

Me puse de pie y escruté a las demás chicas, como si mirarlas dos veces pudiese modificar lo que ya era harto evidente. ¿Por qué no me había enterado? ¿Acaso mi padre estaba enterado y me lo había ocultado?

Contemplé unos segundos el algodón que Maxine llevaba sujeto con esparadrapo en las venas del brazo; estaba manchado de sangre seca. Pero no tuve valor para preguntarle qué había pasado en el colegio, ni sobre el viaje que había realizado hasta el hospital, pues ahora no podía fingir que era amiga íntima de esa chica con la que solo había hablado de pasada, a fin de enterarme de los rumores que corrían en el recinto.

Me dispuse a marcharme, pero ella me retuvo cogiéndome firmemente del brazo.

—Lo sabías —afirmó, sobrecogida—. Por eso te fuiste. Las ayudaste a escapar, ¿no?

—Lo lamento —musité, y no pude decir nada más.

La soldado entró en la habitación e intentó deducir qué sucedía. Maxine me soltó y se fijó en el fusil que la mujer aferraba. Sorteé los catres, tapándome la cara con los cabellos para que las chicas que se habían despertado a causa del tono de voz de Maxine no me reconocieran. Respiré de nuevo cuando conseguí salir.

—¿Qué tal su amiga? —preguntó la soldado.

Me temblaban las manos y me repugnó el olor del pasillo: una mezcla de polvo y limpiador de suelos químico.

—Agradezco su ayuda —murmuré sin responder a la pregunta.

La mujer tuvo la intención de decir algo más, pero comencé a bajar la escalera y no me detuve hasta oír el chasquido del cerrojo de la puerta que había dejado atrás.

Mis amigas se habían ido. Aunque era exactamente lo que yo quería, fui consciente de que, una vez superados los muros del colegio, ya no tenía manera de ponerme en contacto con ellas. Sabía que sus mayores probabilidades de salvación estaban en Califia, pero llegar allí les habría llevado más de tres semanas. Desconocía si Pip y Ruby estaban en condiciones de trasladarse, o si Arden estaba preñada e incluso cuándo y cómo se habían marchado. Momentáneamente, deseé regresar junto a Maxine y preguntárselo todo, pero recordé sus palabras: yo había optado por ayudarlas, aunque eso significase abandonar a otras chicas. ¿Con qué derecho podía acudir ahora a su lado y pretender que me ayudase? ¿Quién era yo para pedírselo?

Beatrice se hallaba al pie de la escalera. Aferraba a una cría de pelo corto, de color pajizo y enredado en la nuca, como si acabara de levantarse; su carita estaba sonrosada, pero tenía los ojos hinchados. Beatrice se balanceó sobre los talones, estrechó un poco más a la niña y, durante unos segundos, mi soledad se esfumó.

—¡La he encontrado! —exclamó—. Esta es mi hija Sarah.

Tres

—Aquí tiene las viejas enciclopedias que me pidió —dijo Moss, depositando en mis brazos los volúmenes de tapa dura—. También he traído una novela que pensé que le gustaría. —En total había tres libros, cada uno de los cuales tenía cinco centímetros de grosor—. Son los tomos que faltan en su colección: la uve doble y la jota. Espero que le sirvan para buscar palabras como «jabalí...»

Dio unos golpecillos con un dedo en el primer tomo y me hizo señas para que lo abriera.

Levanté la cubierta con delicadeza y descubrí que habían recortado algunas páginas para formar un hueco poco profundo en el que había un sobrecito que contenía unos polvos blancos.

—¿Serás tan amable de dejarnos un rato a solas, Alina? —pedí a mi asistenta, que se encontraba en un extremo del salón.

Alina, la sirvienta que había reemplazado a Beatrice, recogía la mesa del desayuno, disponiendo las frágiles tazas en una bandeja. Era una mujer baja, de pelo castaño rizado y ojos pequeños y muy separados. Asintió y echó a andar hacia la puerta.

Intuí que se trataba de uno de los últimos encuentros entre Moss y yo, que los esfuerzos estaban a punto de dar fruto y que, lenta y secretamente, el poder pasaba a manos de los rebeldes. De todas maneras, me costó albergar esperanzas, ya que, después de haber visto a Maxine, cierto abatimiento se había apoderado de mí. Estaba preocupada por mis amigas y no

cesaba de pensar en dónde estarían..., y si conseguirían sobrevivir. Ruby y Pip estaban embarazadas de cinco meses, o quizá
más. ¿Por qué Arden no había enviado ninguna noticia a través
de la ruta?

Cuando la puerta quedó firmemente cerrada tras la salida
de Alina, estudié cada libro. En el interior del tomo de la jota,
encontré un mapa plegado y una radio de manivela parecida a
las que utilizaban en la ruta.

—Qué gracioso —opiné, y abrí la voluminosa novela, cuyo
título me resultó desconocido. Contenía un cuchillo, que destelló al recibir la luz—. *Guerra y paz*. Creo que lo he entendido.

Moss sonrió al tiempo que tomaba asiento frente a mí.

—No pude evitarlo —murmuró—. Me pareció muy adecuado. Estoy tratando de conseguirte un arma, pero el asalto
está tan próximo que no es nada fácil obtener suministros. Nadie está dispuesto a desprenderse de las armas de que dispone.

Nunca lo había visto tan contento. Sinceramente, lo envidié. Mi nerviosismo había ido en aumento. Por las mañanas el
agotamiento podía conmigo; me estremecía y me acosaban
unos constantes retortijones, como si alguien me estrujara el
vientre.

—Se acerca el final —murmuró mi interlocutor, acariciando las tapas de los libros—. Y serás tú quien lo inicie.

—Estoy segura de que encontraré la forma de entrar. —Había estado dando vueltas a las circunstancias que me facilitarían el acceso a la suite de mi padre: diría que deseaba hablar
con él y me inventaría un tema de conversación—. Pero ¿qué
haré una vez dentro?

Moss acarició el dorado relieve de la tapa del libro, y replicó:

—Tendrás que registrar los cajones del mueble que hay
junto al lavabo. Tu padre guarda allí el frasco con el medicamento para la hipertensión. Esas cápsulas se abren por la mitad
y contienen un polvo blanco.

—Que deberé sustituir —acoté mirando el libro de soslayo.

—Exactamente. Sustituirás tantas como puedas..., como
mínimo seis o siete cápsulas. Y habrás de ser muy cuidadosa:
no aspires el polvo y comprueba que no te quedan restos en las
manos. Fue difícil conseguir la ricina; no es la sustancia ideal,

pero servirá. Pon las cápsulas en la parte superior del frasco para que sean las primeras que el rey tome. Bastará con unas pocas dosis.

—¿Y a partir de ahí nos dedicaremos a esperar?

—En cuanto tu padre manifieste síntomas de enfermedad, deberás abandonar la ciudad, como mínimo durante uno o dos meses, hasta que cesen los combates. Con la ayuda de las tropas de las colonias tendremos más probabilidades de terminar rápidamente con el conflicto. Volverás en cuanto yo haya llegado al acuerdo de ser el líder provisional y convoquemos elecciones. Entretanto, sería demasiado peligroso que permanecieses en la ciudad. Sé perfectamente a quién eres leal, pero se trata de una cuestión que no puedo ni quiero compartir con la mayoría de los rebeldes…, al menos al principio. Resultaría arriesgado en exceso.

Me vinieron a la memoria los túneles que habían excavado bajo la muralla. Cuando dispararon a Caleb, solo habían descubierto uno de los tres que existían. Con frecuencia, Moss me había descrito el emplazamiento de los otros dos pasadizos y me lo recordaba por si alguna vez alguien averiguaba la conexión existente entre él y yo.

—Así pues, esa es la razón de la presencia del mapa, de la radio y del cuchillo —concluí—. Abandonaré la ciudad en cuanto mi padre caiga enfermo.

Cualquiera de los que vivían intramuros no tendría dificultades para reconocerme. Al fin y al cabo, era la heredera del monarca, la princesa que aparecía en la primera página del periódico y en las pantallas colocadas a los lados de los edificios de lujo. En el caos estaría más segura y resultaría menos conocida.

—Cuando te marches, contarás con algunas provisiones. Cerciórate de utilizar el túnel sur. —Se quedó mirando los restos de las pastas de arándanos que había sobre la mesa. Asqueada por su olor reseco y harinoso, me había dedicado a desmenuzarlas. Con el dedo arrojó un trocito al suelo—. Esos víveres te durarán unos cuantos días, los suficientes para que te alejes lo bastante de la ciudad sin tener necesidad de cazar. ¡Ah! Por favor, te ruego que no te acerques al hospital, ni a las muchachas…, al menos de momento.

—¿Quién te ha dicho que estuve allí?

—Una rebelde…, Seema, una soldado entrada en años que luce una mecha roja en la melena. —No me quitó ojo de encima mientras intentaba, sin éxito, recordar a la mujer que la noche anterior había detectado mi presencia—. El hecho de que te vieran en el hospital ha planteado preguntas. Ciñámonos al plan del que acabamos de hablar.

Me aparté de la mesa y protesté:

—¿Esperas que huya mientras todos los demás se preparan para el asedio? ¿No es la manera más directa de confirmar las sospechas?

—Regresarás en cuanto cesen los combates y me sea posible establecer un mínimo control interno. Será dentro de uno o dos meses…, como ya te he dicho.

—En el supuesto de que regrese. Porque ¿cómo vamos a predecir lo que sucederá después del asedio?

Moss parecía convencido de que cuanto terminase la lucha y el rey hubiera muerto, la ciudad se decantaría de forma espontánea hacia la democracia y de que, a medida que conociesen las condiciones en los campos de trabajo y en los colegios, los ciudadanos, e incluso los soldados, se sumarían a los rebeldes.

Moss puso su mano sobre la mía, y me informó:

—Hay alojamiento a lo largo del valle de la Muerte. Los rebeldes han escondido subsistencias en un sitio llamado Stovepipe Wells, usándolo como punto de descanso en su avance hacia la ciudad. Los códigos de radio que te pasé hace varias semanas siguen vigentes. Volveremos a hablar cuando tu padre se encuentre mal, pero dará resultado. Confía en mí.

Estuve en un tris de echarme a reír. ¿Existía un lugar con un nombre más agorero que el valle de la Muerte?

—¿Qué pasará con Clara y Rose? ¿Qué será de Charles cuando los rebeldes tomen el poder?

—Intentaré ofrecerles protección, pero debes tener en cuenta que se los vincula con tu padre. Hace años que viven en el Palace y son fácilmente reconocibles. Charles trabaja para el rey.

—Vendrán conmigo y regresarán cuando yo también pueda hacerlo.

—La última vez que se habló de los túneles con alguien del Palace, dos de los nuestros murieron —precisó Moss sin mirarme.

¿Era su tono ligeramente acusador o se trataba de imaginaciones mías?

—¿Cuándo…? —musité, pero me pareció que el salón se me caía encima—. ¿Cuánto tardaremos en comprobar los efectos del veneno?

Moss echó un vistazo a la puerta cerrada a cal y canto. El silencio se instauró en la estancia, y la luz del sol que se colaba por la ventana iluminó las diminutas partículas de polvo que flotaban en el aire.

—Como muy pronto, dentro de un día y medio o, a más tardar, dentro de tres días. Depende de las pastillas que tome y de la cantidad de sustancia que logres introducir en las cápsulas. Los síntomas comenzarán con náuseas, vómitos y dolor abdominal; a las veinticuatro horas sufrirá deshidratación, alucinaciones, convulsiones… —Se calló, y me observó—. ¿Qué te ocurre? Tienes mala cara.

Me puse de pie y me alejé de la mesa. Parecía que el suelo se me deslizaba bajo los pies, y ni la inspiración más lenta y profunda consiguió relajarme la tensión del vientre, al tiempo que una extraña y devastadora repugnancia me invadía; el desasosiego se apoderó de mí.

—Algo no va bien —reconocí a duras penas.

Moss se levantó, examinó el salón, así como las bandejas que aún contenían alimentos, el té y el vaso de agua.

—¿Qué sientes? —me preguntó y, acercándose a la bandeja de plata en la que Alina había puesto los platos del desayuno, revisó cuanto quedaba; luego le dio la vuelta a una de las pastas de arándanos.

—¿Has comido de esto? ¿Quién te lo ha servido?

No pude responder. Sudaba y ardía. El aire que llegaba por los conductos de ventilación resultaba abrasador. Me quité el chal, pero no sirvió de nada, ya que no pude librarme de una sensación nauseabunda y de mareo. Corrí hacia la puerta y tiré del picaporte hasta que cedió. Apenas había dado un par de pasos cuando me doblé por la mitad. El agrio vómito se me escapó de la boca, cayó al suelo y lo cubrió de

31

salpicaduras acuosas y de color marrón. Mis entrañas volvieron a ponerse rígidas.

—¿Eve? —La voz de Clara me llegó desde la otra punta del pasillo y, de repente, se acercó corriendo—. ¡Socorro! ¡Que alguien avise al médico!

Cuatro

Clara estaba echada en la *chaise longue* del rincón, con el periódico de la ciudad doblado sobre el regazo, cuando desperté; dormía de lado, apoyada en los almohadones que Charles usaba por las noches. Me miré el brazo: sujeto con esparadrapo sobre las venas, me habían puesto un trozo de algodón, en cuyo centro destacaba un puntito rojo. No habían transcurrido más de una o dos horas desde que el médico me había sacado sangre, tomado el pulso y explorado la garganta y los oídos con la misma luz de forma cónica que solían emplear en el colegio. Insistí en que me encontraba bien, y era verdad. Las náuseas habían desaparecido y volvía a tener tacto en las manos; los únicos síntomas que persistían eran la sensación de un tenso vacío en el vientre y un ligero sabor agrio en la boca.

Desde el pasillo me llegó el sonido de alguien que arrastraba una mesa rodante y el de las ruedas que chirriaban a causa del peso. Me levanté: la flojedad de las piernas era más acusada de lo que suponía cuando me dirigí a la librería de madera tallada y me agaché. Los tres volúmenes estaban a salvo en los estantes inferiores, exactamente donde Moss los había dejado hacía varias horas. Si sus suposiciones eran acertadas y alguien había intentado envenenarme, necesitaría esos libros antes de lo previsto.

—Te has levantado… —Clara se frotó los ojos, pero vio mi mano apoyada en el lomo de uno de los libros—. ¿Qué miras?

—Nada —repuse, y me senté a su lado—. Procuro distraerme un rato, eso es todo.

—Nunca te había visto en este estado —me dijo acariciándome la espalda—. Me has dado un buen susto.

—Ya estoy mejor. Lo peor ha pasado.

Recorrió con un dedo el delgado ribete blanco del cojín, y dijo:

—Me alegro. No han podido contactar con Charles.

—No me sorprende. Está en una obra en construcción de Afueras. No volverá hasta el atardecer.

Se le demudó el semblante. En el acto me sentí culpable de lo que había dicho, de la sutil evidencia de que conocía mejor que ella el horario de Charles. Mi prima y mi marido eran los únicos adolescentes que habían crecido en el Palace, y ella lo había amado desde siempre. Me había obligado a prometerle que se lo contaría si alguna vez él la mencionaba.

—Hasta ahora no ha dicho nada de ti —comenté, e intenté reconfortarla—. Como bien sabes, prácticamente siempre que hablamos terminamos discutiendo. No nos sentimos muy próximos que digamos.

Le cogí una mano y, cuando sonrió, se le formó un minúsculo hoyuelo en la mejilla.

—Debo de parecerte tan necia... —dijo, y rio—. Intento mantener una relación que solo tiene lugar en mi mente.

—Nada de eso.

¿Cuántas veces me había detenido en Califia e imaginado que Caleb se encontraba junto a mí cuando me sentaba en las rocas y contemplaba las olas rompiendo en la orilla? ¿Cuántas veces había soñado que él todavía estaba aquí, en la ciudad, y que un día haría acto de presencia y me estaría esperando en los jardines del Palace? En medio del silencio de mi dormitorio, todavía le hablaba y le decía que ansiaba recuperar todo lo que habíamos poseído. Había momentos en que tenía que obligarme a recordar que Caleb ya no existía, que se había firmado el certificado de su muerte, que era imposible cambiar lo sucedido. Esos hechos eran mi único vínculo con la realidad.

Sin darme tiempo a añadir un comentario, la puerta se abrió y el soberano entró en la habitación prescindiendo de llamar. En ocasiones se comportaba de esa forma, como si quisiera recordarme que era el dueño hasta del último rincón del Palace.

—Me he enterado de lo que ha pasado —afirmó.

Me erguí al ver que el médico entraba tras él.

—No ha sido nada —afirmé a pesar de que todavía no estaba segura de encontrarme bien del todo. Moss se había llevado los restos del desayuno a Afueras para tratar de averiguar su composición.

—Has vomitado dos veces —enumeró el rey—. Estás deshidratada. Podrías haber perdido el conocimiento.

El médico, un hombre calvo y delgado, no llevaba bata blanca como los de los colegios. Vestía camisa azul y pantalón gris, como cualquier administrativo del centro de la ciudad. Me habían explicado que así era más seguro porque, dieciséis años después de la epidemia, todavía perduraban sentimientos de resentimiento hacia los médicos que habían sobrevivido, o preguntas acerca de lo que habían descubierto y cuándo se habían enterado de ello.

—Su padre estaba preocupado. Me preguntó si podía tratarse de un resurgimiento del virus —explicó el médico, entrecruzando los dedos—. Le garantizo que no lo es.

—Vaya, mi malestar se ha convertido en todo un acontecimiento —comenté, y los miré a uno y a otro—. En realidad, estoy bien.

—Volverá a ocurrirle —añadió el médico, pero no entendí a qué se refería—. Hiperémesis gravídica —declaró, como si esas palabras lo aclarasen todo—. La mayoría de las personas la conocen como náuseas del embarazo.

Mi padre sonrió y su expresión fue apaciblemente divertida. Se acercó y me ayudó a levantarme, cogiéndome de las manos.

—Estás preñada.

Me abrazó, y el aroma intenso y desagradable de la colonia que usaba se coló en mis pulmones. No tuve tiempo de procesar la noticia. Me sentí obligada a sonreír, a ruborizarme y a fingir el júbilo que se suponía que debía experimentar. Obviamente, era lo que mi padre esperaba. A sus ojos, por fin mi marido y yo le habíamos dado un heredero.

—Se trata de una noticia maravillosa. Iremos a Afueras y se lo comunicaremos a Charles —propuso mi padre—. En cuanto estés adecuadamente vestida, reúnete conmigo ante los ascensores.

35

Clara había enmudecido. No me atreví a mirarla, pero percibí su respiración, lenta e irregular, y tuve la sensación de que se estaba ahogando.

—Esta tarde tendrá que venir a la consulta —me comunicó el médico—. Quiero hacerle varios análisis para cerciorarme de que todo está dentro de la normalidad. Entretanto, he pedido a la cocina que se aprovisione de infusión de jengibre y de galletas saladas, productos que contribuirán a asentarle el estómago. Es posible que la ingesta de alimentos le provoque náuseas, pero saltarse las comidas solo servirá para agudizar el malestar. Como seguramente ya sabe, las molestias desaparecerán en el transcurso del día.

El hombre me tendió la mano para que se la estrechara. Confié en que no reparase en la frialdad de mi mano ni en la rigidez de mi sonrisa. Cuando se retiró, seguido de mi padre, Clara susurró con gran lentitud:

—Me dijiste que no lo amabas.

—No lo amo —confirmé.

Ya había visto a mi prima enfadada y aprendido a reconocer sus cambios de expresión y cómo tensaba la mandíbula. Pero lo de ahora era distinto: me volvió la espalda, vagó por la habitación y sacudió las manos como si intentara secárselas.

—Clara, no es verdad.

—En ese caso, ¿qué es verdad? —cuestionó con los ojos anegados en lágrimas.

No le había contado a nadie lo que Caleb y yo habíamos compartido en el hangar. Era el recuerdo al que retornaba cada vez que mis pensamientos fluían libremente. Rememoraba sus manos acariciándome la nuca, sus dedos bailando sobre mi vientre, el delicado roce de sus labios con los míos, la forma en que nuestros cuerpos se movieron simultáneamente y el sabor a sal y sudor de su piel. Ahora todo eso existía en el recuerdo; era un lugar que nadie más que yo podía visitar, un sitio en el cual él y yo estábamos solos por toda la eternidad.

Había escuchado las advertencias de las profesoras y analizado los riesgos de tener relaciones sexuales o acostarme con un hombre. En aquellas silenciosas aulas, las maestras habían insistido en que, incluso si lo hacíamos una sola vez, podía desembocar en embarazo. Pero en los meses transcurridos desde mi partida, había descubierto que no se podía confiar en nada de lo que decían. Por mucho que hubiese sido una verdad encubierta, por mucho que no se tratara de una exageración o una falsificación, no habría tenido la menor importancia. Resultaba imposible impedir un embarazo en la ciudad: el rey lo había prohibido.

En ese momento muchísimas ideas asaltaron mi mente: era mejor que Clara no lo supiese; correría menos riesgos si no lo sabía; me sentiría todavía más sola si ella lo ignoraba; estaría en una situación más peligrosa si se enteraba; me sentiría como una embustera si no se lo decía...

—Caleb... —musité al fin. Pensé que, en cuanto mi padre hablase con Charles, todo habría terminado—. Fue Caleb. Te he dicho la verdad. No tengo, ni nunca he tenido, el más mínimo interés por mi marido.

Clara dejó caer los brazos a los lados del cuerpo, y preguntó:

—¿Por qué no me lo has contado antes? ¿Cuándo sucedió?

—La última vez que salí del Palace por la noche, hace dos meses y medio.

Mi prima se toqueteó la cinturilla del vestido y tensó la delicada costura. Entonces dijo:

—Tu padre no debe enterarse jamás.

Imaginé la expresión que el rey adoptaría cuando Charles le comunicara la verdad. Apretaría los labios, como hacía siempre que alguien lo contrariaba; adoptaría una expresión más sombría si cabe, cuadraría los hombros y se pasaría la mano por la cara, como si con ese ademán pudiera recomponerse las facciones. Me mataría. En ese momento y en medio del silencio de la estancia, tuve la certeza de que me mataría. Había dejado de serle útil. Desde el asesinato de Caleb, albergaba demasiadas dudas sobre mí y sobre mi participación en la construcción de los túneles. Además, se planteaba si yo aún tenía conexiones con los disidentes y si lo había traicionado. Me permitía vivir en el Palace y me conservaba como valor activo única y exclusivamente por mis probabilidades de engendrar la familia real de la Nueva América. Para eso servía Genevieve, la hija criada en los colegios que se había casado con el jefe del departamento de Desarrollo Urbano. Cuando

Charles le revelase la verdad que solo nosotros conocíamos, mi padre encontraría la manera de liquidarme. Quizá yo desaparecería cuando la ciudad se recogiese para pasar la noche, como había ocurrido con algunos rebeldes. Darían la explicación que les viniera en gana: que alguien de fuera había entrado en el Palace, que había sido víctima de una enfermedad repentina..., lo que quisiesen.

No tenía tiempo de explicárselo a Clara, ni de contarle los cómo ni los porqués. Me arrodillé, retiré los voluminosos libros del estante inferior y guardé la bolsita en el bolsillo del vestido. Metí el cuchillo y la radio en mi bolso y me dispuse a salir de la habitación. Era necesario que hiciera lo que Moss había dicho y terminar de una vez, antes de que alguien me descubriera. Si era imprescindible, ese mismo día abandonaría la ciudad.

—¿Para qué quieres un cuchillo? —preguntó Clara retrocediendo—. ¿Qué vas a hacer?

—Ahora no puedo explicártelo —respondí deprisa mientras me dirigía a la puerta—. No sé qué pasará cuando mi padre se entere, así que debo protegerme.

—Por eso llevas un cuchillo... ¿Qué piensas hacer con él?

—No sé de qué es capaz mi padre —contesté—. Lo he cogido por si acaso.

Clara asintió antes de que yo franquease la puerta.

Mantuve el bolso apretado contra la axila mientras recorría el pasillo. Las pisadas de un soldado resonaron detrás de mí y las escuché más cerca al aproximarme a las habitaciones de mi padre. Respiré hondo e imaginé lo que habría sentido si todo hubiese sido diferente, si me hubiera enterado de que estaba embarazada en otro tiempo y en otro lugar: de estar vivo Caleb y si hubiésemos estado en el caos, en una parada de la ruta, la felicidad me habría embargado; habría sido uno de esos instantes puros y perfectos, y habríamos compartido la serena comprensión de lo que nos sucedía. En cambio, ahora únicamente sentía temor. ¿Sería capaz de criar a un hijo en solitario, sobre todo en medio de la situación en la que me hallaba?

Mi padre salió de su estancia.

—Es el momento perfecto —decretó, y se dispuso a ir hacia los ascensores, haciéndome señas de que lo siguiera.

Al acercarme a la puerta de su habitación, aminoré el paso y tragué la ácida saliva que me impregnaba la lengua. Me llevé la mano a la cara, me enjugué el sudor y respiré hondo. ¡Ya lo tenía!

Me tapé la boca con una mano y con la otra señalé la puerta.

—Perdón, pero creo que voy a vomitar.

No lo miré a los ojos. Apoyé un hombro en la puerta y esperé a que me dejara pasar.

—Sí, pasa, pasa —dijo, y pulsó varios números en el teclado situado debajo del cerrojo—. Se abrirá enseguida…

Empujó la puerta y me franqueó la entrada.

La suite de mi padre era tres veces más grande que la nuestra y contaba con una escalera de caracol que conducía al salón de la planta superior. Los ventanales daban a la ciudad que se extendía a nuestros pies, y las vistas llegaban hasta más allá de la muralla curva, donde se veía una infinidad de edificios ruinosos. Al pasar cerca de la vitrina instalada junto a la puerta, observé los barcos en miniatura que se exhibían allí; se trataba de esmeradas embarcaciones de madera metidas en botellas de vidrio, barcos de diversos colores y tamaños, con las velas izadas. No había estado más que cuatro o cinco veces en esa estancia, pero en todas las ocasiones me había detenido ante ellas, intentando comprender por qué mi padre dedicaba el tiempo libre a introducir barcos en miniatura en botellas. ¿Tal vez le resultaba satisfactorio encerrarlos, o es que le gustaba tener bajo control esos mundos diminutos?

—Tardaré un minuto —aseguré, y me encaminé hacia el cuarto de baño.

Aunque formaba parte de la habitación principal, la puerta del baño casi siempre tenía el cerrojo echado. Apoyé firmemente la mano sobre la boca, como si hiciera un esfuerzo por mantener la compostura. Eché a correr hacia el lavabo de mármol y me alegré de quedarme por fin a solas.

Cinco

$\mathcal{A}$brí el grifo y dejé que el agua fría me empapase las manos. Tosí estentóreamente varias veces y comencé a registrar el estrecho mueble en busca de cajitas de plástico y botes de pequeño tamaño. Las etiquetas estaban bastante borrosas. Retiré frascos altos llenos de líquido blanco, un par de gruesas navajas de afeitar, un cepillo de crin y jabón duro del que se usa para preparar espuma de afeitar; asimismo había toallas blancas, dobladas, que despedían olor a menta. Por fin, en el cajón superior, encontré dos frascos de color ambarino cuya etiqueta manuscrita incluía la firma del médico.

Noté cómo me pesaba el extracto que llevaba en el bolsillo del vestido. Deposité las cápsulas blancas y brillantes en la encimera de mármol y me puse manos a la obra. Abrí tres de ellas y las vacié en el lavabo. El polvo se apelotonó, fue arrastrado por el agua y flotó unos segundos sobre el sumidero antes de ser absorbido.

Vertí parte del extracto en la encimera y lo introduje en la cápsula dura, poniendo mucho esmero en mantenerlo lejos de la cara, tal como había insistido Moss. Pellizqué un extremo de la cápsula, la tapé y la metí en el frasco. Iba por la mitad de la segunda cuando mi padre llamó a la puerta. El sonido retumbó en el cuarto de baño y se me pusieron los pelos de punta.

—¿Va todo bien? —preguntó accionando el picaporte, pero el cerrojo estaba echado y la puerta no se abrió.

—Enseguida salgo.

Actué deprisa: acabé de rellenar la segunda cápsula, hice lo propio con tres más y eché el veneno sobrante en el lavabo. Cerré el frasco y volví a dejarlo tal como lo había encontrado, entre dos cajas de latón. Me lavé las manos, hasta que el agua fría me insensibilizó los dedos, me mojé la cara y me guardé la bolsita en el bolsillo.

Cuando salí, encontré a mi padre pegado a la puerta, a pocos centímetros del marco. Se había cruzado de brazos.

—¿Te encuentras mejor? —quiso saber, y demoró unos segundos la mirada en mis manos, que todavía estaban húmedas.

Me las llevé a las mejillas con el deseo de que la suave piel, aunque ruborizada, recuperase la normalidad.

—Necesito tumbarme —dije—. En estas condiciones no podré acompañarte a Afueras.

—No iré solo a ver a Charles —sentenció—. Vamos, será una visita breve. En media hora estarás de regreso.

Su expresión se endureció, y comprendí que no había nada más que decir. Me cogió del brazo y me condujo hacia la puerta de la estancia.

El trayecto en coche duró una eternidad. El vehículo dio bandazos en cada esquina y el olor a cuero y a colonia del habitáculo me repugnó. Bajé la ventanilla con la intención de respirar aire, pero Afueras me devolvió el hedor a polvo y ceniza. Me llevé la mano al vientre y me acaricié la delicada piel, tanteando el montículo que todavía no se apreciaba. Como la menstruación no me había venido, me había planteado que podía estar embarazada, pero en los últimos meses todo sucedía demasiado deprisa y como si fuera ajeno a mí.

Moss había robado una camiseta raída de la caja de objetos recuperados del hangar; en la etiqueta había una ce mayúscula, y la tela estaba gastada después de tanto uso. A solas en mi dormitorio y con la camiseta de Caleb entre las manos, tuve la certeza de que cuando lo mataron, una parte de mí también murió. Ya no sentía nada, a diferencia de cuando él se hallaba en la ciudad. Los días en el Palace me parecían interminables, plagados como estaban de conversaciones forzadas y de personas que, únicamente, me veían como hija de mi padre y nada más.

Me mordisqueé las cutículas de los dedos, mientras el coche rodaba a gran velocidad rumbo a la obra en construcción.

41

En ese momento la lista de desaires a Charles adquirió importancia: las cosas que había hecho o dejado de hacer se convirtieron en razones de peso para que le contase la verdad a mi padre. Había sido yo quien, la primera noche, insistió en que abandonase el lecho. No soportaba que me mirara demasiado, que me hablase demasiado, que conversara demasiado con mi padre, o que hiciese un comentario favorable al régimen. Aunque había momentos en que la situación resultaba soportable, casi todo el rato que compartíamos en el dormitorio se caracterizaba por sus preguntas, sus esfuerzos y mi silencio o mis críticas.

—Genevieve, te estoy hablando —me espetó mi progenitor. Di un respingo cuando me tocó el brazo—. Hemos llegado.

El coche se detuvo ante un edificio en demolición. Habían echado abajo un viejo hotel que durante la epidemia había cumplido la función de depósito de cadáveres. Llevaba más de una década tapiado, y las osamentas de las víctimas seguían en el interior. En el suelo había algunos puñados de flores: rosas marchitas y margaritas resecas y rígidas.

El solar estaba rodeado por una cerca de madera contrachapada, si bien había aberturas que descendían hasta el impresionante cráter abierto en la tierra. Me apeé del coche y caminé hacia una de esas aberturas.

—Genevieve —me dijo el rey—, no tendrías que ver nada de todo esto.

Aproximadamente nueve metros más abajo, en el suelo, había una gigantesca pila de escombros. Una excavadora arrastraba el cemento hacia atrás y lo acercaba al borde de los cimientos; una grúa que no funcionaba, cuyo brazo era de color amarillo y de dimensiones descomunales, se apoyaba en tierra. Por todas partes los muchachos de los campamentos de trabajo, que estaban más delgados que los chicos que hasta entonces había visto en la ciudad, retiraban ladrillos y ceniza con la ayuda de palas y carretillas. Habían circulado rumores de que, una vez producida la liberación de los campos de trabajo, los que en ese momento se hallaban en la ciudad habían quedado atrapados y trabajaban el doble para compensar la ausencia de sus compañeros.

Uno de los chicos de más edad nos señaló desde el agujero. Charles emprendió la subida por la pendiente. Hizo un alto antes de salvar un montón de barras de acero y cemento, gritándoles a dos niños que se habían quitado la camisa y correteaban por un extremo del solar pateando algo. Entrecerré los ojos para protegerlos del sol, y poco a poco discerní los oscuros huecos que tenía en uno de los lados el objeto al que daban puntapiés. Se trataba de un cráneo humano.

Me tapé la nariz porque el olor a reseco me produjo asco. Por lo que me habían contado, en el hotel habían sepultado a cientos de personas, envolviéndoles los cuerpos con sábanas y toallas. Corrían rumores de que algunas de ellas aún estaban vivas y enfermas a causa de la epidemia, y de que sus aterrorizados familiares las habían abandonado allí en sus últimas horas. El polvo se había posado en las superficies en un radio de medio kilómetro, y todo, todo —la calzada, los edificios circundantes, los coches oxidados y sin neumáticos que estaban en el aparcamiento abandonado— estaba cubierto de una delgada película gris.

Mantuve la cabeza gacha, mientras mi marido se nos acercaba y ascendía por la rampa de madera que habían colocado en un lateral del cráter. Pasé el pulgar por debajo de la tira del bolso y recordé su contenido. Por mucho que corriera, el túnel más cercano se encontraba a media hora de distancia. Mis mayores posibilidades consistían en emprender el regreso en coche con mi padre y escapar antes de internarnos por la calle principal, ya que así estaría a diez minutos del túnel sur. Si me desplazaba deprisa, siguiendo los callejones de Afueras, probablemente conseguiría esquivar a los soldados que me persiguieran.

—Tenemos una noticia que darte —anunció mi padre cuando Charles estuvo lo bastante cerca como para oírlo.

Los hombros de la chaqueta azul marino de Charles estaban cubiertos de polvo. Se quitó el casco amarillo con el que se protegía la cabeza y lo acunó como a un bebé.

Nos miró alternativamente a mi padre y a mí y, a continuación, al coche que esperaba con el motor al ralentí. El soldado se había bajado y esperaba de pie junto al vehículo, con el rifle colgado del hombro.

43

—Tiene que ser importante, pues no recuerdo que Genevieve haya visitado jamás uno de mis proyectos.

El soberano me empujó ligeramente y murmuró:

—Adelante, Genevieve, comunica a tu marido la buena nueva.

Mi padre me vigilaba sin apartar los ojos de mí.

Mi mirada se encontró con la de Charles y presentí que todo había terminado. Se mostró simultáneamente esperanzado y nervioso al tiempo que se alisaba un mechón de pelo negro que le había caído sobre los ojos. Inspiré para llenar los pulmones de aire y lo retuve hasta que ya no pude aguantar más.

—Estoy embarazada —anuncié, y se me atenazó la garganta—. No me cabe la menor duda de que para la Ciudad de Arena será una gran noticia.

La excavadora se desplazó por el suelo de la demolición y emitió un pitido suave. Me llevé la mano al pecho: mi corazón seguía latiendo, y eso me tranquilizó.

«Dilo de una vez —pensé al ver que Charles bajaba la cabeza y clavaba la vista en tierra—. No prolongues más esta situación.»

—Como lo es para mí. —Acortó la distancia que nos separaba y me abrazó hasta estrecharme firmemente contra su pecho. Respiré hondo, mi cuerpo se relajó lentamente y me apoyé en él. Entonces me acarició la espalda con tanta delicadeza que hube de contener el llanto—. Nunca me había sentido tan feliz.

Seis

*L*a fiesta siguió incluso después de que los músicos se retirasen y se hubieran recogido del salón hasta las últimas tazas y platos. Mi padre estaba más animado que nunca, brindando aquí y allá con su copa de cristal y parloteando con Harold Pollack, un ingeniero de la ciudad.

—Se trata de algo digno de celebrar —le oí comentar, mientras Charles y yo nos dirigíamos a la puerta.

—Sobre todo en un momento en el que la situación no está demasiado clara —coincidió Harold.

Ante tal comentario, el soberano hizo un ademán con la intención de restar importancia a esas palabras, como quien espanta a una mosca, y replicó:

—No creas todo lo que oyes. No podemos concluir que algunos motines en los campos de trabajo representen una amenaza para la ciudad.

Me resistí a marcharme y presté atención a la conversación, mientras Charles hablaba con el responsable de Finanzas. Mi padre soportó unos minutos más la presencia de Harold y, finalmente, se excusó con el propósito de retirarse. Durante toda la velada no se había hablado de otra cosa: entre una felicitación y la siguiente, los invitados mencionaron los rumores acerca de los campos de trabajo y preguntaron al rey por los rebeldes que, según se decía, se hallaban a las puertas de la ciudad. Ante cada pregunta, el monarca reía un poco más fuerte y acrecentaba sus intentos de demostrar lo seguro que se sentía de su posición. Los definió como motines, para no llamarlos asedios, y dio a entender que solamente se habían producido en dos campamentos.

—¿Nos vamos? —preguntó Charles ofreciéndome el brazo.

Se lo acepté, y recorrimos el pasillo sin cruzar ni una palabra. Me concentré en el sonido de nuestros pasos y en el débil eco de los del soldado que nos acompañaba.

Entramos en el dormitorio, y el cerrojo emitió un chasquido al correrlo. Mi marido iba de aquí para allá por la estancia, hasta que dejó caer la chaqueta en un sillón y se aflojó la corbata.

—No tenías por qué hacer lo que hoy has hecho —dije.

Él me daba la espalda mientras se quitaba los zapatos.

—Desde luego que sí —afirmó—. Por nada del mundo le habría dicho la verdad a tu padre. Sabes muy bien en qué situación te habría puesto. —Se volvió, y reparé por primera vez en que tenía las mejillas salpicadas de manchitas rosadas, como si acabase de salir de un sitio muy frío—. Genevieve, nadie debe saberlo…, absolutamente nadie.

—No es tu problema ni tienes que resolverlo. Es algo que he hecho yo.

Después de visitar el solar en construcción, había acudido a mi cita con el médico y luego me había reunido con Charles para asistir a la recepción. La gratitud que sentía hacia él había disminuido y dado origen a un sordo resentimiento. Me había salvado. Mejor dicho, él creía que me había salvado y yo presentía la deuda implícita que existía entre nosotros cada vez que me cogía la mano y me la estrechaba. Era como si me dijera: «Estamos juntos en esta historia. No te abandonaré».

Se tapó la cara con las manos y, meneando la cabeza, me dijo:

—¿Es esta tu forma de agradecérmelo? Sabes perfectamente que, cuando nos casamos, yo no quería que esto ocurriera. No quería sentirme como un horroroso segundo plato que alguien te había impuesto. Intento hacerlo bien y siempre lo he intentado. Al menos podrías haberme avisado antes de tenderme una emboscada en la obra en construcción.

—Hasta esta mañana no sabía nada —le espeté.

Me alejé de la puerta y me esforcé por no levantar la voz. Lo cierto es que le estaba agradecida. Su comportamiento había sido amable y honrado, y me había proporcionado, como mínimo, una jornada más en la ciudad. Eso suponía la posibilidad de hablar con Moss antes de escapar. De todos modos, nunca le había pedido ayuda.

—Te pasas horas en los jardines —me recriminó—, caminas en círculo y recorres tres veces el mismo sendero como si fuera la primera ocasión que lo pisas. Mantienes la mirada perdida cuando nos sentamos a cenar y es como si estuvieses en un universo nunca visto al que nadie más puede acceder. Ya sé que albergabas sentimientos hacia él…

—No albergaba sentimientos hacia él. Querrás decir que lo amo.

—Lo amabas. Ya no existe —especificó. Me puse muy tiesa, como si me hubiera metido el dedo en una nueva llaga—. A mí tampoco me gusta lo ocurrido, pero me parece que podrías tratar de ser feliz. Creo que todavía es posible.

«Contigo, jamás», pensé, y las palabras estuvieron en un tris de escapar de mi boca. Las retuve, sin embargo, y me esforcé por no pronunciarlas rudamente. Él me miraba con fijeza, mostrando una sorprendente expresión esperanzada y una actitud expectante. Tuve que reconocer que todo sería más fácil si sintiese algo por aquel hombre, pero me resultaba imposible pasar por alto su comportamiento mezquino y cobarde, su forma de decir «lo ocurrido» o «lo sucedido», como si el asesinato de Caleb no fuera más que una aburrida cena a la que habíamos asistido hacía varias semanas.

—Te agradezco lo que has hecho hoy, pero mis sentimientos no cambiarán.

De pronto se le anegaron los ojos en lágrimas y se dio la vuelta para que yo no lo viese. Le cogí irreflexivamente la mano; la sostuve unos segundos y me transmitió su calor. Pese a que estábamos donde estábamos y a que la iniciativa me correspondía, me pareció extraño y forzado. Nuestros dedos no se entrecruzaron naturalmente, como había pasado con Caleb, con tanta facilidad que parecían haber sido creados para estar siempre entrelazados. Fui la primera en apartar la mano, y ambos dejamos caer los brazos.

Él se sentó en el borde de la cama, apoyó los codos en las rodillas y se sujetó la cabeza con las manos. Estaba más alte-

47

rado que nunca. Me senté a su lado, esperando que se girara hacia mí.

—Dime una cosa —musitó—. Tú estuviste vinculada a los rebeldes. ¿Son ciertos los rumores que corren?

—¿A qué te refieres?

—A que han tomado los campos de trabajo y avanzan sobre la ciudad. Corren toda clase de rumores: que la incendiarán y que, intramuros, ya hay una facción considerable. —Echó la cabeza hacia atrás, y continuó—: Dicen que cuantos trabajan para el rey serán ejecutados. Nadie sobrevivirá.

Recordé el comentario de Moss sobre los disidentes que habían sido denunciados y asesinados, e incluso que algunos de ellos habían sido torturados en las cárceles de la ciudad. Pero no podía contarle nada a Charles..., no lo haría. Allí sentada y pendiente de su entrecortada respiración, ansié encontrar el modo de prevenirlo sobre lo que estaba próximo a pasar. Le toqué la espalda y noté que el pecho se le expandía bajo la camisa.

—Es posible que hoy me hayas salvado la vida.

—Volvería a hacerlo.

Abandonó el borde de la cama, caminó hasta el cuarto de baño y cerró enérgicamente la puerta en cuanto entró.

Yo continué donde estaba, oyendo cómo corría el agua y los cajones que se abrían y se cerraban. Charles Harris trabajaba para mi padre, tal como lo había hecho el suyo. En opinión de Moss, no era mejor que el monarca. Claro que en este instante solo era Charles, el hombre que robaba peonías de los jardines del Palace porque sabía que me gustaba ponerlas entre las hojas de los libros, el que detestaba los tomates, el que era inflexible con el uso del hilo dental, o a veces, incluso después de ducharse, el que conservaba en el pelo el olor de las obras en construcción.

Me puse el camisón y me metí en la cama. Él pasó casi una hora en la ducha. Por fin, apagó la luz, se hizo un ovillo en la *chaise longue* que había en el rincón y su respiración adoptó un ritmo más relajado gracias al reposo. Permanecí despierta, estudié las sombras de la pared y traté de imaginar qué supondría estar aquí, en la ciudad, cuando entraran los rebeldes. ¿Cuánto tardarían en llegar al Palace? Me figuré el terror que provocaría y a Charles, maniatado, en la escalera. ¿Qué pensaría y qué diría cuando fuesen a por él? Tuve la certeza de que lo matarían.

Me invadió un frío intenso. Pero seguí tumbada y me esforcé por mantener la calma y por guardar los secretos que había prometido guardar. Y tuve otro convencimiento, quizá con la misma certeza, algo que me cortó la respiración: Charles no se lo merecía.

Siete

$\mathcal{M}$i padre no se presentó a desayunar. Esperé mientras el segundero del reloj trazó lentamente una trayectoria completa y luego otra. Transcurrieron dos minutos. Siempre llegaba a las nueve sin retrasarse ni un segundo. El plato vacío y los cubiertos continuaron intactos en la mesa.

—Un minuto más —dijo tía Rose, señalando con un gesto el asiento del rey.

Las gotitas condensadas del vaso de agua fría de mi padre rodaron por el cristal, y se acumularon en la mesa. Paseé los huevos revueltos por el plato, procurando no mirar a Clara ni a Charles. La víspera no había pegado ojo. Esa mañana, allí sentada, tuve la sensación de que estaba rodeada de fantasmas. Según había dicho Moss, el asedio comenzaría al día siguiente. En cuanto llegasen los refuerzos de las colonias, los rebeldes tomarían el Palace esa misma semana. Actualmente, el plan, mejor dicho, nuestro plan, me pareció mucho más complicado. Fueran cuales fuesen mis lealtades y al margen de lo que había prometido, ¿cómo iba a dejarlos allí?

Clara jugueteó con su fina trenza de color pajizo y me preguntó:

—¿Sabes dónde está?

No habíamos vuelto a hablar desde la recepción, durante la cual nos había felicitado a Charles y a mí, como si no hubiese sido testigo de los acontecimientos matutinos. Me buscaba incesantemente con la mirada, pues estaba desesperada por hablar conmigo. La víspera había evitado pasar cerca de su habitación, pues temí que me oyera y que volviese a hacer preguntas sobre el cuchillo y la bolsita que me había guardado en el bolsillo. Esos objetos me esperaban en la estantería, de donde los cogería esa noche, antes de marcharme.

Charles le dio vueltas al tenedor, presionándolo con el pulgar. Ante ese sencillo gesto, inspiré e intenté calmar las náuseas. Todo había comenzado: mi padre se encontraba mal; era el único motivo por el cual no había venido a desayunar. Moss pretendía que el envenenamiento pasase inadvertido el mayor tiempo posible, confiando en que su malestar confundiera a los médicos y, mientras le realizaban los análisis, los insurrectos se dirigirían hacia la ciudad.

—Iré a verlo —anuncié a los presentes—. Comenzad sin nosotros.

Clara no dejó de mirarme mientras me alejaba. Pero yo no me atreví a girar la cabeza. Por el contrario, mantuve la vista en la puerta y, luego, en el pasillo que se extendía ante mí y que desembocaba en la suite de mi padre. Después de llamar a la puerta con los nudillos, apoyé en ella la mano, pues todavía no estaba en condiciones de entrar. Enseguida se oyó un débil murmullo de voces y las pisadas de alguien que se acercaba.

El médico entreabrió apenas lo suficiente para que le viera la cara, pero no así la habitación; las gafas le caían sobre la nariz y sudaba copiosamente.

—Dígame, princesa Genevieve.

—¿Puedo pasar?

Avancé unos centímetros, pero él mantuvo la puerta entreabierta y me impidió el acceso. Alzó un dedo, como indicando que esperara, y cerró enérgicamente. Oí más murmullos y las toses de mi padre. Por fin abrió de nuevo.

La estancia tenía el mismo aspecto que la víspera: los muebles estaban limpios y relucientes, y los amplios ventanales de vidrio laminado permitían contemplar la ciudad que se extendía allá abajo. Un hedor agrio impregnaba el ambiente; ese olor a podredumbre y sudor me afectó en el acto y provocó que la bilis me subiese a la garganta. Tragué saliva y me tapé la nariz con la mano.

El médico se detuvo junto a la puerta y aguardó a que yo entrara. Me cubrí la cara con el chal y penetré en la habitación en penumbra. Como las cortinas apenas estaban corridas, solamente entraba una delgada línea de luz que iluminaba el suelo y los pies de la cama. Al recibir de pleno el aire de los conductos de ventilación, tuve la impresión de que la estancia era más pequeña y asfixiante, y el sudor me humedeció la nuca.

Mi padre estaba acostado; jamás lo había visto con semejante aspecto: tenía los ojos entornados y la piel había adquirido un tono grisáceo que únicamente había visto en los moribundos; una mancha amarilla ensuciaba la solapa del pijama de color azul marino.

Cerré los ojos y retorné a la quietud de la habitación de mi madre, a aquella vez en que había abierto la puerta de su cuarto: ella dormía con la cabeza girada hacia un lado; las magulladuras se le habían extendido por toda la zona del nacimiento del cabello, y la sangre se le había secado y ennegrecido alrededor de la nariz. Me aproximé porque deseaba hacerme un ovillo a su lado y pedirle que me encajase las rodillas en las corvas como hacía siempre que me abrazaba; al trepar a la cama, mi madre despertó y se arrinconó junto al cabezal.

«Tienes que irte —dijo, y se tapó la cara con la manta—. Vete ahora mismo.» Cuando salí y ella cerró finalmente la puerta, oí con claridad el chasquido del cerrojo y el lento chirrido de las patas de la silla a medida que la arrastraba y la encajaba debajo del pomo de la puerta.

—Hago cuanto puedo para que esté cómodo —explicó el médico, mientras me enjugaba los ojos—. Todo comenzó anoche. Probablemente, se trata de un virus, aunque le garantizo que no se trata de la epidemia.

En las comisuras de los labios se le habían formado ampollas, y el rostro se le había transfigurado, expresando tensión, mientras luchaba contra algo invisible. Era consciente de que aquella indisposición era obra mía y de que estaba sufriendo por mi culpa. Inmersa en esa situación, sentí que me encogía hasta quedar reducida a nada. Había entrado en la suite de mi padre y envenenado su medicación, mientras él me esperaba fuera, convencido de que yo estaba vomitando. En ese momento y en ese estado, no fue más que el hombre que había amado a mi madre y que, después de tantos años, me había buscado para decírmelo.

Me detuve a su lado y le examiné las manos, cuyas gruesas

venas azuladas destacaban bajo la piel. De una mano le sobresalía un tubito, y la sangre todavía estaba húmeda bajo el esparadrapo transparente que lo mantenía en su sitio.

—Soy yo. —Me incliné para que me oyese—. He venido a ver cómo estás.

Él giró la cabeza, abrió los ojos y sus labios esbozaron la más débil de las sonrisas.

—He pillado un virus estomacal, no hay de qué preocuparse. —Se secó la saliva acumulada en la comisura de los labios, miró al médico y preguntó—: ¿Esta noche?

—Sí, esta noche tendremos mucho más claro qué le ocurre y sabremos si ha mejorado. De momento, lo que importa es mantenerlo hidratado. —Mi padre se llevó la mano a un costado y se puso rígido y tenso. El médico me forzó a retroceder y estuvo atento a la respiración del enfermo—. Más tarde podrá volver a visitarlo —añadió, y señaló la puerta.

Impávida, vi cómo se le tensaban los pies a mi padre, los dedos apuntándole al techo, y cómo doblaba una rodilla para tratar de sobrellevar el dolor. Emitió una exhalación ronca y jadeante, se relajó ligeramente y trató de mirarme.

—Genevieve, no te preocupes. —Sonrió, pero me pareció que se esforzaba por no llorar—. Se me pasará.

Bajé la vista y me fijé en las espirales de la moqueta y en la delgada línea de luz que se colaba por la cortina. Pensé en mi madre. ¿Estaría enojada conmigo, estaría enfadada con su hija por lo que le había hecho a alguien a quien ella había amado? Por muy responsable que mi padre fuese de tantas muertes, ¿acaso yo no acababa de hacer lo mismo? ¿Era tan nefasta como él, o no?

Iba ya a retirarme, pero en la puerta me detuve al oír sus toses. Di un respingo al escuchar sus estertores acompañados de expectoraciones de flemas y atragantamientos. Ya no había vuelta atrás. Lo hecho hecho estaba. Pero deseé que no tuviera que permanecer así, vivo a medias, mucho más tiempo.

«Que sea rápido —rogué dirigiéndome a un ente sin nombre ni rostro, como en las plegarias que había oído en las ceremonias conmemorativas—. Que termine de una vez.»

Ocho

*E*l día tocaba a su fin. El cielo se extendía sobre nosotras cual una marquesina de color naranja claro por el que discurría alguna que otra nube pequeña y pasajera. Toqueteé la taza de té de porcelana y presioné la estilizada asa con los dedos. Clara había insistido en que fuésemos a ese lugar. Después de esquivarla todo el día, me había encontrado en la galería del Palace y convencido de que diésemos un paseo por la calle principal. Fui incapaz de hacer comentario alguno cuando pasamos por los jardines del antiguo Venetian y por el último hotel que habían convertido en apartamentos. Ella se lo tomó con calma y acompasó sus pasos a los míos. Cuando llegamos a la terraza de la azotea del restaurante, al final de la calle, nos armamos de valor para iniciar la conversación.

—Dímelo —susurró Clara; posó su mano sobre la mía y allí la mantuvo—. ¿Tienes algo que ver con lo que le pasa a tu padre? Por lo que dicen, está cada vez peor.

Estudié su laca de uñas, de color rojo sangre, y reparé en que tenía desportillada la del pulgar. Aunque las mesas que había a nuestro alrededor estaban vacías, en la terraza aún quedaban una cincuentena de personas que seguían de tertulia después de comer. Un hombre mayor, de pelo cano y encrespado, se encontraba a pocos metros y nos miraba de vez en cuando para volver enseguida a leer el periódico.

—Ayer yo estaba trastornada. —Me encogí de hombros—. No tendrías que haber visto nada.

Clara se inclinó un poco sobre la mesa, puso los codos en ella y apoyó la cara en las manos.

—Ya no sé qué hacer para que confíes en mí. He guardado todos tus secretos.

Había dos soldados detrás de ella que nos habían seguido hasta el restaurante; ocupaban la mesa del rincón y, en ese momento, comían minibocadillos triangulares de un solo bocado.

—No es eso —reconocí—. Simplemente, no puedo.

La camarera, una mujer de cierta edad, cuyas gafas tenían los cristales rayados, se aproximó para servirnos más té. Guardamos silencio mientras estuvo cerca de nosotras. Los presentes se giraron varias veces para ver qué hacíamos. Nos habíamos arreglado ridículamente para la hora del té vespertino: mi prima llevaba un vestido de noche de falda acampanada y unos barrocos pendientes de rubíes que casi le llegaban a los hombros. Por insistencia de Alina, yo me había rizado el cabello y recogido parte de los bucles en un moño bajo, a la altura de la nuca. Mi vestido de noche, de color azul marino, era transparente en la parte superior y, a pesar de ceñirme los brazos, las mangas de malla no bastaban para protegerme del frío, cada vez más intenso. Clara se limitó a esperar a que la camarera se alejase.

Mi prima volvió la espalda a las restantes mesas y miró hacia la ciudad, procurando que nadie le viese la cara.

—Piensas marcharte y estoy en lo cierto. —Más que una pregunta fue una declaración, y se le demudó el semblante.

—Ahora no puedo hacerlo… —Intenté responder, pero me quedé sin voz al ver su expresión.

Se mordió una uña y la torció con los dientes, como si quisiera arrancársela.

—Estoy muerta de miedo. —Lo dijo tan bajito que a duras penas la oí.

Algo se quebró en mi fuero interno. Los matarían a todos si los dejaba en la ciudad. Moss sería la única persona del Palace capaz de evitarlo, pero me planteé si estaría dispuesto a perdonarles la vida. No veía factible volver a actuar de la misma manera: ese constante mirar atrás e imaginar qué podría haber hecho para salvarlos. Bajé la cabeza, me llevé las manos a la frente para que me taparan el rostro y advertí:

—No deberíamos hablar aquí.

Largarse era muchísimo más fácil, ¿no? Yo era el mismo retrato de mi padre, esa faceta callada y cobarde que lo había conducido a no responder a las cartas de mi madre y a dejarnos en aquella casa, atrapadas tras las barricadas, a la espera de la muerte. Esa idea me llenó de temor. Vivo o muerto, siempre estaría conmigo y formaría parte de mí.

—Tal vez no puedas acompañarme —musité—, pero me ocuparé de que estés a salvo.

Decidí que no me iría hasta que Moss me garantizase protección para…, para Charles, Clara y su madre.

Mi prima alzó la cabeza y la cara le quedó al descubierto: tenía los ojos vidriosos.

—Por lo tanto, está ocurriendo y los rumores son ciertos.

—Te prometo que no permitiré que te suceda nada malo —afirmé pese a que no podía asegurarlo.

—¿Cuánto tiempo hace? ¿En algún momento has cortado el contacto con los disidentes?

Exhalé y, tratando de controlarme, le dije:

—En el Palace hay alguien que se pondrá en contacto contigo cuando se produzcan los acontecimientos. También hablará con Charles y con tu madre. Espéralo.

Aunque se inclinó para disimularlo, las lágrimas manaron a borbotones y cayeron sobre la mesa de mármol. Le apreté la muñeca, queriendo transmitir lo que no dije: «No permitiré que te hagan daño». Me habría gustado poner mi silla a su lado, abrazarla y estrecharla, pero allí era demasiado peligroso. Quedaría de manifiesto que lloraba, y nos acribillarían a preguntas.

Admiré los mechones de fino cabello que siempre le enmarcaban el rostro a pesar de que su madre realizaba denodados esfuerzos por controlarlos con laca. También le observé la nariz, ligeramente respingona. Quizá pasasen meses hasta que yo pudiese regresar a la ciudad. Deseaba grabar la imagen de Clara en mi mente como no había hecho con la de Arden ni con la de Pip. En los últimos tiempos, ellas aparecían vívidamente en mis sueños. Pero siempre que procuraba evocar algo más concreto, como un ademán o el timbre de sus voces, me resultaba casi imposible y cada vez me costaba más; además, los meses transcurrían deprisa sin noticias de mis amigas. Pensé en llevarme una foto de mi prima; tal vez la que hacía pocas semanas habían publicado en el periódico, cogidas del brazo mientras paseábamos por los jardines del Palace.

Esa noche celebraría mi último encuentro con Moss y me cercioraría de que estarían a salvo.

Clara se enjugó las lágrimas con el dorso de las manos y dijo:

—Sé que te parecerá un disparate…

—Prueba a ver…

Esbozando una ligera sonrisa, continuó diciendo:

—Las chicas de mi edad que no quedaron huérfanas nunca mostraron demasiado entusiasmo por pasar el rato con la sobrina del rey. Solían decir que soy una engreída.

Sonreí al recordar el día en que la conocí: me dedicó un repaso veloz y crítico y me estudió los zapatos, el pelo y el vestido como si yo fuese el maniquí de una tienda de ropa.

—Nooooo… —dije jocosamente—. No puedo creerlo.

—Quizá no debería sorprenderme tanto —comentó acariciándose la estrecha trenza en que se había recogido el cabello—, pero la verdad es que ya no puedo imaginar la vida sin ti.

En los días posteriores a mi boda, mi prima había sido quien me había llevado las comidas a mi estancia después de que manifestara mi deseo de no querer ver a nadie. En esas primeras semanas, ella ni siquiera había mencionado a Charles pese a lo extraño que debió de resultarle verlo casado y tener que poner cara de circunstancias y sonreír durante la ceremonia. Pero, en cambio, en una ocasión se había tumbado a mi lado y me había acariciado la espalda, mientras le contaba lo que le había pasado a Caleb.

—Volveremos a vernos —afirmé a pesar de que era consciente de que ese reencuentro sería muy difícil.

Clara terminó de enjugarse los ojos, me dirigió una fugaz mirada al vientre y preguntó:

—¿Estás mejor?

—Las náuseas van y vienen.

Hice un esfuerzo para no mirar los bocadillos a medio comer de su plato, en el que había caído un trozo de pechuga de pollo, de modo que la carne y la mayonesa despedían un olor intenso y mareante.

—¿Y Caleb? —preguntó Clara.

Empujé mi plato hacia el borde de la mesa para alejarlo de mí. Últimamente no hablaba mucho de él, pues había comprendido que era imposible que alguien entendiese mis sentimientos. Lo que más recordaba de los días posteriores a su muerte era ese «¿cómo está usted?» de rigor que se repitió a lo largo y a lo ancho de la ciudad. Moss y Clara lo habían planteado con intenciones evidentes, pero hasta el trámite más sencillo, como abrir una puerta o comprar algo en el centro comercial del Palace, desataba ese interrogante inocente y simple, y la pregunta simple e inocente adquiría cada vez más importancia. Cada respuesta me hundía un poco más en el dolor, y los comentarios, escuetos y vacíos, me inducían a sentirme todavía más sola, si cabe, en mi soledad.

—También va y viene —repuse.

—Mi madre dice que se sabrá esta noche; me estoy refiriendo al rey.

Guardó silencio a la espera de mi respuesta, pero me limité a menear la cabeza.

—No puedo hablar de esa cuestión —susurré, y di una ojeada alrededor.

Los soldados se habían puesto de pie y se protegían los ojos con las manos, a modo de visera, mientras escrutaban a lo lejos la ciudad. Varias personas de las mesas circundantes abandonaron sus asientos e intentaron enterarse de qué miraban los militares.

Seguí la dirección de sus miradas hasta más allá de la muralla y, aunque la luz crepuscular dificultaba la visión, percibí que uno de los soldados señalaba una zona de edificios cubiertos de arena. La radio que llevaba en la cintura emitía interferencias.

Entonces distinguí que la parte superior de la torre del Stratosphere había cambiado de color y que, en lo más alto de ella, había aparecido una luz roja constante.

A todo esto, se estaba produciendo algún tipo de movimiento entre los edificios: las sombras reflejadas en el suelo cambiaron de forma cuando los hombres corrieron a toda velocidad de un edificio a otro; se encontraban a menos de un kilómetro de la ciudad. Intentaba avisar a Clara cuando sonaron los primeros disparos. Al otro lado de la muralla se produjo una explosión y se formó una densa y ondulante columna de humo negro.

La mujer que estaba a nuestro lado señaló la zona sur de Afueras, donde unas personas corrían por la calle y registraban los edificios en busca de soldados. Incluso desde la altura en la que nos hallábamos, vimos cómo mantenían los brazos extendidos y oímos el chasquido de los disparos cuando se desplazaron raudamente hacia el centro de la ciudad.

—Han atravesado la muralla —dijo la mujer—. Han entrado.

—Eso es imposible —opinó el hombre situado detrás de nosotras.

Clara me interrogó con la mirada. Supuse que le habría gustado preguntarme si existían otros túneles como aquel en el que trabajaba Caleb, y si había manera de franquear la muralla pese a que todos estaban convencidos de que era imposible. Asentí de forma casi imperceptible.

Un soldado se encaminó hacia el otro extremo de la terraza y bloqueó la salida. Las personas que estaban en el restaurante permanecieron extrañamente quietas y calladas, y una mujer enmudeció a media conversación, entreabriendo los labios y sosteniendo la taza de té en el aire.

—Que alguien me ayude —pidió el soldado, y señaló los carritos de servicio y las mesas que había cerca de la salida—. Tenemos que trasladar estos objetos.

Arrastró una mesa y la dejó delante de las puertas que daban a la escalera, por lo que taponó el único acceso existente. No reaccionamos hasta que el otro soldado tomó la palabra:

—¡Vamos, señores, vamos! —exclamó a grito pelado—. ¿No se dan cuenta de lo que sucede? ¡La ciudad ha sufrido un ataque!

Nueve

Transcurrió una hora. El ambiente olía a humo. Desde la terraza del restaurante vimos que en Afueras, justo un poco más lejos del hangar de los aviones, se había desatado un incendio. Más rebeldes habían penetrado en la ciudad y combatían con los que resistían intramuros. Nos llegaron los gritos desde la calle principal. No dejé de acechar las calles, ni a las personas que corrían de un edificio a otro en su intento de llegar a la zona de apartamentos y regresar a sus casas. A lo largo de la muralla resonaron explosiones, y el tableteo de las ametralladoras se volvió tan constante que dejé de sobresaltarme.

—Dijiste que todavía nos quedaba tiempo —murmuró Clara.

Me había aferrado la muñeca, clavándome los dedos.

—Estaba convencida de ello —repliqué, sorprendentemente muy tranquila.

Los soldados no nos permitieron retirar las mesas apiladas delante de las puertas que conducían a la escalera, de modo que la única entrada a la terraza estaba obstruida. La mayoría de los comensales continuaban asomados a la barandilla mirando a los que luchaban. Casi nadie hablaba. Una mujer había sacado del bolso la cámara y tomaba fotos de las llamas que devoraban un almacén de Afueras.

En la zona sur de la ciudad sonaron disparos; allí se habían producido varios incendios, que el viento contribuyó a avivar. Divisé cientos de personas fuera de las puertas de la ciudad, una gran masa de individuos que disparaban contra los soldados apostados en las torres de vigilancia de la muralla. Desde nuestra altura avistábamos un fragmento de la puerta norte y vimos de repente, un poco más lejos, el fogonazo de las explosiones. Las siluetas se confundían en medio de la oscuridad creciente y resultaban indiscernibles.

El hombre mayor de pelo cano estaba sentado y, encorvado, apoyaba los brazos en la barandilla. A su lado se encontraba un individuo de unos cuarenta años, que comentó:

—Jamás conseguirán franquear las puertas. Hace un lustro se produjo el ataque de un grupo que había fabricado bombas de gasolina. El extremo norte de la muralla ardió todo el día y se consumió. Pero aun así, no lograron pasar. Los motines que se desencadenen en Afueras quedarán bajo control en un par de horas. No hay motivos para asustarse.

El hombre, cuya expresión era totalmente sincera, hizo una ligera reverencia, como si fuese el único con capacidad de tranquilizarnos.

Intenté atisbar el extremo sur de la muralla, donde había uno de los túneles que seguían en pie. Ese hombre estaba equivocado; los rebeldes entrarían en la ciudad... si es que todavía no lo habían hecho. Moss lo había descrito con todo lujo de detalles: en primer lugar asaltarían la puerta norte y, en cuanto los soldados se congregasen en esa parte de la muralla, otro grupo de sediciosos recorrería uno de los túneles y se dirigiría a Afueras a fin de recoger suministros adicionales. A partir del inicio del asedio, yo ignoraba en qué momento los rebeldes alcanzarían el centro de la ciudad. Lo que sí supe es que, si no estábamos en el Palace en compañía de Moss cuando lo tomasen, tanto Clara como yo podíamos darnos por muertas.

Me encaminé hacia las puertas que daban a la escalera, llevándome a Clara conmigo.

—Tenemos que irnos —le susurré—. No sé de cuánto tiempo disponemos.

Junto al acceso a la escalera se había formado un corrillo que lanzaba una pregunta tras otra a los soldados. Una mujer bajita estaba ante ellos y movía frenéticamente las manos. Como había anochecido, para no coger frío, pidió a los camareros que le prestasen una chaqueta corta de color rojo.

—Yo he de irme —anunció, tajante—. Mis hijos están a dos manzanas de aquí. ¿Qué pasará si los rebeldes franquean la puerta de la ciudad? ¿Qué haremos si eso ocurre?

—No la atravesarán. —El soldado que respondió llevaba la cabeza totalmente rasurada y en la nuca se le formaban gruesos pliegues rojizos—. En este momento lo que más nos inquieta tiene que ver con los disidentes que están dentro de la ciudad. Aquí estamos más seguros que en plena calle.

Tres hombres se quedaron junto a la mujer y se limitaron a escuchar. Uno de ellos extendió un brazo, sobrepasando al soldado, y empujó la parte superior de las puertas metálicas para ver si cedía.

—¡Atrás! —ordenó el otro soldado, que tiró del cuello de la camisa del hombre y lo apartó.

El individuo intentó zafarse y dijo:

—Hemos de ocuparnos de nuestras familias. ¿En qué os afecta que nos vayamos?

—Él tiene razón —intervine—. ¿Cuánto tiempo deberemos permanecer aquí arriba?

El soldado más grueso miró de soslayo a su compañero, y replicó:

—Son órdenes de su padre. —Perdió el aplomo al ver que otras personas se acercaban a la puerta de la escalera—. No quiere que la población esté en las calles para que los todoterrenos tengan el camino expedito. Se supone que debemos quedarnos donde estamos, al menos por ahora.

—¿Y vamos a estar cruzados de brazos? —El hombre que había formulado esta pregunta se hallaba junto a las puertas y se había quitado la chaqueta; tenía la camisa mojada de sudor—. ¿Qué pasará con nuestras familias? —Varias mesas bloqueaban la salida, por lo que cogió la pata de una de ellas y la apartó—. Ayudadme a retirarlas.

El soldado corpulento hizo ademán de detenerlo, pero yo lo cogí del brazo.

—Será mejor que nos dejes salir —aconsejé, mientras otra explosión resonaba en Afueras. El humo formó una repentina nube espesa. Hice acopio de fuerzas y sentencié—: Todos hemos de irnos. Si permanecemos aquí, quedaremos atrapados.

—Eve… —murmuró Clara—. Quizá tienen razón, y sería mejor esperar a que la situación se esclarezca. No deberíamos discutir con los soldados. —El militar fornido se reacomodó el fusil cuando el corrillo se puso en movimiento.

Pese a todo, di varios pasos al frente, sujeté una de las sillas de lo alto del montón y se la pasé a mi prima. Había dos mesas encajadas contra las puertas. Empujé la de abajo a lo largo del borde de la terraza. El soldado se quedó quieto sin saber si impedírmelo o no.

El sonido hueco y chasqueante de los explosivos era mucho más intenso que un rato antes.

—¡Vayámonos ahora mismo! —gritó un camarero, que llevaba el chaleco desabotonado. Se abrió paso hasta la cabecera del corrillo.

Los que estaban detrás de él lo siguieron y nos empujaron para que avanzásemos. El soldado intentó frenar al camarero presionándole el pecho con una mano, pero todos seguimos adelante. Una mujer cayó sobre mí y nos arrastraron hacia las puertas; la tenía tan cerca que olí su aliento a café.

Las piernas no me sostuvieron y solté la mano de Clara. Hubo gritos cuando nos precipitamos todos a una. De pronto las puertas cedieron y nos vimos lanzados hacia delante. Una mujer joven, que lucía un sombrero rojo, pasó por encima de las sillas colocadas en la salida de la terraza. Mientras corríamos escaleras abajo, acicateados por el intenso flujo de personas presas del pánico, alcé la mirada y vi que dos hombres habían arrinconado a uno de los soldados contra la pared mientras los demás bajábamos.

Nadie habló al bajar, atentos a no tropezar ni caer al tiempo que nuestros pasos resonaban en el cemento. Sin aliento, un anciano se detuvo delante de mí y se puso las manos en las rodillas. Varias personas pasaron corriendo por su lado y estuvieron a punto de hacerlo caer.

—No se preocupe —lo calmé, y lo cogí del brazo—. Baje los peldaños de uno en uno.

Seguimos descendiendo hasta que la escalera nos condujo a la planta baja del hotel renovado: el inmenso vestíbulo estaba vacío; las antiguas máquinas tragaperras estaban tapadas con sábanas; los restaurantes permanecían cerrados y todas las puertas tenían echado el cerrojo. La gente se dispersó por el laberinto de pasillos y probó diversas salidas, mientras yo aguardaba a Clara.

El anciano me dio las gracias antes de internarse por uno de los corredores a oscuras. Se alejó por él hasta convertirse en un punto diminuto y la penumbra lo devoró.

El silencio me causó terror. Tras las puertas de cristal, la calle principal estaba vacía salvo por un solitario todoterreno que circulaba por ella. Un soldado pasó corriendo por la acera; sus pisadas sonaron cada vez más distantes y el mundo volvió a ser un lugar sin ruidos.

El silencio se veía interrumpido por el rápido chasquido de los disparos. Una voz lejana gritó desde la acera de una calle lateral:

—¡Por aquí! ¡He encontrado una salida por la parte de atrás!

Clara terminó de bajar la escalera a toda velocidad y se arremangó el vestido para no tropezar.

Al verla recogerse el vuelo del traje de seda cruda y admirar su delicado cuello adornado con el colgante de rubíes, tomé conciencia del enorme peligro que corríamos. Era evidente que procedíamos del Palace: lo ponían de manifiesto nuestros cabellos recogidos y nuestros vestidos de telas de primera calidad que ahora, tantos años después de la epidemia, eran prácticamente imposibles de conseguir.

Junto a nosotras pasó un hombre con la chaqueta colgada del hombro.

—¡Señor! —grité cuando comprobé que iba en dirección a un corredor a oscuras. Aunque no se detuvo, giró la cabeza para mirarnos—. ¿Está dispuesto a prestarnos su chaqueta? No podemos salir así. Si algún rebelde nos ve, nos disparará.

Aminoró el paso mientras se lo pensaba. Se internó por el pasillo, pero dejó caer la chaqueta; la abandonó para que la cogiésemos. Varias mujeres, que iban en la misma dirección que el hombre, esquivaron la americana. Finalmente, Clara y yo nos quedamos solas en el vestíbulo vacío.

Cubrí los hombros de mi prima con la chaqueta, y yo me solté el recogido; la melena me tapó la cara y la parte superior del vestido. Como máximo había quince minutos de caminata hasta el Palace, pero no podíamos quedarnos donde estábamos, esperando. Seguimos a los demás y avanzamos hacia la oscuridad.

Diez

La calle principal estaba desierta si se exceptuaba el puñado de personas que pretendían regresar a su hogar. Habían colocado vallas metálicas que bloqueaban el lado oeste de la calle e impedían el paso de los ciudadanos. En estas, apareció un todoterreno, y nos detuvimos a la espera de que sus ocupantes nos reconociesen, pero el vehículo siguió su camino porque la atención de los soldados estaba pendiente de la zona sur de la muralla.

Di una ojeada al brumoso humo que se elevaba hacia el cielo y tapaba las estrellas. Del norte llegaba un resplandor anaranjado debido a los incendios que ardían en Afueras. Sonaron dos disparos sucesivos y, a continuación, una mujer lanzó un grito.

—¿Dónde está aquella tienda? —pregunté a Clara y, apretando el paso, la adelanté. Investigué hacia el este, cuyas calles laterales daban a los comercios y a los restaurantes—. Pasamos por allí un día que salimos a caminar, y comentaste que era donde todo el mundo compraba la ropa.

—Falta muy poco —me contestó señalando la esquina, que se encontraba a diez metros.

Corrí tan rápido como me lo permitió la larga falda, y la enagua de tul me irritó las piernas. Pero no me detuve hasta que giré por la tranquila vía lateral. La tienda estaba muy cerca de la arteria principal. Intenté abrir la puerta, pero no hubo suerte.

—Las piedras… —dije, y le indiqué los arbustos que bordeaban la avenida. Los habían plantado en la acera y habían cubierto la tierra con piedras bastante grandes—. Pásame una.

Encontró una piedra de tamaño considerable en la base de uno de los arbustos, y me la dio. Apunté al centro de la puerta de cristal y arrojé la piedra justo por encima del picaporte. El vidrió se rajó, se astilló y adquirió un aspecto blanquecino, como si fuera hielo triturado; al dispararse la alarma, se produjo un ruido tan intenso que las vibraciones me resonaron en el pecho. Abrí la puerta y corrí hacia el fondo, donde había un perchero con camisas.

Mi prima me bajó la cremallera del vestido y me ayudó a quitármelo. Cogí una blusa negra y un pantalón. Ella se cambió a toda velocidad, retiró otra camisa del perchero y se agenció un par de zapatos con cordones. La alarma continuó con su sobrecogedor gemido cuando Clara se agachó para anudarse los cordones. Temerosa de llamar la atención, di una ojeada a la astillada puerta, pero solo una persona se fijó en el local; la gente pasaba por delante tan apresuradamente que ni siquiera mostraba interés por la tienda.

—También nos los llevaremos —comenté y, de camino hacia la salida, cogí dos sombreros que estaban sobre una mesa.

Nos los calamos, y enseguida me sentí mejor al regresar a la calle principal.

Corrimos en silencio, con las cabezas gachas y mirando la acera. Desde el norte llegaba el sonido de más disparos y, al cabo de unos segundos, el chasquido de una explosión que se propagó como el del trueno y que lo sacudió todo en varios kilómetros a la redonda. Una mujer echó a correr por la calle tapándose los oídos con las manos; tras ella iba un anciano, que llevaba la chaqueta negra completamente sucia y cuya pernera derecha se le había rasgado a la altura de la rodilla. Aflojaron el paso al cruzarse con nosotras. La mujer señaló hacia atrás y gritó:

—Están llegando desde el sur. Son centenares. También hay muchachos de los campos de trabajo.

El hombre se detuvo unos instantes en la esquina, aferró la mano de su esposa y nos dijo:

—Que la suerte os acompañe.

En un viejo almacén se había desatado un incendio; el negro humo escapaba por una ventana rota y el ambiente se había cargado de olor a plástico quemado. Mientras corríamos,

67

reconocí el recodo de la arteria principal: estábamos a punto de divisar el Palace. La respiración de Clara y sus sordas pisadas en la calzada resonaban a mis espaldas. En efecto, el Palace fue apareciendo ante mis ojos: habían apagado las luces instaladas bajo las estatuas y sus siluetas apenas eran visibles entre los árboles; de las fuentes no manaba agua; montones de soldados bordeaban el extremo norte del centro comercial y los todoterrenos estaban aparcados en la acera, de manera que bloqueaban las entradas.

Extendiendo las manos por delante de nosotras para demostrar que íbamos desarmadas, empezamos a subir por la larga calzada de acceso, flanqueadas por los esbeltos árboles. El primero en descubrirnos fue el soldado apostado en la entrada principal; bajó el fusil y señaló hacia donde estábamos. Me detuve y Clara hizo lo mismo; dos militares se nos acercaron.

—Soy Genevieve —anuncié, y me quité el sombrero para que me viesen la cara—. Mi prima y yo nos quedamos atrapadas al inicio de la calzada.

Uno de los soldados descolgó la linterna que portaba en el cinturón y, con el haz de luz, recorrió las blusas y los pantalones negros que habíamos cogido en la tienda. Luego me alumbró la cara y no tuve más remedio que entornar los ojos.

—Discúlpenos, princesa —le oí decir, y repitió la frase al tiempo que varias figuras se nos aproximaban corriendo—. Con esa vestimenta no la hemos reconocido.

Nos escoltaron hasta la planta principal del Palace, presidida por estatuas femeninas cuyos brazos se elevaban hacia el cielo a modo de saludo. No tuve la más mínima sensación de consuelo, ni siquiera cuando montamos en el ascensor y nos elevamos sobre la ciudad. Mi único pensamiento se centró en Moss y en el ejército que llegaría de las colonias, al tiempo que me preguntaba cuándo y cómo me las apañaría para escapar.

Me senté en el borde de la bañera con la radio en las manos. Temerosa de que Charles me oyera desde el dormitorio, había tapado con una toalla el pequeño altavoz. Él se encontraba en una obra en construcción de Afueras cuando comenzó el asedio, y lo habían trasladado al Palace en un coche oficial. Un muchacho, que no superaba los dieciséis años, había arrojado un artefacto incendiario contra un todoterreno. Mi marido me explicó que el artefacto chocó contra el bastidor e incendió los asientos ocupados por dos soldados. Después de acostarse, Charles mantuvo los ojos abiertos y adoptó una extraña expresión: miraba un punto indeterminado, atento a algo que yo no alcanzaba a ver.

Encendí la radio, pasé las emisoras de la ciudad y las zonas de interferencias y llegué a la primera rayita que Moss había trazado con rotulador. Un mensaje quebró el silencio, ocasionalmente interrumpido por algún sordo chasquido. Se trataba de una voz masculina que enlazaba varias ideas inconexas que habrían resultado un galimatías para quienes desconocían los códigos. Intenté recordar al pie de la letra las instrucciones de Moss, es decir, los números que empleaba para dar sentido a esas palabras. El mensaje se repetiría al cabo de diez minutos, y una segunda emisora daría a conocer el último fragmento.

Había tratado de que no se me quebrase la voz cuando pedí a Charles que organizara una reunión con Reginald, el responsable de Prensa del soberano, ya que, a lo largo del día, mi padre había sufrido un empeoramiento y estaba postrado en cama. Le había comentado que quería hacer una declaración en nombre del rey. Charles no había vuelto a ver a Reginald desde la mañana y la mayoría de los soldados del Palace creían que se había desplazado a Afueras para informar de lo que sucedía. Yo no podría marcharme del Palace esa noche, tal como estaba previsto; no me iría sin garantías de que Clara, su madre y mi marido contarían con protección.

Tuve la sensación de que todo iba mal. Procuré no pensar; me limité, pues, a copiar las palabras que sonaron en la radio, y las apunté de siete en siete y de arriba abajo del papel, cumpliendo así las instrucciones de Moss. Escribí hasta que me dolió la muñeca y se me agarrotaron los dedos. A continuación giré el dial y lo situé en la siguiente rayita marcada por Moss.

Tardé casi una hora en apuntar esos disparates farfullados y en volver a escucharlos dos veces para verificar que lo había hecho bien. Cuando terminé, disponía de dos bloques de palabras, siete en vertical y diez en horizontal. Puse una hoja junto

69

a la otra, seleccioné palabras de tres en tres, de seis en seis y de nueve en nueve, y las copié otra vez.

Leí las nuevas frases. Apagué la radio y reflexioné sobre el mensaje: «Las colonias se han echado atrás y no ofrecerán apoyo para sitiar la ciudad».

Sostuve la radio con las dos manos y no pude creer lo que acababa de saber: las colonias no participarían. En un solo día y tras una única decisión, los rebeldes habían perdido miles de soldados. ¿Qué repercusiones tendría este hecho para los que ya combatían? ¿Qué suponía para los que estábamos en la ciudad? Moss estaba absolutamente convencido de que vendrían y proporcionarían el empujón definitivo para tomar la ciudad. Todo se había vuelto menos seguro.

Seguí sentada en el borde de la bañera y ansié sentir algo, lo que fuese, pero mis entrañas parecían huecas y frías. Cuando dejé la radio, tenía las manos entumecidas. En ocasiones, mi embarazo parecía una náusea constante y devoradora más que el crecimiento de un ser en mi seno. De todas maneras, desde el inicio del asedio no había sufrido tantos ascos y, aunque ya habían pasado más de ocho horas, mi vientre no estaba tenso ni contraído. No sentía nada. Esa nada me asustó. En mi mente resonaban sin cesar las palabras del médico: había dicho que todavía era posible perder la criatura, que el estrés y la tensión podían malograr el embarazo.

Al ponerme de pie, las rodillas estuvieron a punto de fallarme, pero me dirigí al fondo del cuarto de baño. Trepé al borde de la bañera y a duras penas llegué al respiradero metálico situado cerca del techo. Puesto que había quitado uno de los tornillos de la parte de abajo de la rejilla redonda, la deslicé hacia la derecha, la giré hacia arriba y, contando con espacio suficiente para meter la mano, retiré la bolsa de plástico que se encontraba en el fondo del conducto de ventilación, la bolsa que contenía la camiseta gris hecha un ovillo.

La saqué de la bolsa y pasé los dedos por el deshilachado dobladillo y por la etiqueta casi suelta en la que se había escrito con tinta la letra ce. Seguramente, era lo último que poseía de Caleb, la única prueba de que había existido; las costuras estaban semidescosidas y me pareció infinitamente pequeña, patética y efímera.

La palabra «pérdida» me pareció más dolorosa que nunca. ¿Y si perdía la criatura después de llevarla durante semanas en mi seno sin saberlo? Por primera vez, desde que me había enterado de que estaba preñada, el dolor me abrumó; era la misma clase de pena que me había asaltado repentinamente en las semanas posteriores a la muerte de Caleb. Sin embargo, por muy difícil que fuese ser madre lejos de las murallas de la ciudad, deseaba tener esa criatura..., porque formaba parte de mí, de nosotros. Dentro de cierto tiempo, esa niña (no sé por qué, pero tuve la certeza de que se trataba de una niña) se convertiría en mi única familia.

No podía seguir perdiendo más cosas. Me quedaba muy poco a lo que aferrarme. Moss se había ido. Caleb estaba muerto.

En pocos días todo habría terminado; la ciudad de Arena, Clara y el Palace quedarían atrás, y yo volvería a estar en el caos, sola, a la espera de que me dijesen que era posible regresar. ¿Cuánto tiempo tendría que esperar..., meses o años? Esa niña era lo único que me quedaba.

«Por favor», pensé, y por primera vez en varios días deseé el retorno de las náuseas y volver a sentir algo, lo que fuera. No quería perderla, no quería perder la posibilidad de lo que aquella criatura llegaría a ser y de lo que yo representaría para ella. Ahora no podía perderla. Cada vez que la apartaba de mi mente, la idea retornaba, hasta que terminé sentada en el alféizar de la ventana, con la camiseta entre las manos. Me puse la gastada tela sobre el rostro e intenté controlar la respiración, pero acabé atragantándome. Pasé horas de esa forma, en la quietud del cuarto de baño, casi incapaz de pronunciar su nombre: «Caleb».

71

Once

—Según el teniente Stark, los soldados superan numéricamente a los rebeldes por tres a uno.

Mientras nos informaba, tía Rose desplazaba por el plato los huevos del desayuno empujándolos con el tenedor. Era la primera vez que la veía sin maquillaje; un tono azul opaco le teñía las ojeras y las pestañas apenas se le apreciaban.

—Lo más importante es que aquí estamos a salvo —afirmó Charles—. Un centenar de soldados, o tal vez más, rodean el Palace. Nadie entrará en la torre.

Me miró por el rabillo del ojo, como si yo estuviera en condiciones de confirmar sus aseveraciones.

Un pequeño trozo de pan y el montoncito de huevos revueltos continuaban en mi plato. No tenía apetito y seguía sin sentir nada. Aunque la víspera mi padre se encontraba demasiado enfermo para hablar conmigo, el teniente nos había asegurado que el asedio sería reprimido en uno o dos días. Por otro lado, habían activado el racionamiento. Las cocinas estaban cerradas a cal y canto porque de Afueras no arribarían camiones con subsistencias. A una trabajadora del Palace, una mujer de cierta edad, larguirucha y que usaba gafas, le habían encomendado la desagradable tarea de atender las peticiones.

Continuamos en el comedor, entreteniendo la comida en los platos, a la vez que estábamos atentos a los sonidos de la ciudad. Los disparos todavía se oían en lo más alto de la torre del Palace y, de vez en cuando, los combates quedaban interrumpidos por una detonación hueca y veloz que me ponía la piel de gallina.

Clara rompió el silencio y, sin atreverse a mirarme, preguntó indecisa:

—¿Cómo está el rey?

Rose no alzó la vista del plato; pero apoyando el tenedor en el borde, respondió:

—Ni mejor ni peor. Supongo que no has mencionado su enfermedad fuera del Palace, ¿verdad?

—Claro que no, madre. —Y negó enérgicamente con la cabeza.

Me ruboricé y las mejillas me ardieron. En aquel momento, alguien caminaba por el pasillo y, a medida que se acercaba, sus pisadas resonaron con mayor intensidad. No aparté la mirada de la puerta, aguardando la llegada de Moss. ¿Dónde estaba? Cabía la posibilidad de que, durante el asedio, lo hubiesen herido o se hubiera escondido con los rebeldes. O tal vez lo habían arrestado... Existían demasiadas opciones por las que no se hallara aquí, en el Palace; por ello, procuré apartar mis pensamientos de la más aterradora idea: ¿y si me había traicionado?

Me costó muchísimo respirar. En el comedor hacía demasiado calor, y la visión de los huevos revueltos, del desayuno frío y cuajado, me provocó asco.

—No me siento bien —farfullé, y retiré la silla de la mesa—. No puedo...

No llegué a terminar la frase. Me levanté y salí, seguida de una horrorosa sensación de desesperanza. A pesar de las incertidumbres, quizá fuera mejor marcharse enseguida. Pero no podía dejar a Clara ni a Charles en la estacada. Si el comentario del teniente era atinado y el ejército lograba sofocar a los rebeldes, después de todo estarían a salvo. Yo era la única que corría peligro.

Eché a andar hacia mis aposentos cuando oí una voz a mis espaldas:

—Princesa Genevieve. —Era el médico—. Su padre quiere hablar con usted.

Sus negros ojillos me escudriñaron a través de los gruesos cristales de las gafas. Parecía cansado y estaba encorvado y pálido.

—Me encuentro mal. Ahora mismo no me es posible visi-

73

tarlo. Lo lamento —repliqué muy secamente, y me marché.

Pero el médico, siguiéndome, me sujetó del brazo.

—Es posible que no esté despierto más que una o dos horas —precisó, y señaló la otra punta del pasillo—. Dio a entender que era importante.

Caminamos en silencio. Y dejé de resistirme, pues comprendí que al doctor le resultaría muy extraño que, en esa situación, no quisiera hablar con mi padre, dado lo enfermo que estaba. Me estrujé las manos, intentando luchar con las dudas que no cesaban de asaltarme.

—Hasta ahora los análisis no han sido concluyentes —explicó cuando nos acercamos a la suite del rey, ante cuya puerta dos soldados montaban guardia—. Las posibilidades son cada vez menores, pero por el momento está estable.

El olor a lejía llegaba hasta el pasillo. Dentro de la suite fue todavía más intenso, ya que se mezclaba con el hedor de la enfermedad que todavía persistía en el ambiente. Franqueé el umbral y me sorprendió ver a mi padre sentado en la cama, las cortinas descorridas y la habitación insoportablemente iluminada.

Se lo veía frágil, y tenía la piel fina y reseca. A la luz del sol estaba más pálido si cabe y sus ojos, de color azul grisáceo, parecían transparentes; los labios se le habían agrietado tanto que le sangraban. Me volví hacia el médico, pero ya se había retirado. La puerta de la suite estaba cerrada, y mi padre y yo nos quedamos a solas y en silencio.

No fui capaz de preguntarle cómo se encontraba ni de permanecer en su habitación fingiendo que no era eso lo que yo quería. Me senté a los pies de la cama y entrecrucé las trémulas manos en el regazo. Él tardó en tomar la palabra.

—Me has mentido —me acusó.

Notaba tan seca la garganta que me dolía. Era imposible deducir qué sabía él o de qué se había enterado, ni si yo podría soslayar los hechos o si no tenía salida.

—No sé de qué hablas —respondí, aunque me pareció una respuesta patética.

—Genevieve, ya no te creo. —Toqueteó el esparadrapo que tenía adherido al dorso de la mano, del que salía un tubo de plástico conectado a una bolsa de suero casi vacía—. Hace mucho que dejé de creerte y estoy seguro de que tú tampoco te fías de mí.

—En ese caso, no me hagas preguntas.

Disimular no tenía el menor sentido. En los últimos meses nos habíamos sumido en el silencio, y el resentimiento había ido en aumento y se había convertido en lo más natural. Ni siquiera mi embarazo logró modificar esa situación mucho tiempo.

El rey jadeó y recostó la cabeza en la almohada.

—Dime una cosa. ¿Hay más de un túnel que conduzca a Afueras?

—Ya he compartido contigo cuanto sé sobre los planes de los disidentes —me apresuré a contestar, encarándome a él—. Caleb no me dijo más de lo imprescindible para nuestra partida.

—Explícame cómo entran en la ciudad —añadió. Un hilillo de sudor descendió por una sien y se frenó en los pelos de la patilla—. Pese a los esfuerzos de los sediciosos, la puerta norte todavía no corre peligro, aun cuando hay miles, repito, miles de rebeldes dentro de las murallas.

—No lo sé —contesté, en esta ocasión más enérgicamente—. Podemos repetir este interrogatorio si lo prefieres en presencia del teniente Stark, pero no cambiará nada. No tengo nada que añadir.

Lentamente y sin decir nada más, mi padre se relajó en el lecho. Bajo la camisa de dormir, me pareció que se había empequeñecido y adelgazado

—No tomarán la ciudad. No lo permitiré —remachó. En lugar de mirarme, desvió la vista hacia la ventana, hacia un punto indiscernible y próximo a la muralla del este—. Todo acabará muy pronto.

Me pasé las manos por el pelo. En mi vida había tenido tantas ganas de gritar a pleno pulmón o durante un tiempo interminable. El ejército de las colonias nunca llegaría. Mi padre estaba enterado de la existencia de los otros túneles que comunicaban con Afueras. ¿Dónde se había metido Moss? ¿Adónde podría encaminarme cuando me fuera? ¿Acaso los túneles estaban expeditos para mi salida, o sería retenida por los rebeldes que entraban en la ciudad y que desconocían que yo estaba de su parte?

75

Seguí sentada a los pies de la cama y presté atención al tenue sonido del fuego de artillería, que procedía del oeste.
Mientras él continuaba en el lecho y se debatía entre la enfermedad y la muerte, solo contaba una pregunta: si el rey estaba
en lo cierto y los rebeldes eran derrotados, ¿me considerarían
una sediciosa más?

Doce

$\mathcal{A}$ la mañana siguiente permanecí largo rato en la cama, con los ojos cerrados, y me dediqué a escuchar el silencio; todo el cuerpo me pesaba a causa del agotamiento. Inspiré e intenté normalizar mi respiración, como tantas veces había hecho a lo largo de las últimas semanas. Tardé unos segundos en comprender a qué se debía esa reacción: las náuseas habían vuelto, y de nuevo me invadía una sensación desagradable y vertiginosa. Bajé entonces la mano hasta mi terso vientre, hasta la redondez apenas intuida y tapada por el camisón.

Sonreí y me permití esa alegría sencilla y fugaz. Todo iba bien: la niña seguía en mi vientre, conmigo. Yo no estaba sola.

Desde el pasillo me llegó el débil sonido metálico de los cacharros que el cocinero utilizaba para preparar el desayuno. Por lo demás, en mi dormitorio reinaba la tranquilidad. Los disparos habían cesado. No se habían producido más explosiones en Afueras, sino que solamente se percibía el runrún de los todoterrenos oficiales o un bocinazo cada vez que uno de esos vehículos avanzaba a toda velocidad hacia el Palace. Continué tumbada y echa un ovillo con la esperanza de evitar las náuseas.

—¿Estás dormida? —susurró Charles desde algún punto de la habitación.

A veces hacía esas cosas; para él eran de lo más normales. Después de apagar las luces y quedar sumidos en la oscuridad, solía preguntarme si estaba dormida. En caso de estarlo, ¿cómo iba a responderle?

Me acomodé de lado y lo vi junto a la ventana. No había demasiada luz porque estaba nublado. Él sujetaba un trozo de cortina y lo acariciaba con el pulgar.

—¿Qué ocurre? —quise saber.

Charles ya se había vestido, aunque la corbata sin anudar le colgaba del cuello.

—Algo está pasando —contestó sin girarse. Se inclinó un poco para mirar por la ventana, y la cara le quedó a tres centímetros del cristal.

—Todo ha terminado, ¿no? —inquirí—. En algún momento de esta mañana ha cesado el fuego de artillería.

Él negó con la cabeza. Tenía un aspecto raro y fruncía el entrecejo, como si quisiera descifrar algo.

—Yo diría que está empezando —murmuró, pero se le quebró la voz.

Me acerqué a la ventana y contemplé la ciudad: la gente se había disgregado por la calle principal y se apretujaba entre los edificios, tal como hacía durante los desfiles. Pero no ondeaban banderas, ni se oían vítores ni arengas que a nuestra planta hubieran llegado como el zumbido de unas interferencias. Por el contrario, los ciudadanos se habían congregado ante la fachada del Palace, justo superadas las fuentes, y apenas se movían a medida que el sol transmitía su calor.

—¿Qué hacen? —pregunté—. ¿Qué está pasando?

—Están esperando —contestó Charles—. Ciertamente, no sé a qué esperan.

Señaló el extremo norte de la calle, desde el cual un todoterreno se abrió paso en medio de la muchedumbre; la gente se apartó para cederle el paso y enseguida volvió a juntarse. En la entrada del Palace habían montado una tarima baja y cuadrada que resultaba visible desde la altura a la que nos encontrábamos.

—¿No sabes nada de todo esto?

Mi esposo se llevó la mano a la sien, como si le doliese la cabeza, y respondió:

—He estado aquí toda la noche. ¿Cómo quieres que esté más informado que tú?

—Porque trabajas para mi padre —contesté rápidamente y, acercándome al armario, cogí un jersey y unos pantalones.

Él me siguió cuando crucé la habitación en dirección a la cómoda. Pasó un extremo de la corbata alrededor del otro, la anudó y se ajustó deprisa el nudo al cuello.

—Me encargo de las obras en construcción, pero no libro una batalla contra los rebeldes. Soy como las otras personas que viven en la ciudad y hago lo que puedo con lo que me ha tocado en suerte.

—Pues no es suficiente —le espeté.

Sabía perfectamente que él no tenía la culpa, pero estaba allí presente y era la única persona que tenía a mi alcance.

Entornó los ojos y se alejó de mí. Detestaba que lo pusiera en el bando del rey y lo considerase responsable de lo que este hacía. Pero lo cierto es que ahí estaba, ¿no? Si hubiese defendido la mejora de las condiciones en los campos de trabajo, como insistía en que había hecho, ¿por qué todo seguía prácticamente igual? ¿Por qué precisamente él no lo había impedido?

Me cambié con rapidez y me oculté de mi marido en el frío cuarto de baño. La calma exterior me causó pavor. Apenas eran las ocho de la mañana. Si se proponían hacer alguna declaración, mi padre o el teniente Stark lo habían programado antes del desayuno, antes de que los demás despertásemos.

Salí de la habitación rumbo al pasillo y caminé a lo largo de la sucesión de habitaciones. Al cabo de unos segundos, oí que se abrían unas puertas y el sonido de las pisadas de Charles, que estaba empeñado en seguirme. No me molesté en darme la vuelta cuando inquirí:

—¿Qué estás haciendo?

—Me gustaría preguntarte lo mismo.

—Quiero bajar para ver qué sucede.

Seguí andando y nuestros pasos sonaron acompasados hasta que, a grandes zancadas, me alcanzó. Se estaba anudando un poco más la corbata.

—Iré contigo.

Hacía frío en el pasillo y se me puso la carne de gallina. Alguien murmuraba al fondo del corredor, cerca de la suite de mi padre, voces muy tenues que salían del salón. No se veía por ningún lado a los soldados que, habitualmente, estaban apostados junto al ascensor y la escalera.

Entramos en el salón. Un grupo de personas se había reunido delante de la ventana: varios soldados y unos cuantos trabajadores de las cocinas del Palace. Una de las cocineras, que llevaba días en la torre a la espera de que acabase el asedio, había apoyado las manos en el cristal y tenía los ojos enrojecidos.

—¿Qué pasa? —quise saber—. ¿Qué está ocurriendo?

Los soldados apenas desviaron la mirada del ventanal. Me acerqué, me situé tras ellos e intenté indagar qué sucedía. En la calle, el todoterreno se había abierto paso entre los ciudadanos, y los soldados se habían agrupado alrededor cuando abrieron la puerta trasera. Me resultó imposible saber quién se apeaba pero, en cuanto abandonó el vehículo, la gente se desplazó de lugar y los gritos se entremezclaron. Un montón de personas se juntaron y enseguida se dispersaron, como un inmenso enjambre de moscas.

—Son los cabecillas rebeldes —dijo un soldado—. Los han cogido.

El pánico pudo conmigo y me notaba pulso.

—¿Quiénes son? ¿Dónde los han encontrado? —pregunté dirigiéndome a varios trabajadores del Palace. La cocinera, una mujer mayor que lucía una larga trenza canosa, se apoyó la barbilla en la mano y replicó:

—Me figuro que en algún rincón de Afueras.

Marcus, uno de los camareros del comedor, apretó los labios hasta formar una línea recta; tenía los ojos inyectados en sangre y las mejillas hundidas.

—Pobres desgraciados —comentó.

—No se puede decir que sean inocentes, ¿no crees? —le espetó un soldado—. ¿Sabes cuántas personas han muerto estos días defendiendo la ciudad?

—¿Dónde los llevan? —inquirí.

Nadie abrió la boca. Regresé al pasillo, seguida de Charles. Pulsé insistentemente el botón del ascensor que subía por la torre. No me decidí a hablar hasta que entramos en el elevador y las puertas se cerraron a nuestras espaldas.

—¿Para qué los han traído hasta la entrada del Palace? ¿Para darles un escarmiento público, o para mostrar a todos qué les ocurre a quienes desacatan las órdenes de mi padre?

Un cosquilleo me recorrió el estómago cuando descendimos, primero un piso y luego diez. Charles se apartó el pelo de la cara y repuso:

—No lo sé. No creo que volvamos a esas prácticas. Como mínimo, habría que celebrar juicios. Todos son inocentes hasta que se demuestra su culpabilidad, ¿no era así?

—Tú lo has dicho: era así. Has hablado en pasado. No creo que ahora a mi padre le preocupen mucho los juicios.

Los números de las plantas, que se iluminaban uno tras otro, indicaban nuestro descenso. Cuando se abrieron las puertas en el vestíbulo, tuve la sensación de que la muchedumbre estaba dentro del Palace. En la calle principal, los ciudadanos chillaban. No entendí ni una palabra porque sus voces se mezclaban y resonaban en la estancia de mármol, arrollándonos como un tren estrepitoso. Hannah y Lyle, dos empleados del Palace, habían abandonado sus puestos en la recepción, se habían acercado a las puertas de cristal y miraban afuera. Estaban muy pálidos.

—Es el infierno —afirmó Hannah—. Me parece descabellado que vayan a hacer eso. No pueden hacerlo.

Lyle, que solía encargarse de los coches que entraban y salían del Palace, abrazó a su compañera y la sostuvo para ayudarla a mantenerse en pie. Eché a correr hacia ellos y atravesé las puertas de cristal. La parte posterior de la tarima estaba situada delante de las fuentes; tendría, aproximadamente, un metro y medio de altura; la parte de abajo estaba cerrada y no era visible. Sobre el suelo había dos postes colocados en forma de letra te, a cada lado de los cuales había un prisionero con las manos atadas a la espalda y una cuerda alrededor del cuello.

Enfilé el sendero y salté por encima de los maceteros de piedra que separaban el Palace de la calle. Me resultó imposible acercarme a la tarima por detrás, ya que esa parte estaba bloqueada por un todoterreno, desde cuyo asiento trasero los soldados asistían a los acontecimientos, como si se tratase de una representación callejera de las que a veces tenían lugar en esa misma calle. Dos soldados sujetaban a los prisioneros por las manos.

—¡Genevieve, espera! —gritó Charles detrás de mí.

81

Pero yo ya me dirigía a la acera, donde un corro de personas se apretujaba contra la valla metálica para ver mejor.

—¡Traidores! —chilló un hombre que se encontraba frente a la tarima.

Supe que era de Afueras por la chaqueta raída y las coderas manchadas de barro. Echó la cabeza hacia atrás para coger impulso y escupió en dirección a los pies de los prisioneros.

A través de los árboles vislumbré las figuras de los rebeldes: el hombre era alto, delgado y estaba pálido; se le veían las costillas a través de la ensangrentada camisa. Al principio, no lo reconocí. Pero cuando atravesé la verja y me mezclé con la gente, discerní el tupido cabello negro, tieso en el borde de la frente, porque estaba impregnado de sangre seca; la hinchazón de un ojo lo obligaba a mantenerlo cerrado, aunque, a pesar de que no llevaba puestas las gafas, Curtis seguía siendo Curtis. Se irguió y mantuvo alta la cabeza cuando los hombres que estaban más cerca le lanzaron improperios.

Jo se encontraba a su lado, maniatada. Le habían cortado las rubias rastas y el pelo se le pegaba a las orejas; la pechera de la camisa estaba rasgada, de modo que la parte superior del pecho había quedado al descubierto y se veía despellejada.

—¡Dejadme pasar! —chillé. Me adentré entre los congregados y me acerqué a la tarima—. Necesito aproximarme.

Casi nadie me reconoció gracias a la vestimenta informal y la melena suelta, que me llegaba más abajo de los hombros. La muchedumbre se apretujó y recibí un fuerte codazo en un costado. Me debatí por avanzar en medio del gentío. Un patoso hombretón se recostó en mí, pero lo esquivé y lo adelanté.

—¿Qué os pasa? —pregunté a grito pelado—. ¿Por qué nadie impide lo que está ocurriendo?

Me acerqué a la tarima e intenté salvar la distancia que nos separaba. En ese momento mi mirada y la de Jo se encontraron. Al cabo de un segundo, el suelo desapareció bajo los pies de los prisioneros. Permanecí donde estaba, y las lágrimas nublaron mi visión, mientras algunos de los presentes aplaudían. Otras personas guardaron silencio. Jo fue la primera en caer: su cuerpo quedó a medias visible sobre la tarima y la cabeza se le torció de forma espeluznante. Curtis se sacudió espasmódicamente varios segundos, luchando contra lo que le ocurría, hasta que, finalmente, se quedó quieto; las puntas de los dedos de los pies estaban a pocos centímetros del suelo.

Trece

Otro todoterreno se acercó. El gentío se desplazó para darle paso, lo que me permitió ver que el vehículo transportaba tres prisioneros a los que no reconocí. A medida que transcurrían los minutos y los soldados descolgaban los cadáveres de Jo y Curtis y los depositaban en un camión de plataforma, parte de la muchedumbre se dispersó y regresó a la calle principal. La mujer que estaba a mi lado se tapó con las manos las ruborizadas mejillas.

—¿Qué estamos haciendo? —preguntó al hombre que la acompañaba antes de que fueran empujados y, rápidamente, rodeados por los presentes.

Unas cuantas personas se quedaron donde estaban, en silencio, a la espera de ver las siguientes ejecuciones. Me aproximé a la tarima hasta llegar junto a la valla metálica; aferré los barrotes e, impulsándome en el inferior, salté. Charles me dijo algo a gritos, pero no le hice el menor caso y eché a correr hacia la parte trasera de la tarima, donde dos soldados montaban guardia. Se tapaban la cara con grandes pañuelos de color verde, que casi les cubrían los ojos. Estaban ligeramente de espaldas a mí y vigilaban los todoterrenos aparcados allí detrás, por lo que no me vieron llegar. Sin pensar en lo que hacía, me acerqué hacia uno de aquellos hombres y le arranqué el pañuelo, de manera que su cara quedó al descubierto.

—¡Sois un hato de cobardes! —chillé—. ¡Quiero saber quién lo ha hecho! ¡Mostradme quiénes sois!

El soldado, que no debía de tener más de diecisiete años, se tapó rápidamente. Mirando a la azorada multitud que había detrás de mí, hizo cábalas acerca de cuánta gente le habría visto el rostro.

Dos soldados prepararon las armas y me apuntaron antes de que Charles saltase la valla y se acercara gritando:

—¡Es la princesa! No pretendía hacer daño. Ha sufrido una conmoción.

—Es evidente que lo he hecho a propósito. No tienes derecho a decir eso, no deberías...

—Sacadla de aquí —ordenó un soldado más veterano, que todavía me enfocaba desde la mira del fusil—. Lleváosla ahora mismo.

Charles me agarró del brazo y me empujó hacia el Palace.

—¿Te has vuelto totalmente loca? —me recriminó cuando por fin nos alejamos de la tarima—. Puedes considerarte afortunada porque no te dispararan. ¿Qué demonios te ha pasado por la cabeza?

Continuaba aferrándome firmemente del brazo cuando iniciamos el ascenso de la larga calzada de acceso, y no me lo soltó al traspasar las puertas de cristal ni al cruzar el vestíbulo. El gentío quedaba atrás.

—Tendrás que hablar con tu padre sobre este asunto —sentenció.

—¿Quién crees que dio la orden?

Me enjugué las lágrimas e hice un esfuerzo por no pensar en la hinchazón de la cara de Jo, ni en los moretones, ni en los ojos inyectados en sangre que le habían quedado abiertos. ¿Cómo los habían encontrado? Puesto que Moss no estaba con ellos, ¿dónde se había metido?

Charles pulsó el botón del ascensor. Me percaté de su preocupación mientras seguía sujetándome del brazo, ya que la mano le temblaba ligeramente. Lo único que me vino al pensamiento fueron el cuchillo y la radio escondidos entre los libros de la estantería. Tenía que largarme inmediatamente, ese mismo día, con el consentimiento de Moss o sin él.

—¡Por todos los dioses! —exclamó mi marido en cuanto entramos en el ascensor. La puerta se cerró y quedamos encerrados en la fría celda de acero—. Los conocías, ¿no es así?

Se agachó e intentó mirarme a la cara. Fui incapaz de pronunciar una sola palabra. Tenía en la mente la imagen de Curtis aquella noche en el motel, su expresión relajada y sus labios, que dibujaron una semisonrisa mientras estudiaba los croquis de los túneles de prevención de inundaciones. Fue la ocasión en la que me pareció más feliz que nunca.

—No puedo hablar de esto —repuse por fin, y estudié mi imagen en el pequeño espejo curvo que colgaba de una de las esquinas superiores del ascensor—. No puedo.

Me metí las manos en los bolsillos con el propósito de calmar mi nerviosismo.

—Te prometo que no estás sola en este asunto. Puedo ayudarte. —Charles extendió la mano y yo puse la mía encima, permitiendo que la estrechase, de tal manera que mis dedos recuperaron lentamente el calor—. Genevieve, estoy a tu lado para lo que necesites.

Me habría gustado creerle y confiar en él, pero había vuelto a equivocarse con el nombre: «Genevieve». Ese era el motivo por el que estaba sola, una de las muchas razones que él no alcanzaba a comprender. A veces me llamaba así y adoptaba el mismo lenguaje que mi padre, los mismos intentos protocolarios y soberbios de compartir la intimidad. Una vez sofocado el asedio, la ciudad volvía a estar bajo el control del rey, de modo que Charles no podía ayudarme. El pobre ni siquiera sabía quién era realmente yo.

Momentáneamente, se me ocurrió que me habría gustado explicárselo y observar su expresión cuando le revelase que había intentado asesinar a mi progenitor. También me habría gustado decirle que los croquis que había echado en falta la tarde en que registró los cajones habían sido robados y entregados a los rebeldes, que Reginald, el jefe de Prensa del monarca, había sido mi único confidente fiel entre las paredes del Palace, que todos los días el periódico publicaba mensajes cifrados como aquel que una mañana, sin saberlo, él mismo me había leído en voz alta… ¿Qué diría y cómo reaccionaría si le comunicaba que estaba decidida a irme, sola y, probablemente, para siempre?

Las puertas del ascensor se abrieron, aparté la mano de la suya y salí al pasillo.

—Si de verdad quieres ayudarme, déjame en paz, aunque solo sea durante la mañana, durante un rato.

Se quedó inmóvil, sujetando la puerta del ascensor y viendo cómo me alejaba.

Entré en nuestra habitación, busqué uno de los maletines de piel de Charles y metí los papeles que contenía en uno de los cajones inferiores del escritorio. Actué deprisa: retiré de la cómoda varios jerséis y calcetines, optando por los gruesos de lana que él se ponía con los mocasines; guardé también la radio en el maletín y me colgué el cuchillo del cinturón, para tenerlo al alcance de la mano; recogí el fajo de cartas de la mesilla de noche y registré cada cajón por última vez en busca de la foto de mi madre, que había desaparecido después de las primeras semanas en el Palace, pero nunca cesé en mi empeño de recuperarla. Seguramente, estaría debajo de unos papeles o se habría caído por el hueco posterior de los cajones. Pero no disponía de tiempo para seguir buscándola. Entré rápidamente en el cuarto de baño y trepé al borde de la bañera: la camiseta de Caleb seguía allí, tras la rejilla. Una vez que estuvo todo cuanto necesitaba en el maletín, lo cerré y salí.

87

Antes de abandonar el Palace pasé por la cocina: estaba desierta, pues los trabajadores seguían apostados junto a las ventanas del salón; las alacenas se hallaban medio llenas porque los víveres se agotaban después de tantos días sin reparto. Registré armarios y cajones y seleccioné varias bolsas de higos y manzanas deshidratadas, así como la delgada carne de cerdo en salazón que prensaban en hojas de papel. En las últimas semanas había sido incapaz de probarla, pero la escogí porque sabía que me resultaría útil. Abrí el grifo, llené tres botellas con agua y las guardé. Cuando salí nuevamente al pasillo, me topé con dos soldados apostados junto al ascensor, cuyas miradas fueron alternativamente de mí a mi maletín.

Caminé hacia ellos y les planté cara.

—Enseguida vuelvo —dije, y accioné el botón para llamar al ascensor—. Prometí a mi esposo que le dejaría el maletín en el despacho; me pidió unos papeles que se había dejado en nuestra habitación. —Señalé las puertas metálicas y aguardé a que se hiciesen a un lado y me dejaran pasar. No se movieron.

El de más edad, un hombre de dientes mellados, cambió de posición y bloqueó las puertas.

—Su padre necesita hablar con usted —me informó el más joven, sujetándome por la muñeca.

Ya había visto antes a ese hombre haciendo guardia al final del pasillo. Siempre lucía una barba incipiente, pues tenía la piel tan blanca que se le notaban los oscuros pelillos subcutáneos.

—Antes debo bajar —insistí, y me solté—. Hablaré con él cuando cumpla mi recado.

Pero el otro soldado me cogió del brazo, aferrándomelo a la altura del bíceps; aguardé a que me soltara pero, por el contrario, me obligó a retroceder en dirección a la suite de mi padre.

—El rey no puede esperar —puntualizó.

Palpé el cuchillo que llevaba colgado del cinturón, adherido firmemente al muslo. Pero como un soldado me agarraba del brazo derecho y el otro por la izquierda, yo no tenía espacio para maniobrar. Me condujeron por el pasillo hasta la estancia del rey. Cuando nos acercábamos a la puerta, oí la voz de Charles, que hablaba atropelladamente.

—No lo sé —concluyó justo cuando entramos—. De todas maneras, no creo que sea cierto.

El soldado con el que mi marido conversaba se dio la vuelta. Se trataba del teniente Stark. Mi padre se había levantado, y me pareció que estaba muy recuperado. En la estancia se encontraba otro hombre, de espaldas a mí y maniatado con bridas de plástico; por el pelo corto y canoso y el anillo de oro mate que llevaba supe que era Moss.

—Genevieve, estamos intentando esclarecer la cuestión —explicó el teniente—. ¿Fue usted quien introdujo el extracto tóxico en la medicación de su padre, o lo hizo Reginald?

Moss se giró hacia mí y clavó sus oscuros ojos en los míos, pero no hallé nada descifrable en su expresión: ni miedo, ni confusión, absolutamente nada.

—Ya les he dicho que no sé de qué hablan —explicó Charles entrecerrando los ojos, como si le costara reconocerme.

Traté de recuperar la compostura y de dar a mi rostro un aspecto que inspirase confianza.

—¿Por qué haría Reginald semejante disparate?

Mi padre miró de soslayo al teniente antes de afirmar:

—Mentir no tiene sentido. Uno de los rebeldes lo ha delatado. Lo único pendiente es averiguar cómo llegó el veneno a mis medicinas, sobre todo si tenemos en cuenta que hace meses que este hombre no entra en mi suite. El día que estuviste aquí, el mismo en el que nos enteramos de que estabas embarazada... Quiero saber si fue entonces cuando lo hiciste.

—Aquel día apenas me tenía en pie; nunca me había sentido tan mal...

Al escuchar esa respuesta, mi padre estalló y las venas del cuello se le hincharon cuando gritó:

—¡Ya no puedes engañarme! ¡No lo permitiré! ¡Estás muy equivocada si crees que eres inmune porque estás preñada!

—¿Inmune a qué? ¿Inmune a ser asesinada como los rebeldes? ¿Inmune a ser liquidada como todos los que no están de acuerdo contigo?

El rey le hizo un gesto con la cabeza al teniente y, luego, de la misma forma señaló a Moss. Stark lo agarró del brazo y lo obligó a darse la vuelta y, en cuanto a mí, los soldados me retorcieron la muñeca izquierda que me mantenían sujeta a la espalda.

—Las cosas no tienen por qué ser así —intervino Charles, que se adelantó tratando de interponerse ante la puerta—. Estoy convencido de que es un malentendido. ¿Por qué razón Genevieve tendría algo que ver con todo esto? ¿Dónde pensáis trasladarlos?

En lugar de responderle, el monarca se dirigió a la ventana. El gentío se había congregado en la calle. Moss me miró de reojo y me pregunté si, por alguna razón, en las reuniones que habíamos mantenido en la tranquilidad del salón, había presentido lo que estaba ocurriendo, si había intuido que avanzábamos irremediablemente hacia ese instante. ¿Cabía la posibilidad de que hubiese sabido que estaríamos allí, juntos, y que su futuro se vería tan enlazado con el mío?

Saqué el cuchillo sin darles tiempo a que me sujetasen la otra muñeca, y tardaron unos segundos en hacerse cargo de lo que pasaba. Moss no titubeó. Echó todo el peso del cuerpo hacia atrás y estampó al teniente Stark contra las puertas del armario situado detrás de él. Me llegó el sonido hueco producido

89

por el golpe y la respiración entrecortada del militar a medida que recobraba el aliento.

Moss corrió hacia mí, teniendo las manos aún atadas con las bridas de plástico, e hizo perder el equilibrio a uno de los soldados. Yo retrocedí lanzando cuchilladas contra el otro soldado. Cuando este se dobló por la cintura y la sangre se le acumuló en la palma de la mano, Moss y yo salimos de la suite.

En el pasillo no había nadie. Corté las ataduras de Moss, que sacudió las manos a fin de recuperar la circulación, y caminamos hacia el extremo del corredor, rumbo a la escalera que había después del recodo.

—Allí montan guardia, como mínimo, dos soldados —le informé.

Mi compañero titubeó ligeramente cuando echamos a correr hacia los ascensores. Pero entonces la puerta de la suite de mi padre se abrió, y el teniente Stark se plantó ante ella en la otra punta del pasillo. Entreví la pistola antes que Moss, que se había lanzado para presionar el botón del ascensor, sin molestarse en mirar atrás. El disparo lo alcanzó en la espalda, entre los omóplatos; trastabilló y se dobló sobre sí mismo, pero se apoyó de lado en la pared, intentando aguantarse de pie.

El teniente volvió a levantar la pistola en el preciso momento en que se abrían las puertas del ascensor. Cogí a Moss por las axilas y, aunque pesaba mucho, lo arrastré hasta el interior del elevador. Cuando alcé la cabeza, distinguí a Charles, que había aferrado al teniente por la camisa y trataba de desviarle el brazo que empuñaba el arma. La pistola se disparó y la bala rebotó en la pared, al lado del ascensor, y se incrustó en la caja de metal. Lo último que observé fue el demudado rostro de mi marido que luchaba con Stark para hacerse con el arma.

Catorce

*T*emía mover a Moss, pues me preocupaba causarle todavía más daño. La herida de la espalda apenas le sangraba, pero tenía los labios muy blancos y se le había hinchado el pecho, como si estuviese inspirando prolongada e ininterrumpidamente. Le quité la corbata y desabroché los botones superiores de su camisa para que respirara mejor. Abrió y cerró sin cesar la boca, cada vez más despacio, igual que un pez fuera del agua.

La situación se tornó surrealista, como si fuese una rara escena de la que yo era testigo, pero en la cual no participaba. Intenté practicarle el boca a boca, como había visto que lo hacían en el colegio aquella vez que una de las chicas sufrió un ataque de convulsiones. Nada dio resultado. La bala le había dado de lleno y lo había destrozado.

Cuando llegamos a la planta baja de la torre, Moss ya había muerto. Sabía que tenía que irme, pero me resultaba imposible dejar de presionar la muñeca de aquel hombre, como si así pudiera devolverle el pulso. Las palmas de las manos se le habían quedado húmedas y frías, los ojos abiertos y las extremidades, rígidas e inmóviles. Cuando por fin salí del ascensor, esperé a que las puertas se cerrasen; su cuerpo quedó dentro.

Caminé cabizbaja junto a la fila de soldados de la entrada. Los trabajadores del Palace seguían pegados a los cristales, atentos a la ejecución de los últimos prisioneros. Me tapé las manos con el jersey para ocultar la sangre que me las había manchado. Disponía, como mucho, de unos minutos antes de que diesen la voz de alerta, y antes de que el teniente Stark llegara a la base de la torre y registrase la calle principal.

Serpenteé por la larga calzada de acceso al Palace y me encaminé hacia el sur hasta llegar a la calle. Imaginé qué habría pasado si, al salir de la suite de mi padre, hubiéramos torcido a la derecha en lugar de a la izquierda, o si hubiese sido yo la primera en llegar a las puertas del ascensor. ¿Qué supondría para la ruta la pérdida de Moss, qué harían ahora que…?

—¡Eve, Eve…, espera! —gritó una voz conocida—. Hace rato que te llamo. ¿Por qué no me hacías caso? —Pegué un respingo cuando Clara me aferró la muñeca. Tenía la cara bañada en lágrimas y la punta de la nariz le había adquirido un tono rosáceo—. Te marchas, ¿no?

Mirando detrás de mí, reparó en que la muchedumbre se dispersaba en dirección a Afueras. El cielo era de un gris sofocante; tronaba y relampagueaba.

—He de irme. Me persiguen —respondí.

Me pasé las manos por las mejillas: yo también estaba llorando. Estreché la mano de mi prima, notando el calor de la mía, di media vuelta y reanudé la caminata hacia el sur por la calle principal.

Me interné entre el gentío. Di un vistazo a las fuentes del hotel Bellagio, a las dos mujeres que iban cogidas de la mano delante de mí y al hombre que sujetaba la gorra contra el pecho, pegada al corazón.

Había superado la torre del Cosmopolitan cuando Clara me alcanzó. Respiró más despacio al tiempo que acompasaba sus pasos con los míos.

—Me voy contigo —declaró.

Miré hacia atrás: no había soldados. A todo esto, el cielo se estremeció a causa de los truenos y los nubarrones soltaron las primeras gotas de lluvia. Delante de nosotras, la gente se tapaba la cabeza con las chaquetas para resguardarse del aguacero que estaba a punto de caer, y yo me eché el pelo sobre la cara para ocultarme del soldado que se hallaba al este, tras las vallas metálicas.

—El asedio ha sido sofocado —informé a Clara—, de modo que nadie te hará daño. No es necesario que vengas conmigo, puedes…

—No viviré aquí —me interrumpió—; al menos en estas condiciones, no.

Se giró para mirar hacia el Palace, donde aún seguía en pie la tarima de madera para las ejecuciones, de la que estaban bajando dos cadáveres que todavía pendían de las sogas.

—No debes acompañarme. Saben lo que he hecho. Si te encuentran conmigo, también te matarán.

Apreté el paso, torcí a la derecha y crucé la calle principal, en la que cada vez había menos gente. El túnel estaba, como máximo, a tres kilómetros. Por mucho que sorteara algunos lugares de Afueras para evitar los tramos de carretera, seguramente no conseguiría salir de la ciudad en menos de una hora.

—¿Qué otra salida me queda? —preguntó Clara, y siguió caminando sin quitarme ojo de encima—. ¿Quedarme en la Ciudad de Arena? ¿Esperar a que lancen un nuevo ataque, o aguardar a que me comuniquen que te han encontrado? Eve, no puedes irte sola.

Esa frase parecía albergar una pregunta: quería saber si yo creía que ella iba a permitirlo. Recosté la cara en su cuello y la abracé unos segundos antes de apartarme.

—El túnel está en el sur —susurré.

La conduje por un callejón estrecho, donde las antiguas tiendas seguían tapiadas y las paredes estaban cubiertas de pintadas. CIUDAD LIBRE YA, habían escrito con pintura roja. Sin Moss era imposible saber si el túnel era accesible, o si los rebeldes que seguían vivos lo usaban como vía de escape. Pero ¿acaso teníamos otra opción?

Me tapé la cara con una mano e intenté respirar por la boca para evitar los olores que emanaban de la carretera. Detrás de nosotras, un cadáver yacía entre las cenizas y las ruinas; una delgada chaqueta de plástico se le adhería al esqueleto.

Continuamos nuestro camino. Poco después, el ruido del motor de un todoterreno hendió el aire; los neumáticos levantaron tierra y arena cuando el vehículo pasó a nuestro lado como una exhalación. La lluvia caía con ímpetu. Algunos residentes de Afueras se guarecieron en los umbrales o bajo los salientes de los edificios, mientras que un grupo se dispersó por un aparcamiento y se refugió en la vacía carrocería de los coches a la espera de que la tormenta amainase.

Mantuve el maletín pegado a mi cuerpo y la cabeza gacha. Cuando me volví para controlar otro todoterreno que se perdió en Afueras, caí en la cuenta de que el hospital estaba a menos de cien metros.

—¿Qué te pasa? —preguntó Clara, quien, protegiéndose la cara de la lluvia, apretó el paso para guarecerse y me dejó en el borde de la carretera.

Me fue del todo imposible apartar la mirada del edificio. Sofocado el asedio, retirarían a las chicas de la ciudad y las devolverían a los colegios. Podrían pasar años hasta que las liberasen, en el supuesto de que alguna vez ocurriera semejante cosa. ¿Cuántas de ellas serían trasladadas? Esta era la única posibilidad que tenían de abandonar la ciudad. Si lograba entrar, no conseguiría llevarme más que a un puñado de jóvenes, pero decidí que no podía abandonarlas sin intentarlo.

—Espera ahí —grité a Clara—. El túnel está a menos de dos manzanas de distancia; se encuentra en un motel en el que figura el número ocho.

Solté el maletín y le señalé la marquesina de una tienda de comestibles abandonada. Mi prima me preguntó qué tenía que esperar, pero yo ya me dirigía hacia el hospital, y la torrencial lluvia absorbió su voz.

Dos soldados montaban guardia en la entrada. Me acerqué sigilosamente por la parte de atrás y reparé en una mujer mayor que estaba junto a una puerta lateral. Nuestras miradas se cruzaron. La mujer me hizo señas. Cuando estuve a pocos metros de ella, reparé en la mecha roja de su melena: era la misma persona que Moss había mencionado.

—Todo el mundo sabe lo que usted ha hecho —explicó acercándoseme un poco. Controlaba cuanto ocurría alrededor y, en especial, a mis espaldas, puesto que los arbustos apenas nos ocultaban de los vehículos que rodaban por la carretera—. Han saltado todas las alarmas. Dispone de diez minutos, como máximo de quince, antes de que lleguen. Han enviado todoterrenos desde el norte de la muralla. Tiene que irse inmediatamente.

Me pegué a la pared del edificio para protegerme de la lluvia que me acribillaba. Me lavé la sangre de los dedos, y el agua se me acumuló en las palmas de las manos hasta que se desbordó y cayó por los lados.

—Necesito que me ayudes a entrar. Te lo ruego..., será muy rápido.

—En esta planta hay muchas muchachas. ¿Qué se propone?

—Por favor, ya no me queda tiempo —la apremié.

La mujer de la mecha roja no respondió, pero abrió la puerta; se la veía atemorizada.

—Es todo cuanto haré —precisó—. Lo lamento. No diré que ha estado aquí, pero no la ayudaré en nada más.

Retrocedió, se alejó de mí y desapareció por aquel lateral del edificio.

Mantuve la puerta abierta con ayuda de una piedra. El largo pasillo estaba vacío. En una de las habitaciones, varias chicas conversaban sobre las explosiones que habían oído, preguntándose qué había pasado y a qué se debían. Sentadas bajo un enorme calendario, en el que se leía «Enero 2025», dos personas hablaban con las cabezas muy juntas. Reconocí a Beatrice cuando se giró al oír mis pisadas.

—¿Qué está haciendo aquí? —preguntó, y se me aproximó. Sarah, que tenía los ojos hinchados, la siguió—. ¿Es verdad lo que dicen? ¿Es cierto que devolverán a las niñas a los colegios?

—Debemos reunir tantas chicas como podamos —expliqué, y eché una ojeada a la habitación. Varias muchachas estaban sentadas con las piernas cruzadas y leían viejas revistas—. Existe un camino que es posible tomar para salir de la ciudad. Pídeles que cojan toda la ropa de abrigo y las provisiones que puedan. ¿Cuántas chicas hay en esta sala?

—Solo somos nueve —intervino Sarah—. Las demás están allá —precisó señalando las cerradas puertas de doble hoja que había detrás de ella.

Entré en la habitación contigua sin esperar a que Beatrice opinara. En una cama había cuatro muchachas que leían uno de los ajados volúmenes de la serie titulada *Harry Potter*. Todas alzaron la vista: mis ropas estaban empapadas y el cabello se me había pegado al rostro y al cuello, formando gruesos bucles. Repentinamente, no supe muy bien qué decir, ni cómo convencerlas de que me acompañasen y se alejaran de cuanto les era conocido.

—Es preciso que recojáis vuestras cosas y forméis una fila junto a la salida. Aquí ya no estáis seguras. Lleváoslo todo; espero que lo tengáis todo listo para partir en dos minutos, ni uno más.

Una chica rubia y pecosa entornó los ojos y me preguntó:

—¿Quién eres? ¿Los guardias saben que estás aquí?

—No, no lo saben, y tú no dirás nada. —Abrí con violencia un cajón, lo vacié sobre la cama y lancé a la muchacha una bolsa de lona—. Soy Genevieve, la hija del rey. Debemos marcharnos de la ciudad esta misma noche, antes de que resulte imposible.

La pecosa cogió del brazo a una compañera y le impidió moverse.

—¿Por qué tenemos que abandonar la ciudad? Han dicho que muy pronto nos devolverán a los colegios. Afirman que ahora sí estamos a salvo.

—Pues te han mentido —puntualicé. La muchacha que se encontraba detrás de ella cambió de posición, pasando el peso del cuerpo de un pie al otro—. Las universidades laborales no existen. Después de la graduación, las chicas de los colegios…, muchachas como vosotras y como mis amigas, son fecundadas y pasan años dando a luz en el edificio que ya conocéis; las retienen contra su voluntad. El rey intenta que la población aumente cueste lo que cueste.

—Estás mintiendo —intervino una niña que lucía una larga trenza.

Las demás no se mostraron tan seguras.

—¿Habéis vuelto a ver a las chicas que se graduaron antes que vosotras? ¿Han regresado y os han contado cómo les va en la ciudad? —Hice una pausa—. ¿Y si no miento? ¿Qué haréis cuando estéis nuevamente en el colegio y lleguéis a la conclusión de que yo tenía razón? ¿Qué haréis entonces?

Una muchacha, de trenzas negras y finas, se puso de pie y, poco a poco, buscó cosas en la caja que guardaba debajo del catre.

—Vamos, Bette —aconsejó—. ¿Y si está en lo cierto? ¿Qué motivos tendría la princesa para mentirnos?

No podía dedicar más tiempo a convencerlas. Salí al pasillo mientras algunas chicas comenzaban a recoger sus cosas, hablando en voz baja. Cuatro muchachas de la habitación contigua estaban ya en el corredor, aferradas a las mochilas que habían traído consigo. No sabían cómo reaccionar; algunas estaban al borde de las lágrimas y otras reían, como si yo estuviese a punto de acompañarlas a una excursión. Beatrice había cogido a Sarah del brazo y, situándose delante de la puerta, vigilaba el pasillo que quedaba a mis espaldas.

—Ocúpate de que crucen hasta la tienda de comestibles abandonada que hay en la acera de enfrente —le pedí—. Clara está ahí.

Beatrice se asomó por la puerta y escrutó la estrecha calle que discurría junto al hospital. Al acumularse en los resquebrajados bordillos, el agua se había desbordado y había formado grandes charcos fangosos. El único sonido perceptible era el de las gotas de lluvia al golpear el lateral del edificio de piedra.

—Y después, ¿qué? —inquirió Beatrice.

—Llevaré a las restantes muchachas en cuanto estén listas.

Al mismo tiempo que ella se ponía en marcha, me giré hacia el pasillo donde se iniciaba el primero y largo tramo de peldaños de la escalera. Las chicas de mi colegio estaban varias plantas más arriba, a la espera de que las devolviesen al edificio del otro lado del lago. Me dije que, por lo menos, tenía que intentarlo: se lo debía.

—Rápido, rápido —dije a las muchachas que esperaban en el corredor.

Varias chicas más salieron de la habitación; encima de los vestidos se habían puesto gruesos jerséis. Salieron tras los pasos de Beatrice. Y cuando me giré hacia la escalera, oí el golpeteo veloz y regular de unas botas al descender los peldaños: dos pisos más arriba, una soldado se asomó por la barandilla y, al verme, se puso en tensión a la vez que desenfundaba la pistola.

Recorrí el pasillo, cerré la puerta que daba al hueco de la escalera y coloqué contra ella un oxidado carrito de metal para que sirviera de cuña y dificultase la apertura.

—¡Vamos! —grité con todas mis fuerzas, e indiqué a las chicas que siguieran a Beatrice—. ¡Hemos de irnos ahora mismo! —Junto a la puerta había cinco muchachas—. Tenéis que confiar en mí —chillé, y corrí tras ellas.

Paulatinamente, las jóvenes salieron y se toparon con la lluvia. Echaron a correr sosteniendo las mochilas sobre la ca-

97

beza. Las seguí y las apremié para que apretasen el paso y zig-
zaguearan por el callejón que desembocaba en la tienda abandonada, donde Beatrice y las demás esperaban, apenas visibles
bajo la resquebrajada marquesina.

Chapoteé con el agua hasta los tobillos y dejé que la lluvia
me empapase otra vez. Al mirar atrás, comprobé que la soldado
salía por un lado del edificio y que, acompañada por dos hombres, iniciaba nuestra persecución. En cuanto llegué a la tienda,
di un salto hacia ella sin hacer el menor caso de los todoterrenos que circulaban a todo gas hacia el sur, hacia nosotras, ilu-
minando la oscuridad con los faros.

Quince

La lluvia no dio tregua. Cayó rápida y violentamente, acribillándome las manos, el cuello y la cara. Los torrentes de agua inundaron Afueras, se abrieron paso en la arena y convirtieron el suelo en una suerte de sedimento espeso y macizo. Al girarme, vi que Clara se había quitado los zapatos y, sumergida hasta las rodillas, vadeaba un charco. Tras ella, las nueve muchachas avanzaban como podían, con los vestidos totalmente calados.

—Deprisa, deprisa —las acuciaba Beatrice para que continuasen.

El abrigo que llevaba, corto y de color gris, estaba empapado y el bajo goteaba.

Sarah gritó a una de las chicas que se había rezagado. Me giré y reparé en que se trataba de Bette, la joven pecosa.

—No podemos regresar a los colegios —insistió Sarah, y empujó a la chica hacia la pared—. Beatrice también lo ha dicho. Allí ya no estamos a salvo. No te queda más remedio que confiar en ellas.

Los todoterrenos se habían detenido. Los soldados se apearon parsimoniosamente, suponiendo que disponían de mucho tiempo, pues nosotras no teníamos adonde ir y la muralla se alzaba a poco menos de medio kilómetro. Aceleré el paso, y las niñas me siguieron. Caminamos haciendo eses por una calle, hasta que el motel apareció ante nosotras; un líquido turbio y grisáceo llenaba la piscina, en cuya superficie la lluvia formaba ondas.

—No lo conseguiremos —sostuvo Clara, que corría a mi lado, hundiéndosele los pies en la arena—. Ellos son muchos y nosotras también.

—Únicamente te pido que te des prisa —le dije. Abrí la verja e hice pasar a las chicas. Varias de ellas continuaban cubriéndose la cabeza con la mochila, se habían descalzado, habían atado entre sí los cordones de los zapatos y se los habían colgado del hombro. Muy atentas, me miraron a mí y, a continuación, a los soldados que habían echado a andar hacia el motel—. Llévalas a la habitación número once.

Crucé la verja sin perder de vista a los militares que acortaban distancias con respecto a nosotras. Había, como mínimo, diez. Fui consciente de que apenas disponíamos de unos minutos.

Una vez que las muchachas hubieron entrado en la habitación, yo también lo hice rodeando un perchero tapado con una lona plastificada y transparente. La habitación olía a moho y la moqueta se había despegado alrededor de los rodapiés. Cajas de ropa se apilaban en un gran baúl arrinconado contra la pared, por cuyos lados se desbordaban unas camisas, organizadas por colores. La cerradura de la puerta era penosa pero, de todas formas, eché el cerrojo de cadena.

—Aquí no es —chilló Clara tras abrir la puerta del armario del fondo. Su tono sobresaltó a las chicas, que se pegaron a las paredes y me miraron—. No estamos en la habitación que corresponde.

Junto a la ventana había un colchón de pie que tapaba a medias la vista del exterior. Descorrí unos centímetros la cortina: los soldados se aproximaban a la entrada del motel y se desplegaban hacia las puertas de las habitaciones. Actué con gran presteza, y las chicas y yo arrastramos el baúl hasta situarlo contra la puerta.

Por todas partes había pisadas húmedas y fangosas, de modo que era imposible saber si eran nuestras o no. En la habitación había otro colchón en el suelo; una de sus esquinas se curvaba contra una pared. Registré el cuarto de baño, los armarios y el reducido espacio que separaba las cómodas. ¿Es que había interpretado incorrectamente el mapa, o no se trataba del motel descrito por Moss?

—Se acercan —advirtió Beatrice con la voz entrecortada por el nerviosismo.

Soltó la cortina y corrió el colchón a fin de cubrir un poco más la ventana.

A todo esto, me llamó la atención el otro colchón tirado en el suelo. Bette estaba encima de él, y los pies se le hundían en el centro. Cuando la chica cambió de posición, el grueso colchón se ahuecó en ese mismo punto.

—Ayudadme a retirarlo —pedí—. ¡Vamos, rápido! También correremos una cómoda y la pondremos contra la puerta.

Di instrucciones a las chicas que estaban a mi lado para que cogiesen el húmedo colchón y lo llevaran hasta el centro de la habitación. Al levantarlo, en el suelo apareció un orificio de un metro de ancho, alrededor del cual la moqueta estaba cortada. Clara se llevó las manos a las enrojecidas mejillas como muestra de alivio…, hasta que un soldado aporreó la puerta.

—Lárgate —ordené a mi prima, y señalé con un gesto el agujero—. Nos veremos al otro lado.

La habitación estaba bastante oscura y el sonido de la lluvia quebraba el silencio. Las siluetas de los soldados que se hallaban en la calle pasaron por delante del resquicio de ventana que no habíamos tapado. Clara descendió por el orificio del túnel y aspiró aire enérgicamente al entrar.

—Aquí hay agua —anunció, todavía sujeta al borde—. Me llega a las rodillas.

Cerré los ojos con el deseo de tener un minuto para pensar, pero el soldado golpeó nuevamente la puerta. Moss jamás había mencionado la longitud exacta del túnel, por lo que deduje que debía de tener la misma que la del hangar: no más de un kilómetro y medio. Después de la epidemia, muchos canales de drenaje fueron rellenados con cemento porque los consideraron una amenaza para la seguridad. Aunque los rebeldes habían seguido las directrices básicas y los habían ampliado en los puntos que les pareció necesario, casi todos ellos eran más estrechos que los originales —no superaban el metro y medio—, y de techo bajo. No podía saber cuánto tiempo tardaría en anegarse el túnel, pero correríamos más riesgos si nos quedábamos en la habitación aguardando a que los soldados entraran.

—Tenemos que irnos sin más dilaciones —dije mientras ayudaba a una de las jóvenes a entrar en el túnel—. No dejes de avanzar hasta llegar al final.

—No sé nadar —reconoció la chica, que se estremeció al

entrar en contacto con las turbias aguas y se levantó el vestido por encima de las rodillas.

—No hará falta…, será suficiente con que camines a paso vivo.

Atisbé el interior del túnel, y la mirada de Clara y la mía se cruzaron antes de que ella se alejase, caminando con grandes dificultades por el agua, rumbo a la oscuridad. Una a una las muchachas se adentraron en el agujero. Entretanto los soldados accionaron el picaporte para descerrajar la puerta. Sarah, por su parte, trasladó el colchón que había quedado en el centro del cuarto, y lo colocó detrás de la cómoda de madera, como una cuña, de modo que quedó encajado en la pared. Mientras la joven empujaba la cómoda, adiviné cómo debía de haber sido Beatrice en su juventud: de baja estatura, pero de constitución fuerte, y de pajizo cabello rizado en la nuca.

—Deberías irte —indicó Sarah a una muchacha, señalando el túnel. Descendió otra chica y solo quedamos tres—. Te seguiré.

—Nada de eso —terció Beatrice, cogiéndola del brazo y empujándola hacia mí.

Justo en ese instante forzaron el cerrojo, y la puerta presionó el colchón. El soldado empujó intentando correr los muebles. Al cabo de unos segundos rompieron la ventana, y los cristales cayeron por detrás de la cortina.

Me asomé por la boca del túnel y me cercioré de que la última muchacha avanzaba hacia la penumbra. Ayudé a Beatrice a meterse en el agua, que había subido entre tres y cinco centímetros, y reparé en que su falda flotaba sobre la vidriosa superficie y se hinchaba a su alrededor.

Sarah bajó detrás de su madre y jadeó al establecer contacto con la fría agua.

—No dejes de moverte —le aconsejé al tiempo que me disponía a descender.

Cuando toqué el fondo, el agua me llegaba casi a las caderas. Estiré los brazos y toqué con ambas manos las paredes de la caverna, que estaban rugosas y ásperas en las zonas donde los rebeldes habían picado el cemento. Los pantalones se me pegaron a las piernas, el elástico del jersey se me impregnó de agua y las botas se llenaron de agua y me anclaron al suelo.

Casi no distinguía nada de lo que hubiera por delante de Sarah; únicamente, oía el chapoteo del agua contra las paredes a medida que las muchachas caminaban. Una chica se echó a llorar y murmuró:

—No puedo levantar el zapato del suelo.

Nadie se movió. Percibí la respiración agitada de la joven mientras me bajaba la cremallera de las botas, me las quitaba y las aferraba contra mi pecho, así como cuchicheos y ruegos en voz baja. Por fin, volvimos a adentrarnos un poco más en la oscuridad.

Eché una ojeada hacia atrás, en dirección a la tenue luz que se colaba desde la habitación del motel. Varias sombras se proyectaron sobre la superficie del agua, y me llegó la voz de un soldado, que dijo:

—No es más que otro pasadizo.

Uno de los militares se coló por el orificio, pero el agua lo cubrió casi hasta las caderas. Se quedó quieto y escudriñó la penumbra, intentando calcular a qué distancia estábamos.

—Deprisa —murmuré.

El soldado se encontraba más o menos a diez metros. Yo luchaba por levantar los pies, pero me dolían las piernas a causa del esfuerzo. Cada paso era un suplicio, sobre todo porque nos desplazábamos a contracorriente.

Seguimos como pudimos. El grupo avanzaba y a veces se detenía; yo lo seguía, atenta a Sarah, que iba más o menos cerca delante de mí chapoteando cada vez que intentaba dar un paso. De vez en cuando Beatrice se interesaba por ella, para asegurarse de que seguía en la brecha. Yo inspiraba honda y lentamente, pero nada logró apaciguar el frío ni la sensación enfermiza y de pánico que experimenté cuando el agua me llegó a las costillas.

El soldado ya no estaba detrás de nosotras. Tuve la impresión de que se había quedado al comienzo del túnel, había emprendido el regreso y trepado por el agujero, hasta desaparecer en la habitación.

«No aflojes —me dije al ver que me quedaba sin energías y que mis piernas perdían sensibilidad a causa del frío—. Sigue avanzando.»

El agua subió cada vez más rápido, nos cubrió el pecho y re-

103

paré en que las jóvenes que iban delante luchaban por mantenerse a flote.

—Aquí termina —oí decir a Clara—. Es allá…, falta muy poco.

El túnel se ensanchó y, en algunos tramos, llegó a tener casi dos metros de lado a lado. La pared de cemento me arañó la piel, y tuve que apoyar la mano en la pared para no perder el equilibrio.

No sabía en qué lugar exacto estaba Clara, pero supuse que se hallaría un poco más adelante, después de un recodo. Cuando el agua me llegó a los hombros, hice un gran esfuerzo para conservar las botas. Mi empapada ropa me pesaba tanto que, más que moverme, me arrastraba.

—Tendremos que nadar —informé procurando mantener la barbilla por encima del agua. Tuve la sensación de que Sarah se había rezagado y estaba detrás de mí. Como pataleaba presa del frenesí, extendí una mano y la impulsé hacia delante, hacia el final del túnel, diciéndole—: Inhala todo el aire que puedas y, después, nos sumergiremos. Utiliza los brazos así…, ya verás qué fácil es.

La cogí de la muñeca y le metí el brazo en el agua, imitando la sencilla brazada que Caleb me había enseñado hacía unos meses.

La luz se filtró desde arriba de donde nos hallábamos. Apenas veía flotar a Beatrice, que fue arrastrada por un repentino oleaje; cuando ella llegó a la boca del túnel, acababan de izar por el orificio a otra de las chicas.

Respiré hondo, esperé a que Sarah hiciese lo mismo y ambas nos zambullimos. Ella me apretó firmemente la mano y yo pataleé con todas mis fuerzas y, nadando, la arrastré para llegar al final del túnel, cuyas irregulares paredes me despellejaron un hombro. Un torbellino de aguas impetuosas me rodeó.

Abrí los ojos: el agua estaba turbia. Ante mi cara se elevó una sucesión de burbujas, y una luz pálida se extendió en círculo por encima de nosotras; de ese modo nos percatamos de que habíamos llegado al final del túnel. Al arribar, intenté ponerme de pie, pero el agua me cubrió la cabeza, y me pareció que la salida estaba fuera de mi alcance. Volví a sumergirme e icé a Sarah con las manos.

Oí entonces unas voces apagadas y graves que procedían de algún punto de la superficie, a la manera de una canción lejana.

Di una patada en el fondo, salí a flote y, tomando aire, ascendí. Las chicas estaban apiñadas en un pequeño cuarto de almacenamiento. Arrojé las botas al suelo del cuarto y me aferré al irregular borde del orificio del túnel. Clara me cogió de las axilas y me subió hasta la habitación. En la entrada había una rejilla metálica medio cerrada que impedía la irrupción de la lluvia. La solitaria mochila tirada en un rincón estaba llena a reventar de provisiones y varias hojas de cartón flotaban en un palmo de agua.

—Y ahora, ¿qué hacemos? —preguntó la joven de las trenzas negras, que había cruzado los brazos sobre el pecho e intentaba entrar en calor. Tenía los labios de un extraño tono amoratado.

Miré por la rejilla y estudié la zona que bordeaba la muralla. La ciudad parecía estar más o menos a un kilómetro y los edificios, cuyas siluetas aparecían perfiladas con luces de colores, se alzaban por encima de la muralla.

—Aquí no podemos quedarnos —concluí—. Pronto comenzarán a buscarnos extramuros.

—Quiero regresar —declaró la muchacha pecosa—. ¿Por qué se nos ocurrió dejar la ciudad?

—Porque en la ciudad ya no estáis a salvo —contestó Beatrice, y estrujó el jersey de Sarah hasta convertirlo en un compacto rollo azul—. Te explicaremos más cosas cuando estemos lejos de aquí.

Me puse las chorreantes botas y subí la cremallera.

—Tenemos que irnos —dije, contundente.

Eché a andar por la calle para alejarme de la muralla de la ciudad y la lluvia volvió a acribillarme. Una vez estuve fuera descubrí en qué lugares habían estallado las bombas durante el asedio, ya que las piedras estaban ennegrecidas y chamuscadas. Clara hizo salir a las chicas detrás de mí y me siguieron a pesar del frío.

Pasamos por delante de una hilera tras otra de contenedores de almacenamiento, la mayoría de los cuales tenían cerradas las rejillas metálicas para evitar que la lluvia se colara dentro. En uno de los contenedores había desparramados varios juguetes de plástico; una muñeca flotaba boca abajo en los dos dedos de agua que caían del bordillo. Me hubiera gustado saber si la inundación había perjudicado mucho la ciudad, donde casi nunca llovía, y deduje que, dado que la mayoría de los túneles de drenaje estaban tapados, el agua acumulada probablemente tardaría días en descender.

Cruzamos un aparcamiento y trepamos por una cuesta de poca altura; la calzada ascendía en dirección a un grupo de tiendas abandonadas. Estábamos a mitad de la calle cuando me volví y contemplé el punto del horizonte donde se encontraba la puerta sur. Más abajo, a lo lejos, dos todoterrenos salpicaron barro al detenerse junto a la muralla.

Mientras caminábamos, la lluvia cayó en cascada por la cuesta y la calzada acabó cubierta por una delgada y ondulante capa de agua. Al mirar hacia atrás, se hizo patente que uno de los todoterrenos se había atascado en el barro. Los soldados se apearon y comenzaron a peinar el barrio a pie, pero iban en la dirección equivocada. Seguí adelante, cada paso se tornó más ligero y la levedad me embargó. Habíamos salido de la ciudad. Ya no podrían atraparnos.

Dieciséis

—¿Cuánto tendremos que esperar? —quiso saber Sarah.

Estaba junto a la ventana y su perfil apenas era visible a contraluz. La lluvia golpeaba intensamente el alféizar.

—Solo pasaremos la noche. Mañana nos iremos —repuse.

Después de caminar más de dos horas, habíamos hecho un alto en un barrio al pie de las montañas y nos escondimos en las plantas superiores de una casa abandonada. Esquivé el roto entarimado y me reuní con Clara en el momento en que se disponía a subir la escalera. Dos chicas la seguían. Eran Bette y Helene, que transportaban varias toallas.

—¿No habéis encontrado más? —pregunté señalando la pequeña pila de mantas que habían depositado en el suelo y que apenas bastarían para abrigar a tres personas, no hablemos de doce.

—Ya se han recogido la mayor parte de los suministros —explicó Clara, mostrando la rasgada y manchada ropa que sostenía entre las manos—. No es precisamente ideal, no...

Bette, una muchacha alta, de ojos grises, anchos y hundidos y montones de pecas, arrojó al suelo una de las toallas y masculló:

—Son asquerosas. Además, solo encontramos una lata..., nada más que una. No será suficiente para todas.

—Mañana buscaremos más —propuse—. Si no queda otro remedio, cazaremos. Podemos considerarnos afortunadas, ya que tenemos agua. Eso es lo más importante.

Sarah controló las botellas de plástico que estaban en el alféizar de la ventana y se llenaban de agua de lluvia. Aún tenía el pelo mojado a causa de la tormenta, y junto a sus pies descalzos se apilaban recipientes de plástico vacíos.

—No, no —exclamó Beatrice cuando su hija pasó la mano a través del cristal roto de la ventana, moviendo con suavidad su delicada muñeca para no cortarse—. Ya lo hago yo.

—No pasa nada —repuso Sarah, y le mostró la mano—. Mira.

La joven cogió un recipiente, al que casi se le había borrado la inscripción de la etiqueta, y puso sumo cuidado en no derramar agua. Lo retiró del alféizar y, lentamente, lo sustituyó por otro vacío.

Beatrice apoyó la espalda en la pared, y nuestras miradas se encontraron fugazmente. De nuevo aprecié sus facciones en las de Sarah: ambas tenían la cara redonda, acorazonada, y un hoyuelo en el centro de la barbilla. La joven era más baja y de aspecto más atlético que la mayoría de las chicas y la única que, de momento, no se había quejado del aguacero, de haber salido de la ciudad ni de estar en la casa abandonada.

Habíamos recorrido, más o menos, doce kilómetros bajo una lluvia que caía en diagonal y un viento que soplaba en dirección contraria a la que llevábamos. Las muchachas se habían cansado enseguida. Era consciente de que no llegaríamos muy lejos y de que los primeros kilómetros fuera de la ciudad serían los de mayor riesgo para nosotras. En cuanto la inundación amainase, los soldados saldrían a calles y carreteras, las peinarían y nos buscarían. Ahora teníamos que descansar, pero por la mañana, antes de la salida del sol, enfilaríamos una de las vías secundarias para dejar atrás la urbanización.

La primera planta de la casa estaba prácticamente a oscuras y la poca luz que había se filtraba por las ventanas rotas; en un rincón del cuarto, se veía el entarimado combado y podrido. Varias jóvenes se habían sentado en un colchón pelado, cubierto tan solo por la única sábana que habíamos encontrado.

—No lo entiendo —comentó Helene, la muchacha de las trenzas finas y negras, sin dirigirse a nadie en concreto.

Ella había encontrado un paquete de camisetas en un armario del sótano y, con excepción de las tres chicas que habían hallado jerséis en un cajón del mismo mueble, las demás se las habían puesto, por lo que iban extrañamente uniformadas. Sobre casi todas las superficies del dormitorio se había extendido la ropa mojada y el calzado: vestidos y calcetines en el respaldo del sillón y los zapatos embarrados en el suelo.

—Entenderlo es imposible —respondió Beatrice, mientras se estrujaba el pelo para escurrir hasta la última gota de agua—. Bien sabe Dios que lo he intentado.

Cogí una de las mantas que estaban en el suelo, la desdoblé y se la pasé a Bette y a Lena, que eran las que se hallaban más cerca de mí, y les expliqué:

—He visto con mis propios ojos lo que pasa en ese recinto… Estuve doce años en un colegio. Después de mi partida, cada vez que el miedo se apoderaba de mí o me sentía confusa o preocupada, me remitía al mismo hecho: las profesoras habían mentido. Nuestra vida no nos pertenecía; siempre estuvimos bajo su control.

Lena se quitó las gafas de plástico negro, limpió los rayados cristales con la camiseta y comentó:

—Sin embargo, la profesora Henrietta dijo que…

—Sé lo que dijeron ella y todas las demás. —Me pasé las manos por el cabello y me retiré de la cara varios mechones mojados. Aunque no superaban los catorce años, algunas de las muchachas ya ´habían emprendido los procesos iniciales de la graduación—. ¿Os acordáis de las vitaminas que os administraban? ¿Os acordáis de que todos los meses controlaban vuestro peso y estatura? ¿A que las mayores acudían con más frecuencia a la consulta médica? ¿Sabéis de alguna muchacha a la que hubieran comenzado a aplicarle las inyecciones?

La expresión de Helene cambió, dando ciertas muestras de reconocer las situaciones que yo planteaba. Recordé lo que había sentido el día en que Arden me contó la verdad. En el fondo de mi ser deseaba no creerla, y esa reticencia persistió incluso después de ver personalmente a las graduadas. Si todo lo sucedido entre las paredes del colegio era una patraña, ¿quién era yo ahora, después de haber forjado mi identidad según lo que había vivido allí, y cómo podía seguir adelante?

—A mí misma me pusieron esas inyecciones —admitió Helene sin mirar a ninguna de sus compañeras.

—Probablemente, te convencieron de que aquí fuera morirías, de que en el caos no lograrías sobrevivir —proseguí—. Pues tampoco eso es cierto.

Eché una ojeada a las chicas acurrucadas en el colchón. Algunas de ellas habían adoptado una actitud más moderada hacia mí desde que nos habíamos resguardado de la tormenta. Estaba segura de que mi condición de princesa significaba algo para ellas, pues me habían oído hablar en los comunicados difundidos por radio desde la ciudad. Seguramente, se habían reunido en un comedor semejante al de mi colegio y, como si tuvieran las mismas probabilidades que yo, habían escuchado la transmisión del desfile con motivo de mi llegada y los comentarios acerca de la joven que se había trasladado del colegio al Palace. ¿Cuántas de ellas habrían pensado en sus progenitores y se habrían planteado si estos seguían con vida y moraban en la ciudad?

—No tendríamos que haber venido —opinó Bette—. Nos tendríamos que haber quedado con las restantes compañeras; ya no volveremos a verlas.

Sarah se giró desde la ventana después de entrar otra botella llena de agua de lluvia, y declaró:

—Ahora no podemos regresar.

Beatrice se acercó a ayudarla, pero ella le dio la espalda y depositó la botella junto a la pared.

Bette se ajustó el jersey al cuerpo y preguntó:

—¿Con qué motivo hacen semejantes cosas? Tal vez no ha ocurrido en todos los colegios..., quizá fue solo en el nuestro. ¿Cómo lo sabes?

Aposentándose en el sillón del rincón, Clara sentenció:

—Eve lo sabe mejor que nadie. Nosotras hemos residido en el Palace, y el rey en persona lo ha dicho.

Bette meneó la cabeza y susurró algo que no entendí a la chica que estaba a su lado.

—Espero que aprendáis a confiar en mí —añadí—. Si regresarais a los colegios, estaríais definitivamente atrapadas.

—En ese caso, ¿qué podemos hacer? —preguntó Bette—. No podemos seguir aquí por toda la eternidad.

—Iremos a Califia —anuncié al tiempo que me sentaba en el borde del colchón. Me froté las manos en un intento de entrar en calor—. Se trata de un asentamiento situado en el norte, donde hay alimentos, agua y todo tipo de suministros. Podréis quedaros allí el tiempo que sea necesario…, como han hecho otras chicas que también se han evadido de los colegios.

Abrazándose las rodillas y acercándoselas al pecho, Lena preguntó:

—¿Hay hombres en Califia?

—No, son todas mujeres —especifiqué.

Bette, sin dejar de mover la cabeza, comentó:

—¿Qué importa si son todas mujeres? Pero ¿cómo llegaremos a ese asentamiento?

—Andando —respondí—. Si encontramos una solución más rápida para llegar a Califia, la aprovecharemos. Es posible que tardemos un mes. Cazaremos, descansaremos y obtendremos comida como buenamente podamos, pero llegar, llegaremos. Ya lo hice una vez.

Reparé en que Clara no me quitaba ojo de encima, pero no la miré. Comprendí lo que estaba pensando: que yo había realizado parte del trayecto hasta Califia, subido a Sierra Nevada y bajado hasta el océano en el todoterreno de los soldados. Quizá solo era una insensatez e incluso una temeridad pensar que, a pie, llegaríamos tan lejos, pero una vez que estuviéramos extramuros, no podríamos escondernos indefinidamente. Las muchachas, Clara y Beatrice, necesitaban un lugar en el que echar raíces. Cabía la posibilidad de que mi padre se perpetuase en el poder durante años y que su radio de influencia llegase a algunas zonas del caos.

—¿Cómo nos las apañaremos para sobrevivir un mes? —quiso saber Helene—. Por ahí fuera hay pandillas que han asesinado a chicas más jóvenes que nosotras. Una huérfana de doce años fue secuestrada a un kilómetro y medio del colegio, justo cuando intentaba franquear la muralla.

Sarah dejó otra botella en el suelo e intentó ponerle la deformada tapa de plástico al tiempo que opinaba:

—Tal vez era otra mentira. Lo explicó la profesora Rose, que también contó muchas cosas más.

—Aún no es demasiado tarde —insistió Bette—, aún estamos a tiempo de volver. Contactaremos con un soldado y le diremos que…

—Nada de eso —la interrumpí—. Vendrás con nosotras y

llegaremos a Califia. Es posible que ahora no lo entiendas pero, a la larga, lo comprenderás. Ya no hay vuelta atrás.

—Ni siquiera te conocemos —me espetó Bette, y, dirigiéndose a sus compañeras, añadió—: ¿Qué suponéis que nos pasará ahí fuera? No lo conseguiremos. Lo que dicen me importa un bledo… En el colegio estábamos seguras.

—En el colegio jamás estuvisteis seguras —intervino Clara.

Mi prima cogió las escasas mantas y las repartió entre las chicas con el propósito de dar por terminada la conversación, pero Bette no estaba dispuesta a abandonar el tema. Cuchicheó con la joven menuda que estaba a su lado y, de repente, imaginé las semanas que me aguardaban y lo difícil que resultaría mantenerlas sanas y salvas.

Tras el ventanal, el cielo era una masa grisácea y las nubes ocultaban la luna. La lluvia no había cesado todavía y repiqueteaba sobre la fachada de la casa, de modo que el agua se acumulaba en el suelo, debajo del alféizar de la ventana. Beatrice se sentó en el suelo, junto a Sarah, y yo centré la mirada en un punto del horizonte, en unas luces tan pequeñas que al principio apenas resultaron perceptibles: por la destrozada carretera rodaba hacia nosotras un todoterreno, el primero que veíamos desde que habíamos salido del túnel.

—¿Qué pasa? —preguntó Clara—. ¿Qué estás mirando?

Bette prestó atención, pues lo detectó al mismo tiempo que yo: el todoterreno circulaba a trancas y barrancas por el desigual asfalto. Encendieron el reflector de la parte trasera, y alguien dirigió el chorro de luz hacia las casas, aminorando la velocidad al pasar por delante de estas.

Di un paso hacia Bette y procuré interponerme entre ella y el ventanal, pero fue más veloz que yo: se situó ante el cristal y agitó frenéticamente los brazos.

—¡Estamos aquí! —vociferó en un tono agudo e histérico—. ¡Aquí, aquí!

Le tapé la boca con la mano y la arrastré hacia el interior de la estancia.

—No hagáis ruido —pedí a las demás chicas—. Poneos a los lados del ventanal…, ahora mismo.

Bette forcejeó, pero la aferré con más ahínco, atrayéndola contra mi pecho, y continué tapándole la boca.

Clara condujo a las muchachas hacia las paredes a ambos lados del ventanal y atisbó por la ventana a medida que el todoterreno se aproximaba.

—Ha reducido la velocidad —comentó, y, cerrando los ojos unos segundos, pegó la espalda a la pared.

Hubo más luz en el exterior cuando el reflector enfocó las casas contiguas a la nuestra. Oía la respiración acompasada de las chicas y advertí que Bette intentaba decirme algo, pero sofoqué sus palabras porque mi mano seguía amordazándola. De repente el penumbroso interior de la habitación quedó fugazmente iluminado y, por primera vez, vi cada rasgón del empapelado, los puntos en los que el techo estaba hundido, la mugre del suelo, cubierto de polvo y arena, y los gastados y maltrechos zapatos que se acumulaban bajo los catres. Permanecimos en silencio, entrecerrando los ojos para protegernos de esa luz insoportable, hasta que desapareció.

El todoterreno siguió su recorrido. Clara apoyó la cara en la pared, pero no cesó de vigilar la carretera.

—Se van —musitó al cabo de un rato—. Apenas distingo los pilotos traseros.

Mi prima observó a Bette, que se puso rígida contra mi cuerpo. En ese momento caí en la cuenta de la intensidad con que la sujetaba.

La liberé, pero seguí aferrándola del brazo a pesar de que intentó zafarse.

—Si quieres irte, hazlo ya. —Señalé la puerta, torcida debido a que algunas bisagras se habían roto—. Pero que quede claro: nadie te acompañará.

La solté, y se sentó en el suelo. Pese a que por la ventana entraba muy poca luz, constaté lo menuda que era: la camiseta que se había puesto era tres tallas más grande que la que le correspondía, y tenía los brazos flacos y huesudos. No se incorporó para marcharse ni acusó recibo de mis palabras; simplemente se mordió los labios, y se instauró el silencio.

—No pretendía perjudicarnos —dijo Helene al cabo de unos instantes.

Luego se levantó del colchón y ofreció su toalla a Bette.

En otra época y en otro lugar me habría acercado a la muchacha, la habría ayudado a ponerse de pie y la habría tranquilizado, pero en ese momento no sentí nada, ni siquiera cuando rompió a llorar. Si la hubieran oído los soldados y nos hubiesen visto, como era su intención, nos habrían devuelto a la ciudad y, como mínimo, a tres de nosotras, es decir, a Clara, Beatrice y a mí misma, nos habrían ahorcado por traidoras.

Me senté en el sillón del rincón e intenté relajarme. Fue Clara quien la reconfortó y organizó los restantes catres para que tuviesen un sitio donde descansar.

—Todas estamos agotadas —logré decir.

Cuando la situación se calmó, Helene consoló a Bette y le comentó algo en voz baja antes de dormirse. Las demás chicas se tumbaron, y el cansancio las venció. Esperé a que mi respiración se volviera regular y a que el sonido del motor del todoterreno se perdiese totalmente carretera arriba.

Aunque esa noche no había sucedido ningún percance, seguía teniendo la sensación horrible y enfermiza de que estaba cometiendo un error. Tal vez no debería haber sacado de la ciudad a esas chicas, por mucho que pensase que así estarían mejor. No era impensable que, hasta cierto punto, Bette tuviese razón. Parecía imposible que todas nosotras pudiésemos llegar vivas a Califia.

Diecisiete

*L*a carretera se extendía ante nosotras, discurría por la cordillera y se perdía en el cielo. Al internarnos en el valle de la Muerte, comenzamos a subir montañas y el lecho salino quedó a nuestros pies. Procuré calmar mi agitación, pero no fue posible; todavía notaba el agrio sabor de la bilis en el fondo de la garganta, me dolían las piernas y tenía los pies hinchados y agrietados; además, tenía dolorida la zona entre los omóplatos por haber acarreado la mochila a lo largo de tantos kilómetros. Había intentado organizar un horario y beber cada tres horas parte del agua de lluvia hervida. Sin embargo, tras cada kilómetro recorrido, pensaba en mi bebé y dudaba de si sobreviviríamos.

Todas las mañanas me despertaba con la misma inquietud, confirmación de que la niña seguía viva y de que estábamos juntas. Cada vez que mis pensamientos se desbandaban, me resultaba fácil refugiarme en ella, imaginar qué aspecto tendría, cómo sería y si tendría los ojos de color verde claro como los de Caleb, o la tez blanca como la mía. En ocasiones me permitía pensar en Califia, en la posibilidad de una existencia como la que Maeve había creado para Lilac. Evocaba una casa flotante o visualizaba una de las cabañas asentadas en las colinas, sobre la bahía, y fantaseaba acerca de cómo serían esas oscuras habitaciones si las limpiábamos, las arreglábamos y arrancábamos las enredaderas que habían invadido las ventanas.

En los días de mayor lucidez, la realidad resultaba patente, y me veía obligada a reconocer que, en parte, la vida en Califia era pura fantasía. Mientras estuviese vivo, mi padre se empeñaría en encontrarme…, mejor dicho, en encontrarnos. Probablemente, mi imagen ya habría aparecido en las vallas de la ciudad, y yo figuraría entre los rebeldes. Por muy duro que hubiera sido eludir a los soldados, a partir de ahora se volvería todavía más arduo.

—No puedo dar ni un paso más —se quejó Helene. Se arrodilló pocos metros más adelante y entornó los ojos porque el sol matinal le molestaba—. ¿Cuánto falta para la próxima parada?

—Pero si acabamos de salir —puntualizó Clara—. Hace menos de una hora que nos hemos puesto en marcha.

Mi prima aflojó el paso ante mí y, a sus espaldas, el trineo de plástico se deslizó por el asfalto. Nos turnábamos para arrastrarlo; en él acarreábamos las escasas provisiones que habíamos acumulado durante cuatro días. Viejas mantas y prendas de vestir envolvían las últimas botellas de agua. Aún nos quedaban cinco latas cuyo contenido desconocíamos, cuerda de plástico y cinta adhesiva, así como una botella de vodka sin abrir que habíamos encontrado en una bodega. Nuestro único mapa, el papel doblado que Moss me había entregado, estaba bien guardado en la cinturilla de mis pantalones, al lado mismo del cuchillo.

—No puedo evitarlo. Me duele mucho —insistió Helene.

Las trenzas le cayeron sobre la cara cuando se inclinó para mirarse el pie. Llevaba el mismo calzado con el que había salido del hospital, pero la parte posterior de los zapatos se le había roto, y la pobre chica tenía los talones despellejados y ensangrentados.

Al mirar atrás, todavía avisté la gasolinera, situada más o menos a un kilómetro, la única construcción existente en la cordillera. Allí habíamos pernoctado; el pequeño espacio lleno a rebosar nos había resguardado del azote del viento que recorría el valle.

—Usa esto —aconsejé, y le tendí el rollo de cinta adhesiva que habíamos metido en el trineo. Intercambié una mirada con Beatrice, que era quien había insistido en que la cogiésemos de debajo de la caja registradora porque, al menos, podría servirnos para hacer vendajes improvisados.

—Tengo sed —afirmó Bette, e intentó hacerse con una botella de agua del trineo.

—No debemos beber hasta el próximo alto en el camino.
—Recuperé la botella y la escondí bajo las mantas—. El agua de que disponemos ha de durarnos hasta que lleguemos al próximo lago.

La muchacha me dio la espalda y me ignoró olímpicamente, como había hecho casi siempre desde el principio. Cogió del brazo a Kit, una muchacha de cabello castaño rojizo que le caía en cascada por la espalda; se lo recogía con una cuerda que había encontrado por ahí, pero se le soltaba sin cesar.

—¿Te encuentras bien? —me preguntó Clara en voz baja mientras Helene acababa de vendarse el pie—. Tienes mala cara.

Miré al frente, donde las otras chicas habían formado grupitos y caminaban con paso lento y desigual.

—Como de costumbre —repuse, y esperé a que las náuseas se me pasaran. Beatrice y Sarah se giraron para mirarme cuando me detuve al borde del asfalto, justo donde comenzaba una escarpada ladera—. Continuad. Os alcanzaré enseguida.

117

Las ganas de vomitar volvían a apoderarse de mí. Clara se demoró un poco para ver si las superaba. Al fin se marchó y siguió a las chicas por la zigzagueante carretera, que más adelante se estrechaba, de forma que el pedregoso barranco era lo único que se interponía entre nosotras y el lecho de la salina. Pero no hubo suerte: me puse rígida y luego me agaché, sintiendo el estómago vacío porque los últimos días habían sido una sucesión de comidas sin sustancia; las bascas me irritaron la garganta.

«¡Venga ya, has pasado por cosas mucho peores!», murmuró en mi interior una voz conocida. Era la de Caleb, con ese tono burlón pero afectuoso que a veces empleaba conmigo. Tuve la sensación de que lo estaba escuchando y de que se reía a mi costa. ¡Cuánta razón tenía! Yo había soportado cosas mucho peores: había llegado a Califia una vez, me había escapado de las garras de mi padre y había perdido a la persona a la que amaba más que a nadie. Esa voz queda era lo único que perduraba. En comparación con todo lo sufrido, ¿qué importaba ese malestar pasajero que acabaría por desaparecer?

Me limpié la boca, me incorporé y reparé en que Beatrice

estaba a mi lado, apretando los labios. Parecía mayor que cuando la conocí: encorvaba los hombros y tenía la piel seca y curtida por el sol.

—Deberías habérmelo dicho —comentó al mismo tiempo que comprobaba que las muchachas estaban lejos y no nos oían.

—¿Qué debería haberte dicho?

—Que estás embarazada. En los centros de adopción circularon rumores, pero no supe si eran veraces. Es la tercera mañana que vomitas. Puede que a las chicas se les pase por alto, pero a mí, no.

Bajé la vista y, pateando la arena para tapar el vómito, dije:

—No quería que las muchachas lo supiesen. Tal como están las cosas, ya tienen bastantes preocupaciones.

Me ayudó a ponerme completamente derecha, nos alejamos del barranco y fuimos al encuentro de las jóvenes. Sin atreverse a mirarme, me preguntó:

—¿Es de Caleb?

No respondí. Cada vez que una persona se enteraba de la noticia, esta se volvía más real, y yo me sentía más apegada a la pequeña —mi hija— y a la vida que podríamos disfrutar en Califia. Me resultaba casi imposible concentrarme en el reto que tenía ante mí: cómo llegaríamos al océano, las próximas comidas, dónde pasaríamos la noche… Todavía existía la posibilidad de que perdiera a aquella criatura y de que todo se malograse.

Beatrice continuó con la cabeza gacha, pero añadió lenta y decididamente:

—Eve, me gustaría que me contaras estas cosas. Quiero que sepas que puedes confiar en mí. Lo que sucedió con Caleb fue un error. Fui presa del pánico porque tu padre la amenazó. —Señaló a Sarah, que iba varios metros más adelante y ayudaba a Helene.

—Confío en ti. Sé que, si fuera posible, te retractarías.

Ella se tapó la boca con la mano, y añadió:

—Ya lo verás. No es fácil. A veces tengo la sensación de que he cometido muchos errores…, tal vez demasiados. He hecho lo imposible por protegerla.

—Tú no sabías qué pasaba en los colegios —comenté al recordar la noche en que la había conocido. Dado lo bien que se había guardado el secreto, ella, al igual que la mayoría de los habitantes de la ciudad, creía que las muchachas se habían ofrecido voluntariamente a ser madres.

—Tendrías que haberme dicho que estás preñada —insistió mi exsirvienta—. Te habría ayudado. Aquí estamos, solas, y tú padeces lo indecible. Tendrías que habérmelo contado.

Me apretó la mano, y su calidez me reconfortó.

Sarah, que iba al lado de Helene, pateó una piedra mientras caminaba con gran esfuerzo por la estrecha carretera. Unos cuantos kilómetros atrás, en una casa, la joven había encontrado un bolso de tela, en el que ahora, colgado del hombro, llevaba sus escasas pertenencias. Tal como les había aconsejado, las chicas iban por el centro de la calzada, lejos de las escarpadas laderas.

—Beatrice, tu hija saldrá airosa de esta situación —dije—. Es la que mejor lo lleva y eso significa algo.

—Eres muy amable. No podemos decir que me haya cogido cariño enseguida. Ya la has visto; sé que te has fijado en ella.

Asentí. Un fugaz desencanto demudaba la expresión de aquella mujer cuando, por la noche, Sarah optaba por tumbarse a dormir junto a Helene o Kit. La muchacha insistía en cargar con sus cosas y en caminar con las amigas, y los diálogos entre madre e hija, que por casualidad yo había oído, siempre parecían un tanto forzados e incómodos. Beatrice hacía preguntas y Sarah daba escuetas respuestas.

—Necesita tiempo.

La mujer asintió. Me apretó nuevamente la mano y de nuevo centró la atención en su hija. Las jóvenes habían hecho un alto al borde de la carretera; Clara estaba con ellas. Miraban algo que había más abajo.

—Espero que así sea —acotó Beatrice—. En cuanto a tu secreto, si es lo que deseas, te lo guardaré, pero esta noche te tomarás mi cena.

—Beatrice, no se trata de que...

—Sé que no es muy abundante, pero te hace falta. Dentro de unos días, cuando lleguemos a los alojamientos que figuran en el mapa, tendremos más víveres. Repito, te tomarás mi cena.

—Cuando lleguemos al primer lago nos dedicaremos a cazar —comenté, y procuré no hacer caso de mi creciente dolor de estómago—. Solo faltan dos días.

Al acercarnos, las muchachas sonreían. Kit señalaba algo que había en el lecho del valle.

—¡Las hemos visto! —nos chilló—. ¡Son ovejas!

Entrecerré los ojos para protegerme del sol matinal y vislumbré a los carneros que, a unos cien metros más abajo y ligeramente a nuestra izquierda, trepaban por la rocosa pendiente. Beatrice se detuvo a mi lado y se echó a reír. Era un rebaño completo y, en el centro, había dos crías. Por el color, prácticamente se confundían con la piedra arenisca.

—He sido la primera en verlas —declaró Kit, muy ufana, y se pasó los dedos por la larga coleta—. Eve, míralas.

Beatrice y yo seguimos andando por la estrecha carretera. Las chicas estuvieron atentas a mi reacción. Fue un alivio verlas sonreír cuando el calor del día todavía no nos afectaba, y que, aunque solo fuera momentáneamente, se hubieran olvidado del hambre y de la sed. Estaba a punto de comentar algo sobre el descubrimiento que habían hecho cuando la posición de Helene me distrajo: se había situado a un lado del grupo, cerca del borde del barranco, donde el asfalto daba paso a las piedras; había levantado una pierna y se miraba el talón que, ya anteriormente, le había causado problemas.

Sucedió tan rápido que no tuve tiempo de reaccionar: bajó la pierna, apoyó el pie demasiado cerca del borde y la roca se desmoronó a causa del peso de la muchacha. Cayó por la ladera del escarpado barranco y arrastró tierra en su descenso. Al rodar, dejó escapar un grito ahogado y desapareció de mi vista.

Dieciocho

Oí sus gemidos, sordos y entrecortados, y el sonido de las piedras al caer. Cientos de guijarros rodaron barranco abajo hacia el lecho del valle. Varias chicas se arrodillaron, tratando de alcanzar a Helene, pero estaba demasiado lejos, y siguió descendiendo por el irregular precipicio. También oí el horroroso ruido del deslizamiento de sus manos sobre las piedras en el intento de encontrar un asidero.

—¡No os acerquéis al borde! —ordené, e indiqué a Bette y a Sarah que se apartasen de él.

Cuando llegué a su lado, me concentré en el rostro de ambas, pues temía mirar por el barranco hacia el valle. Oí un golpe seco varios metros más abajo y luego se hizo el silencio. Las obligué a retroceder hacia la carretera y me asomé, poniendo mucho cuidado en mantener los pies en el asfalto. Helene estaba veinte metros más abajo, puede que más, tendida en un afloramiento rocoso, y se sujetaba la pierna con ambas manos. Se le habían despellejado los nudillos hasta el hueso y tenía una brecha en la parte superior de la frente, de la que manaba sangre que le resbalaba hasta los ojos.

—¡Mi pierna! —gritó, demudada de dolor.

—¿Cuántos metros ha caído? —inquirió Clara—. ¿Está malherida? —Se encargó de que las jóvenes se alejasen todavía más del borde de la hondonada.

A Bette se le anegaron los ojos en lágrimas mientras seguía tirándose sin cesar de la rubia coleta.

—Ya lo decía yo —masculló—. Esto es lo que pasa cuando…

—No es el momento ni el lugar para hablar de esa cuestión —la interrumpí—. Está herida.

Me acerqué al trineo y revolví el contenido en busca de la cuerda de plástico. La desenrollé y me pasé uno de los extremos por las presillas de los pantalones.

—¿Qué haces? —preguntó Clara, mirando de reojo a Beatrice para evaluar su reacción.

—Habrá bastante —afirmé, y le mostré la otra punta de la cuerda. Disponíamos, como mínimo, de veinticinco metros o un poco más. Busqué en el borde de la carretera algo, lo que fuese, donde atarla—. Alguien tiene que bajar a recogerla.

Clara miró barranco abajo: solo se divisaba la coronilla de Helene. Mi prima había retrocedido y se había apoyado en la pared rocosa, intentando mantenerse lo más alejada posible del precipicio.

—¿Tienes que ser tú la que baje? —Clara me tendió la mano para pedirme que le entregase la cuerda—. No deberías hacerlo.

Bette y Sarah se acercaron pasito a pasito e intentaron ver a Helene.

—Deprisa —solicitó Bette, acuciándonos—. Nuestra amiga podría caer todavía más abajo.

Clara me retiró la cuerda de las presillas del pantalón, y sentenció:

—Tú no puedes descender. Eres la única que sabe dónde vamos.

Me sostuvo la mirada lo suficiente para que me tranquilizara porque no diría nada más…, no añadiría que yo estaba embarazada, ni que para mí era más aventurado que para ella.

Entonces Beatrice me sujetó del brazo y dijo:

—Permite que vaya ella. Entre todas sujetaremos la cuerda; la ataremos en ese poste. —Y señaló un pretil bajo que había al otro lado de la carretera. Corroído por el sol, el metal estaba cubierto de unos bultos blancos que parecían lapas. Tenía un aspecto frágil, pero la parte inferior de los postes metálicos se mantenía anclada en el suelo, adentrándose en el cemento unos cuantos centímetros.

Examiné el pretil y pateé uno de los postes para asegurarme de que no se movía. Até la cuerda de plástico, haciendo el mismo nudo que meses antes habíamos utilizado para amarrar la casa flotante de Quinn al atracadero de Califia. Me eché hacia atrás, tirando de la cuerda para averiguar si resistía mi peso, y noté cómo se tensaba.

Contemplando desde aquella altura el valle que se extendía a mis pies, recordé la atracción casi irresistible que me ofrecía el Palace cada vez que me hallaba a pocos centímetros de las ventanas de la torre: el vértigo se apoderaba de mí y tenía la sensación de que en cualquier momento podría caer y de que el vacío me devoraría.

—Tendrás que enseñarme cómo he de atarme —dijo Clara.

Me pasó la cuerda; las manos, heladas y pálidas, le temblaban.

—Déjame bajar a mí —insistí, pero ella se limitó a entregarme la cuerda.

Bette y Sarah estaban a nuestro lado en la calzada. La hija de Beatrice aferraba el brazo de su compañera, que se pasó la mano por la cara para enjugarse las lágrimas.

—Debéis hacer algo —suplicó Bette—. Helene está sufriendo.

Actué con gran rapidez: pasé la cuerda alrededor de la cintura de Clara, justo por debajo de las costillas, e hice un nudo doble para tener la certeza de que aguantaría.

—Ante todo, podríamos tratar de bajar la cuerda hasta Helene —propuse tras cerciorarme de que las jóvenes no me oían—. No es necesario que desciendas.

Clara había empalidecido y transpiraba. No sabía qué hacer con las manos, y las desplazó sin ton ni son: primero, hacia la cuerda y, luego, hacia su cintura.

—No; bajaré a buscarla —replicó asintiendo—. Lo haré.

Pedí a las muchachas que formasen una fila. Me situé exactamente detrás de mi prima, Beatrice se colocó a mis espaldas y las chicas aferraron la cuerda detrás de nosotras.

—Ahora tenéis que dejar caer hacia atrás todo el peso del cuerpo —expliqué—. Pase lo que pase, no soltéis la cuerda. Somos muchas y las subiremos. —La lenta y decidida respiración de mi prima rompió el silencio—. Si te inclinas hacia atrás podrás bajar por la ladera del barranco —le aconsejé. En dos ocasiones se lo había visto hacer a Quinn cuando intentaba acceder a una de las estrechas y aisladas playas del este de Marin—. No dejes de agarrar la cuerda.

—Adelante —anunció Clara—. Todo saldrá bien..

Recogí cuerda para tensarla, y Clara comenzó a retroceder, sin cesar de mirar el punto donde el asfalto daba paso a la roca. Al llegar al borde del precipicio, se echó hacia atrás, nuestras miradas se cruzaron unos instantes cuando solté un poco de cuerda y, parpadeando, se libró de las lágrimas.

Controlé cómo descendía lentamente por la ladera hasta que, finalmente, la perdí de vista. Se oía el suave sonido de la caída de piedras, que saltaban por el barranco cada vez que Clara se impulsaba para seguir descendiendo, así como la compungida y entrecortada respiración de Bette.

—Tiene que rescatarla —musitó la joven—. Helene no puede morir.

—Nadie morirá —declaró Beatrice, tajante.

Fue la primera vez que aprecié cierto tono colérico en su voz; hasta las chicas se sorprendieron. Todas guardaron silencio y no soltaban cuerda más que cuando yo se lo pedía.

Al descender, Clara dijo algo, hablando prácticamente para sí misma, y no la entendí. Todas las dudas que había conseguido apartar de la mente volvieron a asaltarme y me abrumaron. Había cometido la insensatez de pensar que sería capaz de llevarme a las jóvenes y que no nos atraparían ni moriríamos de inanición. Por mucho que lográramos izarla, lo más probable es que Helene se hubiera roto un hueso o hecho un esguince. ¿Cómo se las apañaría para seguir andando? Con suerte, nos quedaban al menos dos semanas de caminata por la carretera antes de llegar a la costa.

La cuerda me quemó las palmas de las manos, pero soporté la tensión del peso de Clara. La solté un poco más y, poco después, se aflojó cuando ella arribó al afloramiento rocoso en el que Helene se encontraba.

—¡Ya la tengo! —chilló, pero el hilillo de voz se oyó muy lejano—. Está bien. Comenzaré a subirla.

Toqué la frente a Helene, justo encima del entrecejo.

—Le escocerá —dije.

Sangre seca impregnaba las delgadas trenzas de la muchacha, y el corte que se había hecho, de unos ocho centímetros, era profundo. Inspiré por la boca para evitar las náuseas, así como la sensación de que el estómago se me encogía cuando le eché vodka sobre la brecha. Helene se estremeció y se tensó. Le coloqué entonces una toalla a un lado de la cabeza para que absorbiese el líquido que le caía, pero me ocupé de que no le rozase la herida.

—Ya está. Se acabó. Intenta dormir.

La chica no me miró. Tenía los ojos firmemente cerrados, pero las lágrimas se le agolpaban en las pestañas. Los moretones le habían aflorado en los brazos, en las zonas donde se había golpeado, y la sangre se le había secado y ennegrecido bajo las uñas de las manos. Beatrice le había improvisado en la pierna un entablillado con dos ramas sujetas con un trozo de cuerda y, mientras le tiraba del talón y le colocaba la tibia en su sitio, yo le había sostenido la mano a Helene; la zona que iba de la rodilla al tobillo estaba inflamada y se le veía la piel estriada y enrojecida. Le habíamos administrado unos tragos de vodka para aplacar el dolor y no sabíamos si la fractura era grave. Como el hueso no atravesaba la piel, Beatrice opinó que podíamos abrigar esperanzas de que se recuperaría.

Me di la vuelta y rodeé a las chicas que se habían congregado alrededor de Helene. Bette y Sarah se habían quedado dormidas. Las muchachas compartieron las mantas que no habíamos usado para arropar a la accidentada. Bette, por su parte, se revolvió en el duro suelo e intentó relajarse. Cuando el viento del valle arreció, me arrebujé con el jersey para tratar de arrostrar el frío, pero igualmente me traspasó; la temperatura había bajado diez grados desde la puesta del sol.

En cuanto la carretera se aplanó, montamos el campamento detrás de un grupo de altas rocas. Bette y Sarah se habían encargado de trasladar a Helene en el trineo. La muchacha, incluso después de darle todo el alcohol que podía asimilar, seguía gimiendo y sufriendo oleadas de dolor. Pasé casi una hora sentada a su lado y varias veces escuché la radio con la intención de tener noticias de la ruta.

125

Localicé a Beatrice y a Clara, cuyas siluetas apenas eran visibles tras los resecos y marchitos arbustos, y, al acercarme, me llegaron fragmentos de la charla que sostenían, ya que el viento transportaba sus frases.

—Si la herida está infectada, no habrá solución —decía Clara—. En ese caso, no creo que sobreviva.

Beatrice, que estaba a su lado, pues ambas se habían agazapado para protegerse del frío, replicó:

—Pero no está infectada…, al menos por ahora. —Las dos mujeres se volvieron al verme, y mi antigua ayudante me preguntó—: ¿Has oído algo nuevo en la radio? ¿Existe algún lugar donde hacer un alto en la ruta? Si encontrásemos un sitio en el que descansar…, aunque fuera una semana…

—Casi todos los rebeldes partieron hacia la ciudad y los que quedan extramuros guardan silencio. Los únicos mensajes que he oído proceden de los supervivientes que siguen en la Ciudad de Arena. Aunque las ejecuciones públicas han cesado, se llevan a la gente de sus viviendas para interrogarla. Por otra parte, las colonias no han dado señales de vida…, y me parece muy improbable que vengan a por nosotras si hasta ahora no lo han hecho.

—¿Y mi madre? —inquirió Clara.

Meneé la cabeza. No había sabido nada de la tía Rose desde el fin del asedio. Albergaba la esperanza de que tanto ella como Charles siguiesen con vida, aunque también era consciente de que él estaba involucrado en nuestra fuga.

Nos sentamos ante una mata de arbustos de poca altura y juntamos los hombros en un intento de mantener el calor. Clara dejó escapar un prolongado y lento suspiro; se le habían despellejado y ensangrentado las rodillas tras haber subido a Helene por la escarpada ladera.

—¿Y si se le infecta la pierna? —preguntó Clara—. En la ciudad la podrían tratar, pero aquí…, aquí podría morir. En ese caso, ¿qué diremos a las chicas?

—En los años posteriores a la epidemia —explicó Beatrice—, la gente sobrevivió a estas cosas. No es la primera persona que se rompe una pierna o un brazo en plena naturaleza. Tendremos que esperar y ver qué pasa.

—Deberías enviar un mensaje por radio —opinó Clara. La

luna le dibujó extrañas sombras en la cara y su tez adquirió un tono muy pálido, casi gris—. Deberíamos indagar si los rebeldes pueden enviar ayuda.

—Solo como último recurso —puntualicé—. Es demasiado peligroso. Moss mencionó un motel que figura en el mapa...; está a menos de un día de caminata. Algunos rebeldes lo usaron cuando se dirigían a la ciudad, pero actualmente está abandonado. Podríamos detenernos allí unos días y reponer fuerzas.

Beatrice movió afirmativamente la cabeza, y preguntó:

—¿El lugar al que te refieres se llama Stovepipe Wells?

—Exactamente. Es a donde tenemos que llegar.

—Tendremos que transportarla hasta allí —apostilló Clara—, siempre y cuando sobreviva.

—Sobrevivirá —afirmó Beatrice—. Vaya, eso espero.

A nuestras espaldas sonó un crujido, y los resecos arbustos se partieron al pisarlos. Reparé en la persona que estaba entre las ramas, estudié sus facciones a la luz de la luna y tardé unos segundos en reconocerla.

—¿Qué haces despierta? —le espeté.

—¿Qué significa que esperas que sobreviva? —inquirió Bette—. ¿Acaso supones que podría morir?

Beatrice se levantó rápidamente y se acercó a la joven.

—Claro que no; no morirá —respondió y, abrazándola, intentó tranquilizarla—. No te preocupes. La estamos cuidando. Le hemos colocado el hueso en su sitio y hacemos cuanto podemos.

La chica permaneció inmóvil, incluso cuando Beatrice la estrechó entre sus brazos y le acarició la cabeza. Pero no dejó de mirarme, albergando una sorda acusación.

—Por lo tanto, mañana por la mañana nos vamos a Stovepipe Wells —concluyó Clara pasando por mi lado—. Estamos de acuerdo.

Emprendieron el regreso al campamento, siguiendo el lecho del valle sin mí.

Bette fue la única que se volvió y nuestras miradas se encontraron.

—Helene se recuperará —afirmé.

Las tres mujeres ya habían recorrido varios metros y se habían adentrado en la oscuridad; por ello, mi voz no les llegó.

127

Diecinueve

—¡*L*o he encontrado! —chilló Sarah, y franqueó la puerta de la recepción del motel—. ¡He ganado!

Tres jóvenes corrieron tras ella, pero ya sabían que llegaban tarde. Sarah sostuvo en alto el ratón de trapo: tenía un único ojo y a los pantalones cortos de color rojo les faltaba un botón. Las chicas intentaron arrebatárselo, pero ella se puso de puntillas y mantuvo el peluche fuera de su alcance.

—Están de mejor humor —me comentó Beatrice en voz baja. Dobló varias de las camisas que habíamos hallado y las metió en una bolsa de lona—. De todas maneras, no creo que pueda soportar mucho más este griterío.

—Chicas, ¿qué tal si ya damos por terminada la jornada? —propuse echando un vistazo al exterior. El cielo había adquirido un tinte de un rosa rojizo y el sol se hundía ya tras las montañas—. Quedan más o menos quince minutos de luz. Estaría bien que preparaseis las camas.

Sarah se encaminó hacia la habitación en la que Helene dormía para ir a buscar la ropa de cama; varias muchachas la siguieron. Hacía cuatro días que estábamos en el motel de Stovepipe Wells y nos habíamos instalado en la parte trasera del edificio, la más alejada de la carretera. Las chicas habían inventado un juego que consistía en secuestrar y esconder un andrajoso animalito de peluche que habían encontrado. Ganaba la primera que cruzaba la puerta de entrada con el bicho en la mano. Nunca estuvo claro en qué consistía el premio.

Clara se situó tras el mostrador de la recepción, encima del cual alineó una sucesión de botellas de vidrio.

—En total hay diez —informó—. ¿Guardamos alguna botella por si otras personas pasan por aquí?

Me acerqué y revisé los armarios situados debajo del mostrador. Habíamos hallado las subsistencias abandonadas allí por los rebeldes: botellas de agua, frutas secas y nueces, además de varias toallas limpias y vendas. No habían transcurrido más de tres o cuatro semanas desde que habían hecho un alto en el motel de camino a la ciudad, y todavía quedaban ligeros indicios de su presencia: huellas recientes en la tierra, que se dirigían a las viviendas del fondo; un cepillo de pelo, que alguien había dejado junto a un viejo espejo del pasillo, y en cuya funda de plástico no se veía ni una mota de polvo... En una de las toallas, yo había descubierto un guardapelo de oro; en su interior había un papel rojo doblado, en el que se leía: «Para que lleves mi amor contigo». Me lo quedé, y la cadena solía tembletear en el bolsillo de mis pantalones; a menudo me preguntaba a quién habría pertenecido, dónde estaría ahora o si habría perdido la vida en el asedio a la ciudad.

—Dejaremos dos botellas y algunos alimentos secos —respondí—. El cerco a la ciudad ha terminado, por lo que no creo que nadie haga un alto aquí. De todos modos, será mejor dejar algo por si acaso.

Sarah y varias jóvenes regresaron a la recepción cargadas de mantas polvorientas, y las pusieron sobre los viejos sofás, cuyos cojines se hundían. Lena, la callada muchacha de las gafas de cristales rayados, se tumbó en un sofá, se tapó las piernas con una manta y buscó la caja de plástico llena de arrugados folletos que ofrecían títulos como: CAMINATAS POR EL VALLE DE LA MUERTE o BIENVENIDOS A STOVEPIPE WELLS. Todas las noches, antes de dormirse, los leía.

A todo esto, Bette llegó tirando del trineo de Helene y la trasladó por el estrecho espacio a una velocidad excesiva.

—Con cuidado —recomendé—. Vigílale la pierna.

—Ya voy con cuidado —masculló mirándome con cara de pocos amigos.

Ayudó a Helene a ponerse de pie y a apoyar la pierna rota en el montón de almohadas apiladas en un extremo del sofá. Aunque la inflamación había bajado, la piel todavía mostraba un color rosáceo intenso. Los moretones le empeoraban el aspecto: oscuros verdugones le cubrían un hombro, se le había hinchado un lado de la cara y la brecha de la cabeza continuaba abierta.

—¿Tenemos que irnos mañana? —preguntó la chica, haciendo una mueca de dolor, al tiempo que se echaba en el sofá. Beatrice dejó de doblar ropa y le puso la mano en la frente.

—Te alegrarás cuando por fin lleguemos a Califia —la animó la mujer—. Allí dispondrás de una buena cama donde dormir y podrás descansar todo el tiempo que quieras.

Beatrice se giró hacia mí y asintió, como hacía cada vez que reconocía a Helene. Los últimos días la había controlado muy a menudo para comprobar que no tuviera fiebre, que la pierna no se le había inflamado más y que no había indicios de infección. Suponíamos que lo peor ya había pasado.

—No está en condiciones de irse —espetó Bette—. ¿No te das cuenta?

—Es preciso que nos vayamos —repuse—. Discutir carece de sentido. Todavía corremos peligro porque alguien podría pasar por aquí y descubrirnos. Debemos seguir adelante.

La joven meneó la cabeza. Mientras las demás muchachas colocaban las mantas y las almohadas en el suelo y se tumbaban una al lado de la otra, la pecosa se alejó por uno de los pasillos laterales. Clara se me acercó y, apoyándome una mano en el brazo, la observamos.

—Por si te sirve de consuelo, tampoco habla conmigo. Mejorará en cuanto lleguemos a Califia; comprenderá que tenías razón.

—Eso espero. —Me alejé del grupo e hice señas a mi prima para que me siguiese. Sacando el arrugado mapa de la cinturilla del pantalón, lo extendí y señalé el trayecto que había marcado a lápiz. Ella lo analizó con las últimas luces del día—. Si vamos por el norte, tendremos agua a lo largo del camino; la provisión estará garantizada aproximadamente cada tres días. Mira, el lago Owens, el embalse de Fish Springs, el lago Mesa, el lago Crowley…, ¿los ves? Llegan hasta aquí arriba.

—¿Y el lago Tahoe? ¿No está ahí el refugio subterráneo?

Clara recorrió con un dedo la bifurcación de la carretera y fue ascendiendo hasta superar la línea que yo había trazado. Pensé en qué habría sido de Silas y de Benny después de mi partida. Cuando llegué a la ciudad, Moss había enviado mensajes al refugio para informar que estaba viva y que Caleb y yo estábamos juntos. No había habido respuesta y fue imposible confirmar si recibieron o no los mensajes. Por mucho que deseara saber si se encontraban bien, en mi fuero interno no quería sufrir la certeza de que no era así. ¿Y si al llegar verificábamos que el refugio había sido abandonado? ¿Y si sus habitantes habían participado en el asedio y se contaban entre los cadáveres desparramados por las calles durante los primeros días de lucha? En el caso de que estuviesen vivos y siguieran en el refugio, no estaba segura de querer revivir todo lo pasado: aquella época, aquel lugar, Caleb, Leif... Adrede, había optado por dirigirnos al oeste antes de arribar al campamento de los chicos.

Asentí, contestando a la pregunta de mi prima, y repliqué:

—En ese caso, el trayecto se alargaría varios días. Creí que...

—Vaya, no me refería a que fuésemos —me interrumpió Clara, poniendo cara de pedirme disculpas—. Por nada del mundo quisiera que regresases a ese sitio. No me gustaría que a una de nosotras..., sobre todo después de lo que te pasó.

Varias muchachas se habían quedado dormidas después de darse las buenas noches, mientras Sarah y Kit iban a buscar ropa de abrigo a uno de los dormitorios.

Clara se arrodilló junto a la bolsa de lona y la revolvió hasta encontrar la radio.

—Se me ha ocurrido que... —La sostuvo en alto para que yo la viese—. ¿Existe alguna posibilidad de enviarle un mensaje a mi madre? Solo quiero que sepa que logré salir de la ciudad, que estoy a salvo..., y contigo. Probablemente, está muy confundida y pensará que me han matado en Afueras o que los rebeldes me han hecho prisionera.

Cogí la radio y me pregunté si en el Palace habría alguien en condiciones de descifrar los mensajes. Suponía que era harto improbable que los rebeldes que todavía trabajaban en la torre se arriesgasen a revelar su condición a Rose..., sobre todo ahora; menos aún le dirían que Clara estaba viva, entre otras cosas porque la gente sabía que apoyaba a mi padre. Yo había reflexionado sobre esta cuestión, pues en la última semana la

131

actitud de mi prima había cambiado en su forma de mencionar a su madre o la ciudad, y de querer saber si habían llegado noticias del Palace.

—Claro que podemos intentarlo, aunque debo advertirte de que, seguramente, no recibirá el mensaje. Muerto Moss, temo que ningún rebelde lo descifrará y, por tanto, nadie se lo hará llegar.

Clara recostó la espalda en la pared y se tapó la cara con las manos.

—En algún momento volveremos a la ciudad —comentó, aunque en realidad no me lo decía a mí—. Al fin sabrá que estoy bien. Seguro que ha deducido lo que ocurre.

—Sin duda ya lo sabe. En cuanto lleguemos a Califia dispondremos de más recursos. Una vez que estemos allí nos será más sencillo decidir qué hemos de hacer.

Los últimos reflejos del sol se colaron por la puerta y, al iluminar los ojos de Clara, estos relucieron.

—No tendría que haberme ido. Me comporté como si quisiera castigarla.

—No tuviste mucho tiempo para tomar decisiones.

—Siempre estuvimos juntas. —Mi prima encontró un enredo en su tupida y dorada cabellera y tiró de él hasta que lo deshizo—. Hemos estado juntas desde la epidemia y desde la muerte de mi padre y de Evan. Y pensar que en infinidad de ocasiones he deseado librarme de ella...

—No puedes echarte la culpa por haberte marchado. ¿Y si aquel día mi padre se hubiese enterado de que me habías ayudado? ¿Qué habría ocurrido?

Guardamos silencio. Me habría gustado decirle que retornaría a la Ciudad de Arena, que ambas podríamos regresar, pero con el correr de los días parecía cada vez más inverosímil. Yo había detectado cambios en mí misma durante el tiempo transcurrido desde que montamos el campamento: las náuseas habían desaparecido. Según Beatrice, era normal: una vez cumplidos los tres meses de gestación, mis ganas de vomitar al despertar ya no serían las mismas. Además, me veía la cintura hinchada y más ancha, y mi ropa tenía otra caída..., por mucho que fuese la única que me apercibiera de ello. Me cuestionaba si, una vez que nos hubiéramos instalado en Califia, podría marcharme o me quedaría indefinidamente varada allí, imposibilitada de trasladarme a otro sitio. ¿De cuánto tiempo disponía hasta que mi padre volviese a dar conmigo?

Sarah y Kit pasaron cargadas con sendos montones de mantas. Clara se enjugó los ojos y se apartó de la pared para coger una manta que olía a humedad. Mientras me arrodillaba para esconder la radio en el fondo de la bolsa de lona, vi a Kit junto a la puerta; ella no me quitaba ojo de encima, aunque yo apenas le distinguía el rostro a la luz del atardecer.

—¿Qué haces con eso? —me preguntó la muchacha.

Mi prima se llevó la manta al pecho y, contestando en mi lugar, inquirió:

—¿De qué hablas? Kit, se trata de una radio. Supongo que alguna vez...

—Sé muy bien lo que es. —La chica jugueteó con su larga coleta y se la enroscó en los dedos—. Creía que pertenecía a Bette.

Pasé revista a la recepción y a las chicas acostadas en los sofás y en el suelo. Casi no las vislumbraba, porque me hallaba bastante lejos de las ventanas y de la carretera.

—¿Por qué creías eso? —inquirí.

Kit se encogió de hombros y replicó:

—Me dijo que la había encontrado en la gasolinera y que era suya. La usó hace dos noches.

Reparé en que Clara me traspasaba con la mirada. Pasé por su lado y me acerqué a Helene. Agachándome, la zarandeé y la desperté bruscamente:

—¿Dónde está Bette? ¿Sabías lo de la radio? ¿Sabías que la ha usado?

Miré a varias chicas tumbadas en el suelo y entreví los rostros en penumbra, pero me fue imposible individualizarlas. Bette no estaba por ninguna parte.

—No sé dónde se ha metido —musitó Helene, pero entrecruzó las manos y se puso tensa—. No tengo la menor...

—¿Qué ha hecho con la radio? —pregunté—. Explícamelo.

La muchacha se apartó las trenzas de la cara y replicó:

—Dijo que conseguiría ayuda para mí. Me lo prometió.

Eché a andar por el pasillo a oscuras, dejando atrás las habitaciones del viejo motel: algunas camas estaban tumbadas de lado, había maletas polvorientas y repletas de ropa, placas del techo en estado de putrefacción y una pila de juguetes abandonada por personas que se habían marchado deprisa y corriendo. A todo esto, vi una figura en el espejo roto del final del pasillo y me entró pánico; tardé unos instantes en cerciorarme de que era el reflejo de mi propia imagen.

En el pasillo en penumbra presté atención a mi respiración e intenté recordar en qué momento Bette me había descubierto manejando la radio. Seguramente, había registrado nuestras bolsas y la había encontrado. ¿Desde cuándo intentaba enviar un mensaje? ¿Quién imaginaba que acudiría en su auxilio?

Desde muy lejos, más allá de las ventanas rotas, me llegó una vocecilla, aunque no entendí qué decía. Giré por el pasillo y no me detuve hasta que salí y me dirigí a la parte trasera del edificio. Pasé por el aparcamiento lleno de coches oxidados y, al doblar un recodo del edificio, finalmente, la divisé. No era más que una silueta negra contrapuesta al cielo crepuscular. Agitaba frenéticamente los brazos y, a sus pies, ardía una patética hoguera para hacer señales.

Tardé un segundo en hacerme cargo de qué miraba y me quedé helada: por la montaña, a menos de un kilómetro, rodaba una motocicleta; su faro solo era un puntito de luz.

Veinte

Bette movía los brazos de un lado para otro y daba saltos con el propósito de llamar la atención del motorista.

—¡Por aquí! —gritó—. ¡Estamos aquí!

Corrí tan rápido como pude, la rodeé con los brazos e inmovilicé los suyos contra su cuerpo.

—¿Ves lo que has hecho?

—He hecho lo que tú no estabas dispuesta a hacer. Helene necesita ayuda. Tú misma dijiste que podía morir.

La moto se acercaba haciendo eses por la montaña. Tapé con tierra la hoguera, consistente en una pequeña pila de ramitas y broza, salpicada de un puñado de cerillas usadas que, sin duda, la chica había sacado de las provisiones. La aferré del brazo y la arrastré hacia el motel. Los recuerdos me acosaron y barrieron cualquier otro pensamiento: ante mí yacían Marjorie y Otis en el suelo del sótano; ella, cuya trenza se le había empapado de sangre, había caído sobre él. Yo había considerado el riesgo que suponía llevar la radio y sabía lo que podía ocurrir: que correríamos un grave peligro en el caso de que una de las muchachas la utilizase. Por ello, la había escondido en el fondo de la bolsa de lona para que solamente Beatrice, Clara y yo supiésemos dónde se hallaba.

Bette clavó los talones en la tierra y tuvimos que detenernos.

—He pedido ayuda para ella —insistió—. Nos hace falta alguien que la lleve al médico.

—Las cosas no funcionan así —puntualicé. Ella intentó zafarse, pero aguanté y no la solté—. ¿Cuándo enviaste el mensaje? ¿Qué dijiste?

El faro estaba cada vez más cerca. El soldado no era más que una oscura figura perfilada contra el cielo; se encorvaba ligeramente, y la moto transportaba un montón de bultos. Nunca había visto a un soldado solo, pero había oído a los chicos del refugio subterráneo hablar de este tema y comentar que, a veces, registraban los almacenes o los puntos de control gubernamentales. En el caso de que estuviera investigando, eso significaba que, a menos de ochenta kilómetros, había más militares.

—Ayer por la noche, mientras dormíais. Dije dónde estábamos.

La empujé con todas mis fuerzas hacia el motel.

—Será mejor que te des prisa —aconsejé al tiempo que revisaba el pequeño grupo de edificios que teníamos delante.

Solo había tres construcciones de madera y una tienda abandonada; los aparcamientos estaban ocupados por coches a los que les habían arrancado los neumáticos de las llantas. El soldado no tardaría más que unos pocos minutos en registrar los edificios. Nuestra única ventaja consistía en que éramos más y en que conocíamos el trazado del motel.

Apreté el paso y corrí hacia la parte trasera del edificio con Bette pegada a mis talones. La moto se aproximaba con demasiada rapidez: la oí coronar la cima y acortar la distancia que la separaba de nosotras, luego me llegó el terrible chirrido de los neumáticos en la calzada y el sonido de los frenos. El motor se apagó en el mismo momento en que estábamos a punto de llegar al motel, y otra vez reinó el silencio en el exterior.

El soldado no gritó, como los militares solían hacer, para ordenarnos que nos volviésemos y nos diésemos a conocer. En lugar de mirarlo, conduje a Bette por un lado del edificio, crucé el aparcamiento y me dirigí a la entrada trasera. Abrí la puerta de cristal de la recepción y provoqué el sordo tintineo de las campanillas instaladas en ella.

—Hemos de ir a las habitaciones del fondo —grité señalando el pasillo oscuro y más alejado de la carretera—. Nos han encontrado. ¡Vamos…, deprisa!

La chica se detuvo junto a la puerta sin saber qué hacer. Varias muchachas despertaron bruscamente. Clara, que se encontraba junto a la entrada principal de la recepción, desde donde nos había estado mirando a medida que la moto se acercaba, soltó la cortina y me dijo:

—Ya no está ahí. —Y se dirigió a la ventana situada al otro lado de la puerta—. No lo veo.

Inspeccioné la recepción, pero estaba tan oscuro que me resultó difícil distinguir las caras de las chicas. Beatrice y Sarah ayudaron a Helene a ponerse de pie. Palpé el cuchillo que llevaba en la cintura y me tranquilicé. Cogí a Kit de la mano y la empujé hacia el pasillo, pero en ese momento oí el tintineo de las campanillas (un sonido tan repentino que me puso los pelos de punta), el rápido taconeo de las botas en el embaldosado suelo y la lenta y dificultosa respiración del hombre, que agarró a Bette del brazo y la encañonó con una pistola sobre las costillas.

El individuo miró alrededor, y su cara resultó a medias visible gracias a la luz de la luna que se colaba por la puerta.

—¿Quién lo ha hecho? —preguntó. Evidentemente, no se trataba de un soldado. Vestía una andrajosa chaqueta de cuero y mugrientos tejanos negros, y llevaba un brazalete rojo en la manga. ¿Qué debía de representar?, ¿estaría aquel hombre a favor o en contra de la resistencia?, ¿conocería la existencia de la ruta? El tipo gritó—: ¿Quién os ha traído hasta aquí?

—Llévese lo que quiera —propuse intentando hablar con calma—. Tenemos agua y alimentos suficientes para una semana.

—No quiero nada —replicó sin apartar el arma de las costillas de Bette.

La muchacha estaba totalmente inmóvil, rígida y con los ojos cerrados, como si ya hubiera muerto. Una chica que se encontraba detrás de mí se echó a llorar. No le hice caso. Algunas muchachas llevaban puesto el vestido escolar y, de pronto, me arrepentí de haberles permitido que se lo quedasen, si bien solo se lo ponían para dormir. Por lo tanto, era imposible mentir acerca de quiénes eran.

—Yo las he traído —respondí finalmente—. Se fugaron de los colegios.

El hombre apartó el arma de Bette y me apuntó a mí.

—De modo que has sido tú —confirmó—. Alguien envió un mensaje diciendo que necesitabais ayuda, que os retenían aquí.

Miré a Bette, que entreabrió un poco los ojos y murmuró:
—Helene se ha roto la pierna y necesita un médico.

El hombre reparó en la muchacha herida, que estaba junto a Sarah y no apoyaba en el suelo la pierna fracturada.

—Eve intenta salvarnos —se apresuró a decir Kit. Me volví hacia ella con la esperanza de que callara, pero no fue así—. Eve es la princesa, la hija del rey.

Beatrice también sujetó a Kit con la intención de taparle la boca, pero llegó demasiado tarde. El hombre se alejó de Bette, se lanzó sobre mí y me retorció el brazo con tanta violencia que me hizo daño. A continuación, me apuntó justo debajo de las costillas. El roce de la pistola y el romo cañón, presionándome la piel, bastaron para dejarme sin aliento.

—¿Hay alguien más del Palace? —preguntó a grito pelado.

Beatrice dio un paso al frente, y la tenue luz la iluminó.

—Está cometiendo un error. Eve intenta llevar a las chicas a un lugar seguro, a Califia, y ha trabajado con Moss.

—Moss ha muerto —afirmó el hombre—. En la ruta todos sabemos quién es la princesa Genevieve; será castigada aunque su padre se libre.

—Estaba colaborando con los rebeldes —expliqué lentamente procurando mantenerme serena—. Estoy de vuestra parte. —El hombre me tiró del brazo y me dio un empellón hacia la salida trasera. Varias chicas se echaron a llorar y, en la oscuridad, escuché sus quedos sollozos—. Conozco los códigos —añadí tras pensar que tal vez ese comentario tendría sentido para él, pero no dejó de apuntarme.

—Ha de tomarse en serio lo que Eve dice —intervino Clara, corriendo hacia nosotros—. Ella jamás tomó partido por su padre.

Moví negativamente la cabeza para que se callara. Cabía la posibilidad de que el hombre supiese quién era ella y que se la llevara si alguien pronunciaba su nombre o mencionaba que era mi prima.

El desconocido me arrastró hacia la puerta. En lugar de resistirme, me concentré en la respiración y pensé en el cuchillo que llevaba en la cinturilla del pantalón. No sabía si sería físicamente capaz de hacerlo, pero miré la pistola con insistencia, cuyo cañón aún me apuntaba justo por encima del cinturón. El hombre me sujetó del brazo y retrocedió. Al llegar a la puerta y antes de abrirla, se volvió una fracción de segundo para ver dónde estaba el picaporte. Me llevé la mano a la cintura, sujeté con todas mis fuerzas el mango del cuchillo y lo desenvainé. El hombre abrió la puerta y me indicó que pasara.

Al salir al aparcamiento, mantuve el cuchillo delante de mi cuerpo. El hombre franqueó la puerta. Me volví a toda velocidad y se lo clavé en el bíceps derecho. El desconocido dejó escapar una maldición y soltó la pistola. Aproveché para patearla con ímpetu, y el arma resbaló por el asfalto. Me aparté del hombre, queriendo ganar espacio, cuando percibí que Clara atravesaba la puerta. Oí el campanilleo y el sordo gemido de los goznes. A renglón seguido, mi prima golpeó a aquel tipo en la nuca. Cuando él cayó de costado al suelo, retorciéndose de dolor, me percaté de que mi prima llevaba en la mano una botella de cristal de las que usábamos para el agua.

El hombre no se levantó. Tenía los ojos cerrados y las rodillas dobladas contra el pecho. Se llevó la mano a la parte posterior de la cabeza, donde tenía una herida de la que brotaba sangre que le había mojado el pelo. Clara se quitó del cinturón la cuerda de plástico y le ató las muñecas con ella. No conseguí recuperar el aliento ni siquiera con el individuo tumbado en el suelo y maniatado; incesantemente, volvía a ver la pistola encañonándome. Había aprendido a protegerme, pero ahora sentía que existía esa otra parte de mí, una persona que había imaginado vívidamente.

Las muchachas tardaron menos de un minuto en salir. Cuando el hombre perdió la conciencia, se aproximaron.

—Tenía intención de matarte —me dijo Helene, tratando de enjugarse las mejillas, pero las lágrimas siguieron brotándole.

—Yo…, pretendía ayudar —se justificó Bette—. Quería buscar a alguien que nos auxiliara.

De repente la expresión de Clara me resultó desconocida; se puso roja, aferró enérgicamente el brazo de Bette y masculló:

—¿Qué demonios crees que hacías? Somos nosotras las que te ayudamos a ti. —La chica intentó zafarse, pero ella se lo impidió—. Si el hombre escuchó el mensaje, ¿a cuántas personas más les debió de llegar?

Miré al individuo, cuyo rostro estaba cubierto de tierra. Debíamos marcharnos esa misma noche, porque cabía la posibilidad de que otros rebeldes vinieran y, si los soldados habían escuchado el mensaje, seguramente nos rastrearían. Por mucho que nos dirigiéramos al norte, lejos del motel, se acercarían adonde estábamos. Si suponían que poníamos rumbo a Califia, tal vez montarían puestos de control al oeste de las montañas, a fin de bloquearnos el paso. Necesitábamos un lugar donde ocultarnos.

Me encaminé hacia la carretera, en la que todavía se encontraba la moto de aquel hombre. El suave sonido de mis pasos en el asfalto me tranquilizó, y resultó agradable estar de pie, en movimiento, y respirar el aire nocturno.

—Eve, ¿qué te propones? —me preguntó Clara.

Me detuve junto a la moto, me arrodillé y busqué la boquilla que había en el neumático. Quinn me había enseñado ese truco en Califia cuando hablábamos de los todoterrenos del Gobierno. Además, era más sencillo que cortar la gruesa goma.

Abrí la válvula y me llegó el satisfactorio silbido del aire al salir.

—Preparadlo todo —ordené a las inmóviles siluetas de las muchachas. Al fondo se veía el firmamento salpicado de estrellas—. Esta misma noche saldremos hacia el refugio subterráneo.

Veintiuno

—*E*stá muy muy cerca —anunció Sarah cuando coronamos la colina—. Veo el agua.

Estudié los árboles para verificar que habíamos llegado al sitio correcto. Todo estaba como entonces pero, por alguna razón, me pareció más solitario y el lago me resultó desconocido, dada la ausencia de Caleb y Arden.

Las chicas bajaron corriendo cuando vieron el lago, sobre cuya cristalina superficie contrastaba un cielo entre rosáceo y anaranjado. Bette ayudó a Helene a descender por la rocosa ladera; sujetó el trineo por detrás y puso mucho esmero en que no se deslizara con excesiva rapidez. Me alegré de que, por fin, hubiésemos llegado. Durante el trayecto hacia el norte, habíamos encendido tres hogueras, aunque únicamente de día, para hervir agua del lago; en cambio, habíamos padecido el frío nocturno, pues temíamos que el humo se avistara desde la carretera. Cuando acampamos a orillas del lago Crowley, un vehículo pasó cerca, en lo alto de la ladera. Vimos cómo se detenía en el borde de la montaña y cómo los soldados se apeaban para inspeccionar la calzada; durante varios minutos estudiaron las ligeras huellas que habíamos dejado en la arena. Poco después siguieron su camino.

Bette también ayudó a Helene a ponerse de pie, y caminaron hacia el lago. Helene cojeaba, pues la pierna fracturada todavía no estaba en condiciones de soportar el peso del cuerpo. Cuando llegaron a los bajíos, las demás compañeras apenas les prestaron atención porque se dedicaron a lavarse brazos y piernas. No habían disimulado que estaban enfadadas con Bette, e incluso, una semana y media después del desagradable episodio, caminaban varios metros por delante de ella y, en ocasiones, la ignoraban cuando les hablaba.

Sarah se sumergió en las someras aguas. Se lavó deprisa, cogió puñados de arena y los usó para frotarse los brazos y, a continuación, llenó sus botellas de agua. Mirando hacia los árboles situados detrás de nosotras, dijo:

—No los veo. Tal vez ellos ya no están aquí.

Varias jóvenes se volvieron ante la mención de los chicos. Salieron del lago, terminaron de llenar las botellas con agua y las dejaron en la orilla.

—No pienso subir por ahí —protestó Bette, echando un vistazo a la penumbra que había entre los árboles—. Me da lo mismo dormir donde sea.

—¿Tienes la certeza de que es un lugar seguro? —me preguntó Clara. Soltó la mochila y se frotó la zona del hombro en la que se le había clavado la correa—. ¿Podremos quedarnos aquí?

—No tengo certeza alguna —repuse mirando hacia el sendero que conducía al refugio subterráneo—. El acceso no es visible. Hay agua y abundan los animales de caza. Tal vez podamos hacer el resto del camino a caballo, con lo que reduciríamos como mínimo una semana el trayecto hasta Califia.

Clara prestó atención a Helene: Beatrice le estaba quitando el vendaje para cambiar el entablillado y las toallas que mantenían el hueso en su sitio. Aunque nadie lo había expresado en voz alta, su lesión había frenado considerablemente nuestro avance. Pese a que nos turnábamos para tirar del trineo, algunas muchachas estaban demasiado débiles, así que la mayor parte de las veces la tarea recaía en Clara, en Beatrice o en mí. En más de una ocasión habíamos comido conejo, pero siempre estábamos hambrientas. Yo notaba un dolor sordo y constante en el estómago y estaba muy baja de energías; temía que, si no nos quedábamos en el refugio, descansábamos y conservábamos las fuerzas que nos quedaban, probablemente no lograríamos proseguir nuestro viaje a Califia, y nuestros recursos serían incluso más escasos. Tal vez no conseguiríamos llegar.

Bette cogió un puñado de arena mojada y se quitó la suciedad de las palmas de las manos. Varias jóvenes se metieron en

142

el agua hasta las rodillas, pero no dieron la espalda a la orilla y estuvieron atentas a la arboleda, como si aguardaran la aparición de los chicos. Todas ellas estaban muy flacas, y Lena tenía una horrorosa quemadura solar en los hombros, por lo que la piel se le había enrojecido y cubierto de ampollas.

Helene y Beatrice seguían en la orilla. La joven hizo un gesto de dolor cuando Beatrice le aplicó dos estrechas tablillas a la pierna y las ató con cuerda para asegurar el entablillado.

Caminé hacia las chicas, intentando apartar de mi mente las dudas que me habían atormentado sobre nuestro traslado al refugio. Infinidad de veces había evocado mis últimas horas en él y me había cuestionado si regresar era una insensatez, ya que Leif fue quien nos delató a Fletcher. Mientras mi padre me buscase y contara con los medios para hacerlo, existía la posibilidad de que alguien comunicase mi paradero al ejército. A partir de ahora cualquier luz en la carretera, cualquier señal de humo a lo lejos o cualquier desconocido con el que nos cruzásemos representaban una amenaza.

—Recordad lo que os he dicho —dije a las muchachas que se encontraban en la orilla del lago—: solo nos quedaremos aquí unos días para recuperar fuerzas. Clara, Beatrice y yo os protegeremos; por tanto, no tenéis de qué preocuparos.

Sarah se llevó un dedo a la boca, se mordisqueó la cutícula y murmuró:

—Es más fácil decirlo que… —Se interrumpió y miró a su madre.

—Tal vez hay algo de verdad en ese refrán —comenté, pues sabía que era difícil aceptarlo—. Tened en cuenta que lo único que siempre preocupó a las profesoras fue que…, fue que permanecierais entre las paredes de los colegios. Pretendían estar seguras de que, si las traspasabais, regresaseis tan pronto como fuera posible; parte de sus enseñanzas consistieron en que aprendierais a temerlo todo y a todos, especialmente a los hombres. En cuanto comprendiérais que estos, que estaban fuera de esas paredes, no eran tan peligrosos como decían, ¿qué más se os habría ocurrido poner en duda? Y si encontrabais un aliado en uno de esos hombres, ¿qué habría pasado?

Kit clavó los dedos de los pies en la arena y los hundió. Las demás guardaron silencio. Beatrice echó una toalla seca sobre

143

los hombros de Sarah y secó el agua que le mojaba la espalda. La joven no la apartó, como solía, ni tampoco farfulló que podía hacerlo sola o que no era necesario que la ayudase. Durante unos segundos permanecieron en esa posición: Beatriz rodeaba los hombros de su hija, casi fundidas en un abrazo.

Me dediqué entonces a escudriñar los árboles en busca del tronco quemado que se torcía hacia el lago, cuyas raíces señalaban, en dirección contraria y hacia arriba, el refugio subterráneo. Poco después, eché a andar hacia la zona donde los árboles se unían con la playa de guijarros.

Cuando ya llegaba al borde de la arboleda, Clara se acercó corriendo y dijo:

—Te acompaño.

Me arropé con el jersey porque el aire era más fresco bajo las tupidas ramas de los árboles.

—No es necesario, de verdad. Encárgate de que las chicas se queden en la orilla del lago hasta mi regreso.

Rodeé las enmarañadas raíces, me adentré en el bosquecillo y un poco más adelante encontré el tronco quemado. A cierta distancia, a mi derecha, atisbé uno de los tocones donde los muchachos dejaban los alimentos cuando se disponían a cocinar. Aunque lo habían limpiado, a un lado había una mancha fresca de jugo de bayas y diminutas semillas seguían adheridas en el borde. Alguien había estado allí hacía menos de una semana. Al llegar a la ladera de la colina, me agaché e intenté encontrar la ranura de la puerta oculta.

En el interior del refugio reinaba una calma extraña. Entré en la primera habitación, iluminada por el pequeño orificio abierto en el techo, pero no recordaba si era la de Aaron o la de Kevin. No había ropa desparramada por el suelo, ni cuencos vacíos apilados en un rincón; no estaban por ninguna parte los balones de fútbol, viejos y deshinchados, con los que solían jugar los chicos, ni los arrugados envoltorios de las golosinas cogidas en alguna incursión a un almacén. Tampoco había ropa de cama sobre el colchón, sino tan solo una manta en cada una de las dos sillas de plástico arrinconadas, rescatadas de algún jardín.

Regresé al pasillo de tierra y me asomé al cuarto contiguo: vacío. Con excepción del mohoso plato lleno de huesos que había en el suelo, no aprecié señales de los muchachos. Miré hacia delante, donde el pasillo desembocaba en una amplia habitación circular que solíamos usar como comedor: el refugio estaba abandonado. Tal vez sus habitantes habían combatido en el asedio y se habían trasladado con los rebeldes para liberar los campamentos de trabajo; o quizá algo o alguien los había asustado al dar con ellos semanas atrás. Desenvainé el cuchillo, lamentando no llevar encima la pistola que habíamos arrebatado al rebelde y separado en dos partes; estas estaban a cargo de Clara y Beatrice.

Avancé por el pasillo en tinieblas y pasé por delante de otras habitaciones vacías, deslizando una mano por la pared para orientarme. La caverna principal estaba igual que hacía varios meses: el foso para el fuego en el centro y la ceniza fría; en el suelo había varias latas vacías. Inclinándome, pasé un dedo por el interior de una de ellas y me lo lamí: me supo a jugo de pera.

Me erguí y miré hacia el pasillo que tenía enfrente, cuyas paredes de tierra estaban irregularmente iluminadas gracias a los orificios que también allí se habían practicado en el techo. En ese momento, una figura pasó corriendo de un cuarto a otro; se protegía la cara con una manta andrajosa, cuyos extremos le tapaban los hombros. Me pegué a la pared muy deprisa, mientras un sudor frío me cubría el cuerpo. Intenté serenar mi respiración y permanecí atenta a las pisadas de la persona que entró corriendo en una estancia.

Esgrimí el cuchillo cuando eché a andar por el pasillo con mucho cuidado a medida que me adentraba a oscuras. Cabía la posibilidad de que hubieran descubierto el refugio, de que en algún momento las tropas lo hubiesen registrado o de que los rebeldes del norte lo hubiesen utilizado durante su desplazamiento a la ciudad. Cualquiera podía estar allí, hurtando la comida que quedaba.

Una sombra se cernió en el umbral. Era un poco más alta que yo y entró lentamente. En cuanto me vio, se dio la vuelta.

La perseguí cuando intentó alejarse. La cogí del brazo y le puse el cuchillo a pocos centímetros del cuello. Paulatinamente, la claridad se instauró en la habitación, pues un fino haz de luz del sol se filtró desde el techo. Y ante mí apareció el rostro que, durante doce años, había visto todos los días, por la mañana y por la noche en el colegio; se recogía el rizado cabello con un pañuelo grueso: Pip estaba espantosamente delgada y se le marcaban mucho las clavículas. Reparé en su vientre de embarazada, que sobresalía por encima de los desgarrados pantalones, y me pareció extraño, como si fuera imposible que aquel vientre formase parte de una persona tan menuda y frágil.

—Eve, no lo hagas —dijo detrás de Pip una voz que me resultó conocida—. Te lo ruego.

Ruby se hallaba en el rincón, junto a Benny y Silas; los protegía abrazándoles. Todos me miraron con una indescriptible cara de susto, y Pip se situó ante ellos como si quisiera impedirme verlos.

Bajé el cuchillo y consideré qué pensarían de mí. Se me hizo un nudo en la garganta y, repentinamente, me sentí muy mal por haberme convertido en esa clase de persona capaz de amenazar con un arma.

146

—Somos nosotros —afirmó Benny, y su vocecilla resonó en la habitación—. Somos nosotros.

Veintidós

Girando el dial, sintonicé la radio en la emisora que Moss había señalado con lápiz. Sonaron crepitantes interferencias. Ruby y yo nos inclinamos sobre el aparato a la espera de oír algo inteligible, fuera lo que fuese, pero los minutos transcurrieron sin ninguna novedad.

—En este momento no hay muchos rebeldes que envíen mensajes —comenté, y apagué la radio.

—Kevin y Aaron habrían mandado recado en el caso de que los muchachos estuvieran de regreso —afirmó Ruby.

Guardé la radio en la bolsa de lona, aunque antes le quité la pila y me la metí en el bolsillo. Acto seguido, inspeccioné la estrecha estancia de tierra.

—Hay alimentos suficientes para cuatro meses —comenté pasando la mano por una hilera de latas cuyas etiquetas habían desaparecido hacía ya bastante tiempo. Debajo de esos recipientes se acumulaban frascos de bayas y frutos secos, carne de cerdo en salazón y agua del lago hervida; en un rincón, se apilaban unas cuantas cajas, resultado de un reciente expolio.

—Según los chicos, podrían durar hasta quizá medio año. —Ruby cogió varios recipientes con agua—. También hemos añadido nuestro granito de arena al encontrar escaramujos, así como bayas silvestres y uvas. Si en los bajíos aparecen peces, intentamos atraparlos con la red, pero como no sabemos nadar apenas nos alejamos de la orilla.

Se dirigió hacia donde estaba Pip y abrió el frasco de su compañera. Esta permanecía en silencio.

—Habéis sido muy listas. Ignoramos si los muchachos han

sobrevivido al asedio, y tal vez no habría tiempo de reunir más víveres para cuando se os acaben los que tenéis.

Miré fugazmente a mis dos amigas; sus embarazos estaban más avanzados que el mío, como mínimo un par de meses.

Al otro lado de la estancia, las chicas se habían sentado ante el fuego y se sentían más cómodas después de haber visto a Silas y a Benny. Helene, que al parecer era la que estaba menos afectada por la presencia de los muchachos, le explicó a Silas cómo tenía entablillada la pierna y se quitó los vendajes para enseñarle la fractura. Beatrice sirvió crema de zanahorias en los recipientes de plástico que los chicos habían utilizado como tazas.

—Eve ha vuelto —dijo Benny.

Escribió la frase con una ramita en el suelo de tierra y mostró las palabras a Bette y a Sarah a medida que las pronunciaba.

Yo debería haber estado más tranquila porque Leif no estuviera en el refugio y porque mis amigas se encontraran sanas y salvas, pero Pip me preocupaba mucho: sentada en el suelo, reclinando la espalda en la pared, revolvía la crema con la cuchara sin apartar la vista del humeante líquido.

148

Aunque mis dos amigas estaban embarazadas de más de cinco meses, la preñez las había afectado de manera distinta: Ruby tenía un aspecto más saludable y las mejillas más llenitas y sonrosadas; cuando guardaba silencio, se llevaba la mano al vientre y la posaba justo debajo del ombligo. Por su parte, Pip parecía luchar contra las náuseas y había empalidecido mucho; tenía los ojos enrojecidos y la mirada triste, y, en las horas transcurridas desde nuestro reencuentro, apenas me había dirigido la palabra. Cuando lo hacía, empleaba un tono tajante y extraño.

—¿Estás segura de que Arden no se ha quedado embarazada? —pregunté en voz baja para que los demás no me oyesen.

Ruby asintió y dijo:

—Estoy segura. Es una de las razones por las cuales abandonamos el edificio de ladrillo.

—¿Cuándo escapasteis? ¿Cómo se las apañó ella para traeros hasta aquí?

Ruby miró de reojo a Pip, que respondió a su mirada,

adoptando una expresión de indiferencia cuyo significado no comprendí; estaba ausente, como si viviese en otro tiempo y lugar.

—Nos fugamos hace más o menos un mes —repuso Ruby—. Hacía semanas que Pip y yo ocupábamos la habitación contigua a la de Arden, que no nos había comentado nada. Pero una noche se presentó en nuestro cuarto, mientras las demás dormían; abrió la mano y, enseñándonos una llave, nos explicó que eras tú quien se la había dado y que esa era nuestra única oportunidad de escapar.

»Se había hecho amiga de una de las guardianas; creo que se llama Miriam. A veces ayudaba en las tareas del edificio, como barrer, acarrear material y esas cosas. Supuso que manteniendo esa actitud, pensarían que había cambiado y que ya no representaba una amenaza. Se figuró que si resultaba útil, no la obligarían a recibir instrucción militar, porque corrieron rumores de que la meterían en el ejército si no se quedaba preñada. Esa misma noche nos largamos con ella…, después de que le robase el código de seguridad a Miriam. Nos ayudó a cruzar el lago a nado, primero a una y luego a la otra; nos hallábamos al sur del refugio subterráneo y vinimos a buscar provisiones. Así fue como nos enteramos de que había comenzado el asedio. Los muchachos se fueron al cabo de una semana escasa; se marcharon para liberar el primer campamento de trabajo, junto con un grupo procedente de un asentamiento situado más al norte. Arden se fue con ellos.

Pip no apartaba la vista del suelo. Con la uña trazó un garabato en la tierra e hizo un agujero poco profundo al tiempo que decía:

—Desde entonces cuidamos de Benny y Silas.

A la luz de las llamas, vi que a Ruby se le anegaban los ojos de lágrimas. Poco después añadió:

—Arden nos contó que te retenían en la ciudad; yo estaba casi segura de que no volvería a verte.

Apretó los labios y le costó sonreír. En el colegio nunca la había visto llorar, sino que siempre nos había consolado a Pip y a mí; era la muchacha impecablemente racional que conseguía analizar todos los aspectos de cualquier situación, cuya presencia hacía que, sin pensártelo, bajases la voz, hablaras más despacio o no te enfadaras ni entristecieras. Se masajeó el vientre a la vez que respiraba hondo e intentaba controlar el llanto.

—Me alegro mucho de haber venido al refugio —dije—. Yo también pensé varias veces que no volvería a veros.

Quise abrazarla, pero su actitud me frenó: miró hacia otro lado con una expresión fría e incomprensible.

Pip se percató del titubeo de su compañera y, pronunciando claramente cada palabra, como si llevase días o semanas esperando el momento de hacerlo, dijo:

—Jamás lo he entendido... ¿Por que optaste por Arden? En el colegio la detestabas. Pero de golpe y porrazo se nos acerca y nos dice que le has dado la famosa llave. También nos contó que estuvisteis juntas en el caos. Según dijo, la salvaste. —Se pasó la mano por la mejilla y se apartó una lágrima antes de que cayese—. No comprendo por qué te la llevaste a ella en vez de a nosotras.

—No es así —puntualicé. Le cogí las manos, pero las apartó inmediatamente—. Yo no me fui con ella. La encontré después de mi partida...; fue Arden quien me comentó la existencia del edificio de ladrillo. Me obligaron a marcharme sola.

—¿Quién? —A Pip se le quebró la voz—. ¿Quién te obligó?

—La profesora Florence —respondí—. Dijo que únicamente podía irme sola.

—En ese caso, no tendrías que haberte marchado —añadió Pip, levantando la voz a medida que hablaba. Ruby le puso la mano en la espalda con la intención de tranquilizarla, pero ya no había quien la parase—. ¿Sabes que te estuve esperando? Me pasé todo el día en aquella estancia y discutí con la directora, le dije que no asistiría a la graduación, que sin duda había pasado algo terrible... Me resultó imposible imaginar que hubieras sido capaz de abandonar el colegio sin mí. Qué estupidez, ¿no? Qué idiota fui creyendo que podría ir a la ciudad; qué ingenua fui imaginando mi apartamento, el taller de arquitectura para el que trabajaría...; qué tonta fui pensando que viviríamos juntas. —Se le habían encendido las mejillas y hablaba tan alto que las chicas se enteraban de todo—. Me fijé intensamente en el lago mientras cruzaba el puente, sin dejar de mirarlo, porque me aterrorizaba la perspectiva de que te hubieses ahogado. Lo cierto es que siempre lo supiste, y escuchaste mis desvaríos sobre la vida en la ciudad, estando segura de que no sería así.

Se me hizo un nudo en la garganta. Me apreté los ojos con las manos en un intento de frenar las lágrimas, pero me había ruborizado y había empezado a sentirme agobiada.

—Cometí un error —reconocí esforzándome en articular cada palabra—. Cometí un error grave e irreversible. Cargo con mi equivocación, pero lo cierto es que no lo supe hasta aquella misma noche. Solo dispuse de unos minutos para decidir qué hacía. No planifiqué nada. Por supuesto que, de haberlo sabido, te habría llevado conmigo.

Pip dejó escapar un sentido suspiro. El ambiente se tornó más denso, y los pocos centímetros que nos separaban parecieron contener todo cuanto estaba implícito entre nosotras.

—Ahora eres la princesa. —Pip soltó una extraña carcajada—. Todo este tiempo has vivido en el Palace.

Ruby le acarició una mano y le dijo algo en voz tan baja que no la entendí.

—¿Por qué crees que estoy aquí? —pregunté—. He huido de la ciudad. Si me encuentran, me matarán. Es cierto que he vivido en el Palace, pero no he olvidado lo que había ocurrido con anterioridad.

Clara y Beatrice se pusieron de pie y recogieron algunos cuencos que había en el suelo. Mi prima propuso:

—Nos instalaremos en los cuartos que nos correspondan… Nos sentará bien un descanso reparador. —Ayudó a Helene a incorporarse, cogiéndola de la cintura. Sin perdernos de vista, las jóvenes se dispersaron por los diversos túneles.

—¿Por qué las has traído al refugio? —quiso saber Ruby—. ¿Qué sentido tiene?

Intenté respirar acompasadamente y le respondí:

—Nos dirigimos a Califia. Seguramente, Arden os hablaría del asentamiento que hay una vez pasado el puente.

—Sí, el campamento de las mujeres. —El fuego se iba apagando y, como ya no quedaban más que unos pocos leños ennegrecidos, la estancia se enfrió—. Nos explicó que tuviste que marcharte porque ya no era un lugar seguro.

—Es el más seguro con el que contamos, tal vez el único

151

—precisé—. Sobre todo en lo que a las chicas se refiere, pues allí habitan algunas médicas y comadronas que ayudarán en los partos. Podría conseguir alojamiento para todas.

Pip me preguntó:

—¿Cuándo te vas?

El empleo de «te vas» en lugar de «os vais» me enmudeció unos segundos.

—Nos marchamos dentro de una semana, puede que antes. Confiamos en que los muchachos hayan dejado, al menos, algunos caballos. Si disponemos de monturas, el trayecto podría durar menos de cuatro días. Quiero que vengáis las dos.

Ruby se puso en pie, se arropó con el chal y opinó:

—Es mucho tiempo de viaje.

—Tal vez podamos ir más rápido —añadí—. Lo importante es que no nos retrasemos demasiado en salir, porque las tropas nos buscan. El hecho de habernos detenido aquí solo ha sido un alto en el camino para poder recuperarnos.

—¿Y qué me dices de Benny y Silas? —intervino Pip—. No los dejaremos aquí.

—Claro que no. —Instintivamente, intenté cogerle la mano, pero se puso tensa apenas la rocé. Esperé un instante y la retiré—. Los llevaremos e insistiremos en que se queden con nosotras. Todavía son pequeños…, no suponen ninguna amenaza.

Pip no cesó de mover negativamente la cabeza. Se levantó y se sacudió la tierra de los pantalones.

—No puedo —musitó—. No me iré. Aquí estamos a salvo. Todo iba bien antes de que llegases.

Se dio la vuelta, se cubrió con el jersey y echó a andar por uno de los túneles.

Me levanté con la sensación de que acababa de abofetearme.

—¿He de suponer que tú también te quedas? —pregunté a Ruby, tratando de hablar con serenidad.

Mi amiga me había visto llorar infinidad de veces en el colegio y me había abrazado mientras hablábamos de la epidemia o del aspecto que mi madre ofrecía poco antes de morir. No tendría que haber sido una novedad para ninguna de nosotras, y, sin embargo, después de tantos meses separadas, tuve la sensación de que estaba con una desconocida. Hasta su rostro, de mejillas llenitas y ojos grandes y muy separados, eran rasgos a los que debía volver a acostumbrarme.

—No la abandonaré. Nos quedaremos aquí. Nos hemos apañado muy bien por nuestra cuenta.

Apretó firmemente los labios, como si no tuviese nada más que decir, pasó por mi lado y se fue en la misma dirección que Pip.

—Lo lamento. Sé que ya no tiene importancia pero, si pudiera, cambiaría muchas cosas.

Ella no volvió la vista atrás. Cogió a Pip del brazo y la estrechó contra ella. Me quedé sola, pendiente de los murmullos de las chicas, y oí el ligero chapoteo del agua cuando Beatrice sacó afuera los cubos, seguida de Silas y Benny.

Vi cómo mis amigas se alejaban y entraban en la habitación que compartían.

Veintitrés

*L*a playa estaba tranquila a primera hora de la mañana. Clara se dedicaba a hacer la colada, sumergiendo la ropa en el agua fría. Parecía tan natural frotando las prendas y quitando la suciedad que apenas reconocí en ella a la joven que hacía algunos meses me habían presentado en el Palace. Puso la ropa a secar sobre las piedras y fue añadiendo prendas a medida que quedaban limpias: camisetas, pantalones, jerséis y calcetines, un montón de pintorescos colores.

Reparé en Helene mientras Sarah y yo emprendíamos el descenso por la arenosa pendiente, cargadas con recipientes en los que recogíamos agua del lago. Se había sentado un poco alejada de las demás y había metido en el agua el pie de la pierna fracturada. A pesar de que la inflamación había bajado, era evidente que el hueso no se le había soldado bien, pues el tobillo se le había girado hacia fuera, de modo que formaba un extraño ángulo. Intentó cogérselo y buscó el punto crítico de la zona de la fractura.

—Es mejor que lo dejes estar —opiné, y deposité los recipientes en el suelo.

Me agaché para examinarle la pierna: la piel había adquirido un tono azul verdoso, como consecuencia de los moretones a causa del golpe.

—Tiene una pinta horrible. Anoche desperté por el dolor que sentía. Me quedará así para siempre, ¿no? No podré volver a andar.

Helene me miró a los ojos en busca de respuestas.

—Cuando lleguemos a Califia, tendrás ayuda especializada. Allí vive una mujer que estudió medicina. Yo no sé lo suficiente para responderte a eso —aclaré, y le acaricié las trenzas.

Había pasado más de una semana desde la caída y daba la impresión de que la tibia no se había soldado como debía. Tal vez existía la posibilidad de quebrarla de nuevo y recolocarla, pero no quería ni imaginar que Helene tuviese que volver a soportar tamaño dolor. Cogí, pues, las tablillas, se las puse a ambos lados de la pierna y la ayudé a sujetarlas otra vez en su sitio.

Sarah soltó los cacharros al borde del lago exclamando:

—Beatrice no deja de repetir lo mismo pero ¿cuánto tiempo tendremos que estar aquí antes de marcharnos? —Señaló las aguas—. Si nos quedamos mucho más tiempo, por lo menos deberías enseñarnos a nadar. ¿Cómo quieres que pesque si solo puedo meterme en el agua hasta las rodillas?

—Se trata de un buen lugar para reponer fuerzas —expliqué—. Aquí hay comida y, de noche, no necesitamos montar guardias. Deberíamos quedarnos uno o dos días más.

Miré hacia la otra orilla del lago y me costó ver a Ruby y a Pip entre los árboles. Todas las mañanas salían solas en busca de bayas y uvas silvestres. Ignoraba si alguna vez llegaría a la conclusión de que habíamos pasado bastante tiempo en el refugio subterráneo, pero era consciente de que cuando me marchase, ya fuera dentro de tres o de treinta días, volvería a abandonarlas.

Me estiré el jersey sobre el vientre para cerciorarme de que quedaba tapado. Tenía la sensación de que mi cuerpo cambiaba cada día: había prescindido de mis gastados tejanos y optado por un pantalón ancho, cuyo cinturón iba aflojando; se me habían hinchado los pechos y se había incrementado su sensibilidad; me crecía la barriga y cada vez me costaba más disimularla. No había querido contarles a las chicas que estaba preñada, porque supuse que, si se enteraban, cambiaría la percepción que tenían de mí y quizá les parecería más débil y vulnerable. Tampoco quería que se preocupasen porque no dispusiéramos de suficientes provisiones para repartir cuando reemprendiéramos el viaje. Durante el trayecto hasta el refugio subterráneo, Beatrice y Clara habían insistido en compartir conmigo sus modestas raciones para que conservase mis energías.

Por si todo eso fuera poco, también contaba Caleb: hacía una eternidad que no mencionaba su nombre en voz alta. ¿Cómo explicar a las chicas lo que había habido entre nosotros? ¿Cómo lograría que entendiesen que no solo había estado con él, sino que lo amaba? ¿Cómo decirles que yo no era como esas mujeres de las que las profesoras hablaban hasta el hartazgo, diciendo que, de alguna manera, su amor las había arruinado? Me pareció que se había levantado una pared invisible que me separaba de todo el mundo. Muerto Caleb, ¿qué podía hacer yo con el amor que todavía sentía? ¿Dónde lo volcaría?

Pip y Ruby deambulaban entre los árboles. Clara tenía curiosidad por ver si se acercarían a la playa, donde estábamos nosotras. Hacía dos días que habían decidido comer solas y se llevaban la comida a su habitación. Pasaban las tardes con Benny y Silas y, por la mañana, recorrían los bosques contiguos al lago; a veces se presentaban con algún que otro hallazgo: un vaso de plástico, un tenedor doblado o una lata sin etiqueta. Desde nuestra conversación de la primera noche, no me había esforzado por hablar con ellas; el silencio se había instaurado entre nosotras. Le daba vueltas a qué les diría y me planteaba cuidadosamente una disculpa cuando nos cruzábamos por el pasillo. Pip apenas alzaba la vista, me ignoraba como si no existiese, y entonces yo volvía a recordar que una disculpa no bastaba. Nada de lo que dijera bastaría.

Pip, que llevaba una bolsa en la mano, salió de la arboleda, y Ruby apareció tras ella. Se nos aproximaron, al tiempo que Sarah llenaba un recipiente de agua y la emprendía con el siguiente, mientras me decía:

—Me gustaría que ya estuviéramos en Califia. Me parece que el tiempo transcurrido solo ha sido una espera. Beatrice y tú no hacéis más que hablar de lo que tendremos al llegar a Califia, con lo que a todas se nos hace patente lo que aquí nos falta.

—Pronto nos iremos —prometí, y sumergí un cacharro en el agua.

Miré nuevamente a mis compañeras del colegio. Pip alzó la

cabeza y su expresión cambió unos segundos: casi esbozó una sonrisa. Se acercó y, por primera vez desde nuestra llegada, me sostuvo la mirada.

—Hemos encontrado corteza de sauce negro —comentó. Sacó de la bolsa las láminas de color marrón y le dijo a Helene—: Según me han dicho, anoche te dolía la pierna; tal vez esto te sirva.

Sarah dejó el recipiente con agua en la orilla y frunció las cejas, como si no estuviera totalmente segura de que era Pip la que había hablado, la misma que no había hecho el menor caso de las muchachas desde nuestra discusión.

—¿Se come? —quiso saber Sarah.

Ruby señaló el cacharro lleno de agua, y dijo:

—No, no. Se hierve y luego se bebe la infusión. Pip ha estado leyendo un libro sobre remedios naturales que hemos encontrado en el refugio. La corteza de sauce negro calma los dolores. —Le ofreció el brazo a Helene y la ayudó a ponerse de pie—. ¿Qué tal si vosotras dos me acompañáis? Haremos la infusión, y así habrá más que suficiente para esta noche. Incluso podemos preparar más cantidad para cuando os pongáis en camino. —Cogió uno de los potes de Sarah y se alejaron de la playa. Ruby me hizo un gesto, señalándome a Pip.

Esta se sentó en la orilla y metió los pies en la arena, apenas rozando el borde del agua. Contemplando el lago, dijo:

—Ruby opina que debería hablar contigo.

De modo que estaba allí porque Ruby se lo había pedido. Pero había accedido tan a regañadientes que ni siquiera era capaz de mirarme. ¿Cuánto tiempo pretendía mantenerme en ese espacio suplicante y desesperado de disculpas, sumida en la expectativa de que me perdonara?

—Y tú, ¿qué opinas? —pregunté.

Al apartarse de la cara unos cuantos rizos enmarañados, advertí que las pecas se le habían desdibujado y que las grisáceas ojeras le conferían un aspecto de estar constantemente agotada.

—Me parece que tiene razón. Creo que aún quedan cosas por decir.

Hundí las manos en la arena y me di por satisfecha cuando pillé un buen puñado…, algo a lo que aferrarme.

—Quiero que sepas que, si pudiera, lo cambiaría todo. Ya te lo dije —afirmé.

—Ya lo sé. —Cogió una ramita y jugueteó con ella. Finalmente, se me encaró—. La mayor parte del tiempo que estuve en aquel edificio la dediqué a pensar en ti, y estuve muy preocupada al no saber por dónde andabas. Creía que tal vez te habían trasladado a otro lugar. Cuando apareciste en el edificio de ladrillo, luciendo aquel vestido, me di cuenta de que en todo momento habías residido en la ciudad, y te odié por no haber estado allí conmigo. Ahora es demasiado tarde para todo. Llevo una vida que no deseo y jamás elegí esto.

Se miró el vientre y la camiseta que se le tensaba a la altura de la cintura; luego bajó la cabeza y se cubrió los ojos con las manos.

—Ya no hay posibilidad de elegir. Nunca quise ser hija de mi padre. Pero estaba en la ciudad cuando tuvo lugar el asedio y presencié cómo ahorcaban a mis amigos y cómo los soldados disparaban y asesinaban a alguien a quien amaba. Y yo no quería nada de eso. Cada uno hace frente como puede a lo que le toca vivir —declaré, repitiendo las palabras de Charles. En ese momento el Palace y mi estancia allí me resultaron muy lejanos, semejantes al recuerdo de una época pretérita—. Tal vez todo cuanto hace una persona no es suficiente. Quizá yo no hice lo suficiente.

—¿Has dicho alguien a quien amabas? ¿Te refieres al chico del que Arden nos habló? ¿Se trata de Caleb?

—Lo mataron. —No estaba segura de la conveniencia de seguir dando explicaciones, pero me pareció injusto que Clara y Beatrice supiesen algo que Pip desconocía; me lo pareció pese a haber estado tanto tiempo distanciadas—. Estoy embarazada de casi cuatro meses. Las demás jóvenes no lo saben.

Me repasó de arriba abajo y comentó:

—¿Por qué lo has hecho? ¿Por qué sigues adelante?

—En la ciudad no hay forma de evitarlo. Después de las explicaciones de las profesoras, era imposible saber dónde estaba la verdad. Desconozco la totalidad de las consecuencias, pero no me arrepiento de lo que hicimos. Le amaba.

—Nos ha sucedido a las dos —reconoció, y se le empañaron los ojos—. Es como si todo tocase a su fin, como si una parte de mí hubiera muerto. ¿Te acuerdas del año pasado por estas fechas? ¿Recuerdas todas las cosas de las que charlábamos? Sigo imaginando el apartamento que tendríamos en la ciudad, pues creía que sería de fábula aprender un oficio y vivir fuera de las paredes del colegio.

—Todavía nos queda tiempo. —Dejé que la arena se me colara a través de los dedos y le estreché una mano. Ella no la apartó—. Has de venir a Califia con nosotras. Allí estarás más segura; las dos lo estaréis. Os podréis quedar indefinidamente. —Ella ya había empezado a negar con la cabeza—. ¿Qué haréis aquí Ruby y tú solas? No podréis estar siempre...; al final os quedaréis sin subsistencias.

Me apretó la mano con todas sus fuerzas, y me dijo:

—Por ahora no puedo ir; no me parece posible. Si aquí a duras penas me las apaño..., ¿cómo lograría estar una semana en la carretera?

—Si cogemos los caballos, el viaje durará unos pocos días. No tendrás que caminar.

Liberándose de mi mano, se acarició el vientre.

—¿Y si en el camino a Califia ocurre algo? Prefiero quedarme aquí. Los riesgos me traen sin cuidado. Ya no tengo opción de irme...; han pasado casi seis meses.

Oí ruido de pisadas sobre los guijarros: Beatrice se dirigía a la playa, cargando un saco lleno de ropa. Lo vació en el suelo, junto a Clara, y se arremangó los pantalones. Nos miró, al tiempo que entraba en el agua, y observó atentamente a Pip, que aún se enjugaba las lágrimas.

—¿Cuántos caballos quedan? —pregunté a mi amiga.

—Seis o siete. Se llevaron, como mínimo, la mitad. Los demás que pasaron por aquí también trajeron alimentos. Alguien había robado uno de los todoterrenos militares.

—Solo serán cuatro días —insistí—. Eso es todo. ¿Te atreves a intentarlo?

—No tengo energías, ya no. —Le tembló ligeramente la barbilla, como siempre que se esforzaba por contener el llanto—. Si te tienes que ir, lo comprenderé.

Me dije que en Califia estaríamos más seguras. Las chicas podrían asentarse de forma permanente y crear un hogar en compañía de las demás evadidas. ¿Cómo íbamos a dejar a Ruby

159

y a Pip en el refugio subterráneo? Pese a que estaba muy poco dispuesta a admitirlo, era consciente de que para Pip desplazarse era más arriesgado que para mí. Probablemente, tenía un embarazo múltiple, como la mayoría de las jóvenes del recinto. Desde nuestra llegada, siempre parecía extenuada; antes de las comidas se retiraba a su habitación, dormía incontables horas y, en ocasiones, no despertaba hasta el atardecer.

—No volveré a irme sin ti.

—Eve, no puedo hacer ese trayecto.

—Ya lo sé. En ese caso, yo tampoco partiré.

La abracé. Ella ocultó la cara en mi cuello y, en un segundo, recuperamos el reconfortante silencio que solíamos mantener entre nosotras. En el colegio habíamos sido muy hábiles a la hora de compartir el espacio con serena comprensión y de estar juntas sin pronunciar palabra.

Pasó un rato hasta que Clara gritó desde la playa:

—Hemos terminado. —Acabó de extender las camisetas sobre las piedras, y al acercársenos, se enterneció. Comprendí que se alegraba de vernos conversar—. Si los caballos están listos, me gustaría empezar esta misma tarde a enseñar a las chicas a manejarlos —añadió dirigiéndose a Pip.

—Lo estarán —replicó mi amiga—. Todas las mañanas Ruby les da de comer. Ella te llevará a las cuadras, que están a unos cuatrocientos metros de aquí.

—Perfecto —dijo Clara, secándose las manos en las perneras de los pantalones—. Nos iremos en cuanto las muchachas dominen los elementos básicos. Necesitaré dos o tres días, según como sean los caballos.

Mi prima había aprendido a montar en las cuadras de la ciudad donde había realizado los primeros años de preparación. En cierta ocasión me había llevado a ese sitio, y aprendí lo justito como para convencer al caballo de que diese una vuelta por el inmenso círculo de arena.

—Me quedaré aquí —expliqué a Clara, pero no fui capaz de mirarla mientras se lo decía—. Me quedaré con Ruby y con Pip hasta que todo sea seguro y podamos marcharnos a Califia.

—¿Las tres solas? —inquirió Clara—. ¿Qué será de las chicas?

—Tendréis que partir sin mí. Sabes montar, y te enseñaré

el camino. Incluso es posible que en Califia corráis menos riesgos sin mí: nadie sabe que estás emparentada con mi padre. —Mi prima se quedó de piedra, pero no replicó, como si esperase a que me lo repensara o a que me desdijera antes de tomar la decisión definitiva—. Iré tan pronto como sea posible —añadí. Yo también estaba en deuda con ella porque había abandonado la ciudad para estar a mi lado. Pero era cierto que, tanto si me quedaba como si me iba, traicionaría a una de mis amigas—. No puedo abandonarlas aquí.

—Está bien, lo comprendo —aceptó Clara, y se concentró en mirar el punto donde playa y árboles se encontraban—. Las guiaré lo que queda de camino.

El silencio se interpuso entre nosotras.

—No pasará mucho tiempo —musité, pero ella ya se alejaba velozmente playa arriba.

161

Veinticuatro

*B*enny y Silas fueron los primeros en meterse en el agua. Se zambulleron y nadaron con la misma naturalidad que los peces. Transcurrieron varios segundos mientras escrutaba el lago a la espera de que saliesen a la superficie. Cuando por fin aparecieron, estaban unos metros más lejos, empujándose, sin dejar de jugar.

—¿Cómo lo hacen? —quiso saber Bette. Se quitó cuidadosamente los zapatos y hundió los pies en la arena—. Han desaparecido en un abrir y cerrar de ojos.

Sarah chapoteó alegremente y no se detuvo hasta que el agua le cubrió las rodillas. Al internarse en el lago, sus pasos fueron más inseguros y no cesó de vigilar la ondulante superficie.

—Esto es lo más difícil —confesó a gritos a Beatrice, que estaba en la orilla junto a Clara y conmigo—. No me veo los pies. Y entonces pierdo el valor.

Por alguna razón estos comentarios me trajeron a la memoria que había prometido a las chicas que, antes de nuestra partida, las enseñaría a nadar. Todavía recordaba las lecciones de Caleb, la primera acometida del agua cuando me sumergí y la manera en que él me sujetó en cuanto apenas rocé con los pies el fondo arenoso. En alguna parte había leído que, cuando echas de menos a alguien, llegas a ser como esa persona y haces cosas igual que ella para llenar el espacio que ha dejado a fin de no sentirte tan sola. Meses después, ahí en el lago, comprendí que no era así: realizar tales actividades, las mismas cosas que él hacía, solo me sirvió para añorarlo todavía más.

Entré en el lago y me sentí extrañamente reconfortada por la frialdad del agua. Durante unos instantes sentí unos pinchacitos en los pies, y esa sensación me arrancó de mi letargo. A medida que las restantes jóvenes se acercaban, hice señas a Pip y a Ruby para que se reunieran con nosotras. Estaban sentadas en un tronco, cerca de la orilla, con un cesto de bayas silvestres, a las que les quitaban el rabillo.

—La directora Burns no estaría de acuerdo en absoluto —dijo Ruby, esbozando una ligerísima sonrisa—. «Nadar es demasiado peligroso. ¿No habéis oído hablar de todos los que se ahogaron antes de la epidemia?» —Imitó a la perfección la cascada voz de la directora del colegio.

Fue lo más parecido a una broma que había oído en muchos días. Me habría reído a gusto, pero Pip dio unos pasos imprecisos. Tuve la sensación de que el agotamiento se había apoderado de ella. Cuando le comuniqué que me quedaba en el refugio, Beatrice no discutió mi decisión, como supuse que haría. Pareció coincidir conmigo en que mi amiga necesitaba reposo y que lo mejor era que permaneciese ahí hasta dar a luz…, algo que compartiríamos como buenamente pudiéramos, con la escasa información que ella me había proporcionado. Dado que Califia se encontraba a unos quinientos kilómetros, existía el riesgo de vernos obligadas a detenernos en el trayecto. Y si Pip quería quedarse, ¿quién era yo para obligarla a marcharse del refugio subterráneo?

163

Pip y Ruby se acercaron a la orilla. Las demás chicas vestían pantalones cortos y camisetas; varias de ellas tiritaban de frío.

—El primer paso consiste en sumergirse —expliqué aproximándome a Bette y a Kit—. Se hace así.

Me tapé la nariz, flexioné las rodillas y me metí bajo el agua. Al soltar aire, las burbujas ascendieron. Cuando me quedé sin aliento y me pareció que las palpitaciones del corazón me latían en los oídos, subí a tomar aire. Únicamente Sarah había metido la cabeza en el agua, y ahora el cabello se le pegaba a las mejillas.

Bette controlaba a Benny y a Silas, que nadaban de espaldas lago adentro, de modo que la barriga les sobresalía del agua.

—No os alejéis demasiado —grité a los niños, señalándoles

el abedul caído en el lago, la señal que los muchachos del refugio empleaban para mantenerlos cerca de la orilla.

Benny alzó la cabeza, como si me hubiese oído, pero enseguida desapareció bajo el agua.

—No te preocupes, yo los controlo —afirmó Beatrice.

Introdujo tres camisetas raídas en el agua, frotó las prendas contra las piedras y las lavó mientras las chicas se sumergían. Bette se detuvo junto a ella y se estremeció a medida que entraba lentamente en el lago.

Me separé del cuerpo el empapado jersey, pero siguió adhiriéndoseme a la piel. Caminé por el lago y el agua me llegó al pecho, luego dejé que me cubriese hasta el cuello. Volví a controlar a Benny y a Silas, que se llenaban la boca de agua y se la lanzaban. Beatrice no los perdía de vista y, tal como había dicho, los controlaba para que no se alejasen demasiado.

—Estamos hechas para flotar. Ponte de espaldas —dije acercándome a Sarah. La muchacha se tumbó y le acomodé los brazos y las piernas hasta formar una letra te perfecta—. Llena de aire los pulmones. Mantén los brazos extendidos y sigue mirando hacia arriba.

Le retiré mi mano de la espalda, y ella se hundió un par de dedos, pero continuó en la superficie. Sonrió de oreja a oreja.

Clara iba de una chica a otra y les enseñaba a flotar.

—¿Veis? —decía mi prima—. La gente se ahoga porque se deja dominar por el pánico. Intentad relajaros…, y así siempre flotaréis.

Se acercó entonces a Bette y le puso la mano en la espalda. Me pregunté entonces cuándo volvería a ver a Clara y si retornaría una vez que se hubieran asentado en Califia. Se había dedicado los dos últimos días a adiestrar a las chicas en el manejo de los caballos y a enseñarles los rudimentos de la equitación. Habíamos empleado la cuerda que nos quedaba para fabricar estribos, atando un extremo alrededor del lomo de los equinos y dejando colgado el otro, con el propósito de formar un aro lo suficientemente ancho para meter un pie. Ya habíamos metido los víveres en los recipientes adecuados y las bolsas de lona estaban a punto para el viaje que emprenderían a la mañana siguiente. Dentro de veinticuatro horas, Ruby, Pip y yo estaríamos solas.

Intenté no pensar en esa cuestión y me centré en lo que me quedaba por delante: la tarde y la clase de natación. Solo así me resultaría soportable.

—¿Cómo se hace? —preguntó Sarah braceando—. Muéstrame cómo nadaste en el túnel.

—Tendrás que meter la cabeza debajo del agua —le indiqué mientras miraba alrededor. Las otras chicas todavía no acababan de meterse en el lago y a duras penas se mantenían a flote—. Habrás de impulsarte desde el fondo y desplazarte hacia fuera y hacia delante. Luego has de mover simultáneamente brazos y piernas, casi como hacen las ranas.

Respiré hondo y me sumergí. El mundo me pareció muy distante, y las voces de las jóvenes se fundieron hasta convertirse en una sola. Vi las piernas de Clara cuando rodeó a Kit para ayudarla a mantenerse a flote; bajo la superficie, la piel de Sarah se veía muy blanca; la muchacha cogió agua como si quisiese contener el lago entre las manos.

Me costó reconocer los gritos cuando comenzaron; los chillidos de pánico procedían de algún punto a lo lejos. Al salir a la superficie, la voz de Beatrice dominaba el espacio y me dejó sin aliento.

165

—Dejadme pasar —gritaba mientras apartaba a varias muchachas.

Exploré la superficie del lago en busca de Benny y Silas. No estaban donde los había visto por última vez. En ocasiones, se instalaban en una roca situada lago adentro, pero tampoco se hallaban allí. Tardé unos instantes en avistarlos en la otra orilla, aferrados a los restos del embarcadero inutilizado. Me miraban con una expresión tan confusa como la mía, pero sanos y salvos.

Fue entonces cuando percibí lo mismo que Beatrice había percibido. Ella se abrió paso entre varias chicas para llegar junto a Pip, que estaba en el agua, pues se había caído en los bajíos. La cabellera se le esparcía alrededor de la cabeza y tenía la mirada totalmente extraviada. Beatrice la sujetó por las axilas e intentó arrastrarla hasta la orilla. Al girarse para llamarme, puso de manifiesto que se le había manchado la ropa. En el agua se había formado una nube de sangre que las rodeó a ambas y lo tiñó todo de rojo.

Nadé tan rápido como pude y no me detuve hasta que llegué junto a Pip; le cogí una mano: la piel de debajo de las uñas había adquirido un color gris opaco.

—No te duermas —le supliqué frotándole las manos para restablecer la circulación, como si así pudiera revivirla—. Tienes que mantenerte despierta.

Ruby se acercó a la carrera, colocó de lado a Pip e intentó incorporarla.

—¿Qué sucede? ¿Qué ha pasado?

Miré el agua teñida de sangre, que ocultaba nuestros pies. Pip sangraba muchísimo. Había sangre por todas partes; le descendía por las piernas y enturbiaba el agua que nos rodeaba. Cuando conseguimos sacarla del lago, había perdido la conciencia y su exánime cuerpo pesaba enormemente.

Las muchachas salieron corriendo del agua, se agruparon en torno nuestro y se aproximaron tanto que oí su jadeante respiración.

—Llévalas al refugio —pedí a Clara cuando algunas de ellas se echaron a llorar.

—¿Se está muriendo? —inquirió Sarah.

Clara se apresuró a llevárselas orilla arriba, y yo hice mía la pregunta de la joven. Me arrodillé junto a Pip y le toqué las mejillas: frialdad. Estaba muy pálida y tenía los brazos cubiertos de gotitas de agua rosada.

La sangre no cesó de manar y formó un charco negro bajo su cuerpo; incluso impregnó la arena. Cuando Beatrice se inclinó para practicarle el boca a boca, me dediqué a acariciar los cabellos de mi amiga. Le acaricié los rizos que le enmarcaban la frente, como si, con ese sencillo gesto, pudiese mantenerla con vida.

A la mañana siguiente, separé las piedrecillas mezcladas con la tierra, las recogí metódicamente y no se me escapó ni una. Después de echar hasta la última de ellas en un cuenco, continué donde estaba, fijándome en la tierra recién removida. Las copas de los árboles se balanceaban a causa del viento. De pronto me percaté de que, mentalmente, hacía listas de las tareas que debía realizar y luego las llevaba a cabo: ¿Había borrado del suelo las huellas del entierro? ¿Había retirado hasta la última flor que las chicas habían depositado en la tumba? ¿Había allanado la tierra y ocultado lo suficiente el sepulcro para que nadie lo descubriese? Esos pequeños detalles fueron los únicos menesteres que me tranquilizaron.

La tumba tenía poco más de noventa centímetros de profundidad. Beatrice conocía las medidas adecuadas debido a los numerosos enterramientos realizados durante la epidemia; los sepulcros, pues, habían de ser lo bastante hondos para que nadie los viera ni perturbase a los difuntos. Habíamos escogido el abedul que se alzaba en la linde del bosque y la habíamos sepultado allí, muy cerca de las raíces, para que yo siempre reconociese el sitio. Fui yo misma quien preparó el cuerpo: le quité la tierra y la sangre de la piel y le desenredé el pelo; la envolví en una de las mantas, de color gris y muy suave, del refugio subterráneo, cuyos dibujos de color rosa estaban intactos. Ruby había pronunciado unas palabras de homenaje a Pip. Eludirlas habría sido incorrecto, a pesar de que todas no hacíamos otra cosa que sumirnos en el silencio. Habíamos celebrado el modesto y callado funeral, y las horas posteriores habían transcurrido a una velocidad vertiginosa. La muerte de Pip... Yo ya no podía con todo. Cogí del suelo el pétalo que se había caído de una flor, lo aplasté con los dedos y me di por satisfecha cuando se rompió.

En opinión de Beatrice, debía de hacer tiempo que Pip estaba enferma y, probablemente, sufría una hemorragia interna, ya que la sangre había manado con demasiada rapidez. La mancha que había dejado en la arena todavía era visible a pesar de que Clara había intentado eliminarla: un punto oscuro al borde del agua y un tono negro rojizo en las rocas.

No sentí lo mismo que cuando murió Caleb: el dolor no me desgarró ni lloré durante la ceremonia; aunque estuve presente, escuché las palabras de Ruby como si provinieran de algún lugar lejano y me sentí totalmente ausente, como si flotase sobre el grupo que formábamos. Me remonté en el tiempo tanto como pude, evocando el día en que había visitado a Pip en el edificio de ladrillo. ¿Tal vez habría cambiado algo si se hubiese escapado entonces? ¿En qué momento se había puesto tan enferma? ¿Cómo se me había pasado por alto lo que le ocu-

167

rría? Al fin y al cabo, solo se había quejado de agotamiento.

Detrás de mí se partió una ramita. Me giré: Clara se acercaba por entre los árboles.

—Eve, la hora ha llegado —me avisó—. Los caballos están listos. Si nos vamos ahora, podremos montar el campamento antes de que caiga la noche.

Ante mí la tierra estaba compactada y las piedrecillas que habían bordeado la tumba estaban reunidas en un pequeño montón. Cubrí la zona con un poco de maleza. Mi prima se agachó y me ayudó. Extendimos las hojas y las ramas secas y las esparcimos hasta tapar toda la tierra removida. Cuando iniciamos el ascenso por la colina, me volví y miré hacia el pie del abedul: todas las huellas del funeral y de Pip se habían esfumado.

Veinticinco

*T*ardamos tres días en llegar a Marin. Decidimos entrar por el norte y evitar la ciudad por si había soldados. Estábamos a medio kilómetro de nuestro destino cuando Clara bajó la cabeza, tensó las riendas y apretó el paso por la carretera cubierta de musgo. La yegua moteada que montaba mantuvo la calma al hacerla trotar entre los coches abandonados, los árboles caídos y las bolsas de basura reventadas y tiradas en el arcén. Se desplazaron cada vez más rápido, casi a galope, mientras a mi prima le volaba el cabello hacia atrás.

—Lo hará —susurró Benny detrás de mí. Había colocado las manos en los flancos de nuestra yegua para mantener el equilibrio—. Va a saltar.

La calzada estaba a rebosar de un desordenado montón de basura que la ocupaba de lado a lado: bolsas de plástico de las que sobresalían prendas de vestir, más bolsas repletas de juguetes gastados y papeles, planchas de madera combada.... Clara se dirigió hacia los obstáculos un poco agachada y con la mirada atenta. Dando un salto impresionante, la yegua se elevó en el aire y el sol del mediodía se le reflejó en el pelaje. Helene aplaudió y algunas chicas se le sumaron.

—¿La has visto? —preguntó Benny sin dejar de darme codazos en la espalda y señalar a la amazona.

Mi prima había dado media vuelta y se reunió con nosotros. Se detuvo a la vera de la carretera, donde estaba Ruby, y la ayudó a montar. Me sonrió al tiempo que echaba nuestro equipaje sobre el trasero de la yegua: intentaba animarnos y celebraba como podía la llegada a Marin.

Las jornadas de viaje habían transcurrido en silencio. Por las noches, cuando acampábamos, la charla siempre terminaba refiriéndose a Pip. Parecía que Benny y Silas aceptaban su muerte de una forma que a nosotras nos resultaba imposible. Hacía dos años que Paul, el hermano de Benny, se había matado en un acantilado próximo; por eso, para ellos, era un aspecto inevitable de la vida en plena naturaleza. Por su parte, las jóvenes querían conocer los pormenores de la muerte de mi amiga y saber cuánto tiempo había vivido en el recinto escolar, si estaba enferma o si lo que le había pasado era algo que nadie habría podido evitar. Yo todavía intentaba encontrar respuestas, de modo que me resultó extraño hablar en voz alta de su muerte. Me costaba hablar de ella, de la amiga que había tenido desde los seis años, con personas relativamente desconocidas. Y, sobre todo, resultaba muy duro decir: «Pip era…», «Pip hacía…», «Pip solía…»; emplear el tiempo pretérito para referirme a ella era terrible.

Clara, que nos había guiado casi todo el camino, llamó a las chicas antes de reanudar la marcha y se alegró de que, por fin, sonrieran. A medida que cabalgábamos por las carreteras, kilómetro tras kilómetro, poco había que hacer salvo seguirla. Me centré en el sonido hipnótico y monótono de las cascos de los caballos en el pavimento, mientras pensaba en Arden y en la última vez que la había visto en el edificio de ladrillo, cuando le había entregado la llave. Cabía la posibilidad de que hubiese estado en la ciudad durante el asedio, pero intentaba ignorar la perspectiva que no cesaba de asaltarme: la persistente sensación de que también había muerto. Tal vez formaba parte de los rebeldes a los que habían detenido y ejecutado. Pero no podía saberlo, pues apenas había habido mensajes de la ruta. Quizá no lo supiese jamás.

Habían pasado tres días y, por el camino, no nos habíamos cruzado con ningún soldado. ¿Es que tal vez los efectivos del rey estaban concentrados en el interior de la ciudad, junto a las murallas y, en cambio, habían desplegado menos soldados en el caos? Durante nuestra estancia en el refugio subterráneo, Ruby se había referido a las incursiones: el mes anterior los muchachos habían ido tres veces a los almacenes y no los habían pillado; a su regreso, las habitaciones del refugio estaban tal como las habían dejado, con los estantes prácticamente vacíos y la cerradura intacta.

Sin embargo, por mucho que la vigilancia en el caos se hubiese reducido, era una cuestión de tiempo que las tropas volvieran a controlarlo todo. ¿Cuánto tiempo podría quedarme en Califia? Habíamos abandonado el asentamiento tras enterarnos de que Maeve pensaba utilizarme como moneda de cambio, como medio para negociar la independencia de Califia si alguna vez el rey descubría su existencia. ¿Me encontraría a salvo allí? ¿Cuánto tardarían en enviarme de regreso a la ciudad para que me ejecutaran? En los últimos días, mi cuerpo había cambiado todavía más y cada vez resultaba más difícil disimular el embarazo. Si los rumores eran ciertos y si el rey siempre había sospechado que, una vez traspasado el puente, había un asentamiento, solo dispondría de unos meses antes de que viniera a buscarme y me arrebatase a mi hija.

—Está tras esa colina —anuncié, y apremié a la yegua para que pasase entre las hileras de coches abandonados. Conocía esa carretera donde había registrado los vehículos en busca de ropa aprovechable y herramientas. En cierta ocasión, en un coche oxidado, había encontrado dos sacos de arroz; los gorgojos, de color marrón, los habían invadido y habían criado, de modo que miles de ellos reptaban por el interior del vehículo—. Solo hay dos guardianas en el extremo norte del asentamiento y las conozco.

Al coronar la colina, divisé a Isis, instalada en la elevada plataforma de observación que habían construido en uno de los árboles. Llevaba el pelo recogido con un pañuelo. La saludé mirándola directamente a los ojos, pero no bajó el fusil. Descendió por la escala de cuerda, haciéndonos una señal para que nos detuviésemos, y me examinó con atención la cara, los cabellos y el raído jersey que me ceñía el cuerpo.

—Eve, ¿qué haces aquí? —preguntó finalmente.

—He traído a varias evadidas de los colegios para que se instalen en Califia… de forma permanente. Desean acceder al asentamiento.

Nos miró de hito en hito a todas nosotras, que, montadas a caballo y puestas en fila, aguardábamos a que nos dejasen entrar. Nos condujo hacia la derecha e indicó a Clara que fuera en

171

cabeza por el sendero escondido que llevaba a Sausalito. Nos detuvo, no obstante, al reparar en Benny, que apenas era visible sentado detrás de mí.

—¿Quiénes son estos dos niños? —quiso saber señalando a Silas, que iba a lomos del mismo caballo que Beatrice. El pequeño llevaba su largo pelo enmarañado. Yo había albergado la secreta esperanza de desplazarnos a toda velocidad para entrar en el asentamiento y, más adelante, discutir con las madres fundadoras la presencia de los chicos.

—No tienen otro sitio al que ir —respondí.

Isis mantuvo la mano sobre el fusil y sonrió, quedando a la vista la separación entre los incisivos. Me acordé de la noche en que había ido a la casa de Maeve para evaluar mi lugar en Califia. Ella era una de las mujeres que estaba convencida de que mi presencia había puesto en peligro la seguridad del asentamiento, y la que había defendido acaloradamente mi expulsión y la de Arden, aunque en mi presencia jamás había admitido sus dudas, sino que siempre exhibía la misma sonrisa cuando me sentaba a beber con ella en la mesa de la cocina de su casa.

Isis estudió a los niños e intentó deducir su edad. Pero sin darle tiempo a tomar decisiones, declaré:

—No estoy dispuesta a abandonarlos. —La rodeé a lomos de la yegua, e hice señas a Beatrice para que se pusiese en marcha y siguiera a Clara por el sendero—. No tienen a nadie más que a mí. Si prefieres dispararme en lugar de dejarme pasar, adelante.

Isis no apartó la mirada de mí cuando avanzamos. Benny se aferró a mis costados y me estrujó el jersey. La guardiana no levantó el fusil y se limitó a vigilarnos, mientras yo guiaba a la yegua por la ladera de la colina. Pasé frente a varias casas cubiertas de musgo. La librería recuperada en la que yo solía trabajar estaba a oscuras y cerrada, como lo demostraba el pañuelo negro atado en el picaporte. Cruzamos por delante de varios hogares más, que disponían de fosos para el fuego disimulados con entramados de hiedra. La yegua descendió por la irregular pendiente y, en mi esfuerzo por mantener el equilibrio, le apreté las piernas contra los flancos.

La bahía se hizo patente una vez sobrepasados los árboles: el agua estaba en calma y las últimas luces del día se reflejaban en ella. Esa panorámica conocida supuso un gran consuelo para mí. Cuando desembocamos en la calle principal de Califia y la calzada discurrió junto a la orilla del océano, distinguí a Quinn en la cubierta de su casa flotante. Tendía camisetas en la borda y las sujetaba con viejos clavos; le había crecido el oscuro cabello rizado que le caía por la espalda, y tuve la sensación de que había aumentado unos kilos y de que estaba menos musculosa.

—¿Esta noche hay juerga en Safo? —pregunté a gritos con la esperanza de que apreciase mi tono risueño.

Hice señas a las muchachas que venían detrás para que me siguieran, y los seis caballos continuaron el descenso por la pendiente.

Quinn esbozó una sonrisa ufana; se dirigió de inmediato a la popa del barco y, saltando al embarcadero, echó a correr a nuestro encuentro. Desmonté y permití que me abrazara de aquella forma tan suya que te dejaba sin aliento. El pelo le olía a agua de mar y algunos de sus ásperos rizos me hicieron cosquillas en el cuello.

Se separó de mí y echó un vistazo a las chicas que me acompañaban.

—¿Dónde está Arden? —preguntó—. Creía que estaba contigo.

—Hace más de tres meses que no la veo —repuse y, bajando la voz, añadí—: Ha retornado a la ruta; participó en el asedio con algunos de los muchachos del refugio subterráneo.

Quinn frunció el entrecejo y manifestó:

—Aquí no ha venido.

—¿No has recibido noticias suyas? ¿No ha habido mensajes? Es posible que siga estando en la ciudad.

—Ya te contaré más tarde qué está pasando allí —murmuró sin explicar nada más por deferencia a las chicas más jóvenes—. Nos hemos enterado de algunas cosas que nos tienen preocupadas.

Sin darme tiempo a decir nada más, oí pisadas en la calzada, y Lilac apareció doblando un recodo. Se había hecho trenzas y sujetaba del brazo a su muñeca, cuyas facciones pintadas estaban descoloridas.

—¡Mamá, es Eve! —gritó mirando hacia atrás—. ¡Trae caballos!

Mi yegua reculó, pero tensé las riendas y esperé a que se tranquilizase. Las muchachas ya se habían apeado; algunas de ellas ataban las monturas a los árboles y otras descargaban los sacos y proporcionaban forraje y agua a los animales. Beatrice estaba junto a Benny y Silas y los cogió por los hombros a medida que Maeve se aproximaba.

—Has vuelto —comentó Maeve. Su tono no reveló la más mínima emoción: ni sorpresa, ni cólera ni perplejidad. Se arropó con la gastada chaqueta vaquera y se protegió del viento que llegaba de la bahía—. Por lo que veo, no vienes sola. —Y se fijó en ambos niños.

El nerviosismo producido por el reencuentro se esfumó. Infinidad de cosas habían cambiado en los últimos meses. Según mi padre, ambas nos habíamos convertido en traidoras, ya que Maeve había albergado a evadidas de los colegios. Podrían ahorcarnos a las dos. Intenté recordar todo eso mientras ella escrutaba con insistencia a los chicos.

—No tienen otro sitio adonde ir y no los abandonaré —afirmé.

—Ya conoces nuestras reglas.

—Se aplican a los hombres...; en Califia jamás tendría que haber hombres. Pero estos niños apenas tienen ocho años. ¿Qué será de ellos en el caos?

Beatrice los abrazó un poco más y afirmó:

—Me hago cargo de ellos. Cuando tengan cierta edad, volveremos a hablar del tema.

—No te conozco —le espetó Maeve—. ¿Por qué tus palabras tendrían que ser significativas para mí? —Detrás de ella, un puñado de mujeres salieron de sus casas y de los almacenes, o se asomaron a las ventanas. Maeve se dirigió específicamente a mí—: No tendrías que haberte ido sin avisar. Al principio no supimos si te habían atrapado o si te habías marchado por tu cuenta. Algunas mujeres estaban preocupadas por tu integridad.

—No estaba en condiciones de decirte que me iba.

Ella entornó los ojos, pues adivinó que yo había hablado con segundas. Luego volvió a escrutar a los niños y, por fin, sentenció:

—De momento pueden quedarse, pero serás responsable de

174

ellos. —Y señalando el sendero que conducía a su casa, añadió—: Os instalaremos en la casa contigua a la mía. Así podré cuidar de vosotras.

«¡Cuidar de nosotras…!» Estuve a punto de partirme de risa. Bette y Kit cogieron varias bolsas y se encaminaron hacia allí, pero les pedí que se detuvieran.

—De momento nos quedaremos en casa de Quinn, hasta que encontremos una vivienda permanente. De todas maneras agradezco tu generosidad.

Esbocé una sonrisa, una mueca rígida y resuelta, y giré en dirección al atracadero.

Quinn me lanzó una mirada de desconcierto. La pasé por alto pese a que sabía que más tarde tendría que darle explicaciones. Ayudé a las chicas a bajar hasta la casa flotante, cerciorándome de que hubieran atado los caballos lo suficientemente dentro de la arboleda para que no los avistaran desde la playa. Mientras acarreábamos las restantes provisiones, vi que Maeve caminaba bosque arriba, apareciendo y desapareciendo entre los árboles. De vez en cuando se daba la vuelta y me espiaba.

175

Veintiséis

*Q*uinn había escogido la casa flotante más grande de la bahía, una mole que había adquirido un color completamente verde a causa de las algas. Todavía albergaba pertenencias de los dueños anteriores: doradas estatuas de patos, un larguísimo sofá de piel y un cuadro, cuya tela estaba rasgada, que se parecía un poco a una obra que había estudiado en mi viejo libro de arte, de un pintor llamado Rothko. Las muchachas solo tardaron un par de días en instalarse; sus escasas pertenencias se desperdigaban por todas partes, encontrándose sobre las encimeras, colgadas de las puertas o bajo los cojines del sofá.

Corroboré que, para ellas, arraigarse en Califia era lo mejor. Tully, una mujer mayor que antes de la epidemia había ejercido como médica, revisó la fractura de Helene. Volvió a romper el hueso y lo redujo porque estaba convencida de que todavía existía la posibilidad de que sanase correctamente. A pesar de las advertencias de Maeve, Silas y Benny se hicieron amigos de Lilac. Se llevaron bien sin ningún tipo de problema y, al margen de las reglas establecidas, casi todas las mujeres coincidieron en que eran lo bastante pequeños como para quedarse.

Puesto que ambos niños y las chicas más jóvenes dormían arriba, Quinn se desplazaba libremente por el barco. El agua cubría los ojos de buey y los percebes se pegaban a los cristales. Después de retirar varios platos de un armario alto, los depositó ante nosotras, diciendo:

—Aquí los tenéis. —Y colocó en el centro de la mesa una

humeante cazuela de abalones, cuyo interior apenas se veía a la luz de las velas—. Espero que todavía no os hayáis hartado de comerlos.

—Hemos comido mucha ardilla desecada —replicó Clara riendo; aludía a las carnes saladas y envasadas que habíamos encontrado en el refugio subterráneo. Durante el camino había decidido que no diría que eran tamias, sino ardillas, y en ese momento me pareció gratuito aclararlo—. Además, en la ciudad no hay alimentos de origen marino. Me parecen una exquisitez.

Cogió un abalón de la cazuela y se lo sirvió en el plato. Beatrice y Ruby la imitaron.

Quinn iba de aquí para allá por la cocina, sacando varios tenedores de plata y más platos del oxidado horno, cuyo inservible cable estaba pegado a una de las paredes laterales.

—¿Me obligarás a suplicarte? —le pregunté al fin—. Han pasado dos días y todavía no has dicho ni una palabra sobre el mensaje de la ciudad. ¿Qué sabes que nosotras ignoramos?

Quinn dejó los tenedores sobre la mesa. Puso las manos en el respaldo de una silla y lo apretó tanto que los nudillos se le emblanquecieron.

—¿Qué sentido tiene compartirlo ahora? El asedio ha terminado; no podemos cambiar nada.

Se tomó un respiro antes de sentarse y me dirigió una rápida mirada al vientre.

—Quinn, ¿desde cuándo sientes la necesidad de protegerme? —inquirí—. No quiero tratamientos especiales. ¿Crees que no podré soportar lo que tengas que decir? ¿Te figuras que no lo aguantaré porque estoy embarazada?

—Es angustioso —afirmó Quinn bajando la voz—. Eso es todo.

Separó el abalón de la iridiscente concha y se llevó la delicada carne a la boca.

Clara guardó unos segundos de silencio y, depositando el tenedor sobre la mesa, comentó:

—Todavía tenemos amigos y familiares intramuros. Mi madre está en la ciudad…, lo mismo que Charles. Suponíamos que los combates habían terminado.

—Las luchas han cesado —confirmó Quinn—. A mi modesto entender, ahora la situación es peor que antes: han realizado incursiones en plena noche; han separado a familias de Afueras; han acusado a diversas personas de luchar contra el rey durante el asedio, y han dejado días y días los cadáveres de los ahorcados ante el Palace para que se pudriesen. Recibimos el mensaje de que, tras ser convocado por un cabecilla rebelde del oeste, el ejército de las colonias acudiría, pero todavía no es seguro...

Después de mirarme de nuevo, bajó la vista y jugueteó con las relucientes conchas que tenía en el plato.

—Adelante, Quinn —insistí—. Queremos enterarnos.

Ella hizo una mueca y, después de suspirar profundamente, dijo:

—La otra noche llegó un mensaje de la ciudad. La voz era femenina. No utilizó código alguno y se identificó como trabajadora del Palace; como sonido de fondo se oía gritar a un hombre. Esa voz aseguró que la princesa había traicionado a su padre y colaboraba con la causa rebelde; añadió que habían retenido a varios trabajadores del Palace para interrogarlos e investigar quiénes estaban involucrados; casi ninguno de esos empleados había regresado a su hogar. La mujer estaba segura de que habían ejecutado a uno de ellos porque se había negado a cooperar.

—¿Cómo se llama la mujer? ¿Quién es? —pregunté haciendo un esfuerzo ímprobo para pronunciar esas palabras.

—No dio su nombre —explicó Quinn—. Por lo visto, el rey ha interrogado a un montón de gente con la intención de averiguar tu paradero. Después, como ya he dicho, no han vuelto a ver a los interrogados. Me lo pensé y llegué a la conclusión de que no debía decírtelo. No quiero que creas que eres la responsable de esta situación.

—Pues lo soy —afirmé—. ¿No te das cuenta? Me escapé. Yo conocía la existencia de los túneles y abandoné la ciudad. Por supuesto que soy responsable.

Me puse de pie. Beatrice intentó cogerme del brazo, pero me alejé. Ella me dijo:

—No podías preverlo. Hiciste las cosas lo mejor que pudiste. Aquí hay nueve niñas que están a salvo gracias a tu ayuda y que se han librado de los colegios. También me has liberado a mí, ¿no? De no ser así, ¿dónde estaría yo ahora?

Ruby, que tenía los ojos enrojecidos, opinó:

—Tú no sabías que ocurriría esto.

Ni siquiera sus palabras de justificación me reconfortaron. A menos que regresase y quedara bajo la custodia de mi padre, otras personas serían capturadas, torturadas y retenidas por tiempo indefinido. A no ser que me ejecutasen, otros serían ajusticiados en mi lugar.

—No puedes hacer nada —sentenció Clara—. Eve, no te culpabilices. Trabajaste codo con codo con Moss…, lo intentaste.

La mera mención de Moss me recordó el día de mi partida. Evoqué su cuerpo en el ascensor y la forma en que la bala le había atravesado la espalda.

—Necesito que el día termine de una vez —dije, y me encaminé hacia la escalera—. Ya no puedo pensar.

Quinn se incorporó e intentó interponerse en mi camino, pero la esquivé.

—Eve, lo siento muchísimo. ¿Comprendes ahora por qué no quería decirte nada?

—Oye, te agradezco que me lo hayas contado —respondí—. Necesitaba saberlo.

Al llegar arriba, recorrí los pasillos sin hacer ruido. La luz se colaba por las ventanas, aunque quedaba atenuada por las plantas que crecían en el techo de la casa flotante. Conté las puertas y, por fin, entré en el camarote que compartía con Ruby y con Clara.

Me hice un ovillo en el lecho. El camarote estaba tan oscuro que apenas veía a un palmo. Me llevé una mano al pecho e intenté apaciguar los latidos de mi corazón. Pensé en Arden y en lo que debió de sentir cuando estaba escondida con Ruby y Pip y recibió la noticia del asedio. Por descontado que ella deseaba participar. Y yo me planteé si debía quedarme en Califia, a la espera del mensaje que anunciara el fin de los combates. ¿Acaso debía abrigar la esperanza de que un día a mi padre le pararían los pies?

Ruby y Clara tardaron un buen rato en venir a acostarse. Cerré los ojos y fingí que dormía.

179

—Eve necesitaba descansar —susurró mi prima.

El colchón cedió cuando se acostó en la litera situada sobre la mía. Ruby también se metió en la cama, se tumbó de lado y cambió de posición varias veces hasta encontrar la postura más cómoda. Transcurrió una hora, quizá dos. Cuando tuve la certeza de que no se despertarían, me levanté y salí al pasillo.

Lo recorrí y pasé por el espacioso salón, donde dormían varias muchachas en los sofás. Las puertas correderas de esa estancia daban a la gastada cubierta de la casa flotante. Una vez fuera, detecté que la luna quedaba oculta tras una densa capa de bruma, pero el aire frío me sentó bien. Bajé por la escalera lateral, salté al embarcadero y esquivé cuidadosamente las tablas rotas.

Necesitaba estar al aire libre y en actividad: sentir que iba a alguna parte. Me interné entre los árboles, superando con rapidez raíces nudosas y rocas. Casi todas las casas estaban a oscuras. Un poco más lejos de un grupo de altos arbustos, atisbé una figura. Estaba a punto de dar media vuelta y descender por el sendero cuando ella me vio.

—Eve, ¿qué haces aquí? —preguntó Maeve—. ¿Ocurre algo?

Examiné el camino: casi había llegado a su casa. Ella estaba al pie de un roble de dimensiones considerables, sujetando la muñeca de Lilac. Tardé unos instantes en adaptarme a la penumbra.

—Necesitaba tomar aire; no podía dormir.

—Ya suponía que la casa de Quinn estaba muy alborotada.

Su tono pretendió aludir a los motivos por los cuales yo había decidido no instalarme junto a su casa y a por qué me había mostrado tan fría al llegar. Me pareció que, después de todo cuanto había pasado, aún quería saberlo.

—La casa de Quinn es genial; ahí las chicas son felices. Simplemente no podía dormir, eso es todo. Y a ti, ¿qué te pasa?

Levantó la muñeca y respondió:

—Lilac se la dejó fuera. Prometí que organizaría un equipo de rescate… formado por una sola persona, pero equipo al fin. —Miró hacia la casa—. ¿Quieres entrar unos minutos? Los farolillos todavía están encendidos.

¿Cuántas veces había imaginado ese momento y lo que le

diría si nos quedábamos a solas? Subí, pues, por el sendero tras ella, esquivando las ramas bajas. Sin apartar la vista de las gruesas raíces de los árboles, que se enroscaban en la tierra, dije:

—La noche de mi partida intentábamos encontrar a Caleb.

—Me lo figuré. Lo cierto es que nunca supimos qué había sido de ti. Como ya te he dicho…, no deberías haberte ido sin despedirte.

Entramos en su casa. La mayoría de los armarios de madera estaban entreabiertos y su contenido se hallaba sobre la encimera. La mesa de la cocina rebosaba de latas sin etiquetar, de pilas de paños de cocina recuperados y de montones de utensilios; había decenas de botellas de vino llenas de agua de lluvia hervida, y la fruta seca se almacenaba en recipientes de plástico opaco, deformados y desfondados, con las tapas sujetas por viejas cintas elásticas.

—A veces, cuando Lilac se va a dormir, me dedico a limpiar. Así paso el rato.

—No te lo dije porque no quería que intentases retenerme aquí.

—¿Y por qué iba a hacerlo? —preguntó Maeve, apoyando los codos en la encimera. A la luz de los farolillos se le suavizó la expresión.

—Mira, oímos lo que hablabas con Isis y con Quinn. Os oímos discutir acerca de si debíais o no permitir que Arden y yo nos quedásemos. Sé que pretendías utilizarme como arma de negociación. —Maeve se pasó las manos por la cara y dejó escapar un ligero suspiro—. Quinn fue la única que nos defendió. Dime que no pronunciaste esas palabras…, dime que lo que digo no es cierto.

—No, claro que las dije —reconoció—. Pronuncié esas palabras.

—Si se te ocurre denunciar a cualquiera de las chicas que están aquí, me encargaré de que…

—Simplemente dije «en el supuesto de que»; siempre fue condicional —me interrumpió—. Jamás pretendí usarte contra el rey. Solo dije que si era necesario y si nos presionaba para que te entregásemos al ejército, lo aprovecharía para beneficiarnos.

181

—Pues yo tenía entendido que debías ocuparte de proteger el asentamiento más que delatar a sus residentes cuando surge una amenaza.

Ella se apartó de mí y, cogiendo varias botellas de la mesa, volvió a guardarlas en un armario y planteó:

—Dadas las circunstancias, ¿tenía otra opción?

Me llegó el sonido de pisadas en la escalera. Al girarme, descubrí a Lilac en la puerta; llevaba el pelo recogido con un pañuelo morado. La niña se frotó los ojos para despejarse y preguntó:

—¿La has encontrado?

Mirándome de soslayo, Maeve cogió la muñeca que había dejado sobre la mesa de la cocina y la depositó en los brazos de su hija.

—Aquí la tienes, tal como te prometí —afirmó, y le acarició la espalda—. Se te debió de caer mientras jugabas en el sendero. —A la luz de los farolillos entreví las marcas que surcaban las mejillas de Lilac, huellas de las sábanas arrugadas. Puso morritos, al tiempo que suspiraba profundamente, revelando agotamiento—. Vamos —dijo Maeve con delicadeza y, pasando un brazo por las corvas de la niña, la levantó con un movimiento rápido y la llevó escaleras arriba.

La cabeza de Lilac se acomodó en el cuello de su madre y le aplastó la blusa al presionar la mejilla contra ella. Detecté un no sé qué en el cansado rostro de la pequeña, en la forma en que se le combaban las oscuras pestañas y en cómo se frotaba la nariz para controlar el picor. Hacía tanto que no las veía juntas que había olvidado lo mucho que Maeve se enternecía en presencia de su hija; parecía más tranquila y más natural y se desplazaba fácilmente por la casa en silencio.

Oí el ruido que hacían en el primer piso y cómo chirriaron los muelles de la cama cuando Lilac se acostó. Me pregunté si, por mucho que supiera que mi padre seguía empeñado en perseguirme, alguna vez experimentaría esa sensación de tranquilidad y bienestar junto a mi hija. Incluso en ese instante me convencí de que él no cejaría en su empeño de encontrarnos.

En la mesa de la cocina había varios botes de cristal llenos de frutos secos. Cada uno de ellos contenía, como máximo,

cinco puñados. Los conté y calculé cuánto tiempo me durarían
—unos veinte días— en el caso de que regresase al caos. Asimismo calculé el tiempo que me llevaría regresar a la ciudad a
pie, a caballo o con la ayuda de un vehículo robado. En el mejor de los casos, tardaría tres jornadas.

Por muchos soldados que trasladaran desde las colonias y
los comandase quien los comandara, nada conseguirían si mi
padre seguía con vida. Él era el centro de cuanto sucedía en
la ciudad. De los comentarios de Quinn, había extraído la
conclusión de que su poder había aumentado desde el asedio.
No había más que dos soluciones: optar por quedarme en
Califia y aguardar, con la esperanza de que la situación cambiase, o actuar. Si los habitantes de las colonias se presentaban en la ciudad, me convertiría en su aliada, puesto que era
uno de los pocos rebeldes que se sabían al dedillo el funcionamiento del Palace.

Cuando Maeve bajó, yo ya había tomado una decisión. En
Califia no tenía nada que hacer, salvo esperar: esperar a que los
soldados me encontraran; esperar a que ella me delatase; esperar las noticias de un nuevo asedio y de otro fracaso; esperar a
que mi padre viniera y me arrebatase a mi hija.

—Regreso a la ciudad —anuncié.

Ella se detuvo en la puerta y replicó:

—Si pretendes castigarme por haberte...

—No tiene nada que ver contigo —la interrumpí—. Se
trata de mi padre.

Se llevó varios frascos de la mesa y los guardó rápidamente
en otro de los armarios. Mientras se limpiaba las manos en las
perneras de los gastados pantalones, opinó:

—Deberías quedarte unos días más. Descansa y recupera
fuerzas —añadió mirándome el vientre.

Me lo cubrí con el jersey.

—Tengo que irme enseguida, antes de que ya no pueda
marcharme.

—¿Quién más lo sabe?

—Quinn, Ruby y Clara, pero todavía no se lo he dicho a las
muchachas. Beatrice también está al tanto.

Cogió varios frascos y una linterna. Se dispuso a salir por la
puerta trasera y, con un gesto de cabeza, me indicó que la si-

guiera. Mis ojos tardaron unos segundos en adaptarse a la oscuridad. Pese a que una luz tenue e irregular se filtraba a través de los árboles, me costaba vislumbrar a Maeve, que iba unos pocos pasos más adelante. Avanzó sin dificultad por el sendero en malas condiciones y se valió de las ramas bajas para pasar; luego rodeó una pequeña construcción que se encontraba a pocos metros bosque adentro.

—Por aquí —aconsejó.

Más adelante encendió la linterna y el haz de luz me permitió avanzar por las puntiagudas piedras.

Reconocí el cobertizo gracias a los meses que había vivido en su casa: quedaba perfectamente escondido tras un seto muy crecido. Al empujar la puerta, las bisagras chirriaron; Maeve alzó la linterna y me indicó que entrase.

La pequeña construcción olía a gasolina. Reparé en los recipientes metálicos que bordeaban las paredes, los mismos que, en compañía de los muchachos, había visto en el almacén. En el centro del cuarto había dos motocicletas, apoyadas en las horquillas, cuyos laterales mostraban indicios de oxidación.

184

—Las reservamos para emergencias. La moto te permitirá cubrir unos cientos de kilómetros. —Desplazó la moto hacia delante y me invitó a cogerla del manillar. El peso del vehículo me inquietó—. ¿Por qué regresas a la ciudad?

—El ejército de las colonias no tendrá la más mínima posibilidad de éxito a menos que vaya directamente a por el rey —respondí, y arrastré la moto hasta el exterior. Maeve me siguió, acarreando dos pequeños bidones de gasolina. La linterna iluminó el sendero de tierra. Apenas podía ver a mi acompañante en la penumbra, pero el ritmo de su respiración era regular y sereno—. Además, en algún momento el rey vendrá a buscarme. Isis tenía razón: no cejará hasta encontrarme, sobre todo ahora.

—¿Qué te propones?

Aguanté derecha la moto, a pesar de que deslizaba las manos por el manillar. No sabía si lo lograría ni cómo lo haría, pero la idea no se me fue de la cabeza, y afirmé:

—He de matar a mi padre.

La expresión de Maeve se suavizó cuando asintió con toda la decisión del mundo.

—Te deseo suerte.

—Muchas gracias.

Tras esas palabras, me di la vuelta y, empujando la moto por delante de mí, me dirigí a la carretera.

185

Veintisiete

—¿*Q*ué sentido tiene que te vayas ahora? —preguntó Clara, cogiéndome las manos. Ella las tenía frías y sudadas, y ese contacto me sobresaltó—. Han concentrado los esfuerzos en el interior de la ciudad. Todavía dispones de unos meses.

—Y después, ¿qué? —planteé—. ¿He de esperar a ser madre y luego me escondo? Ya puede ordenar que me maten, pero la idea de que me quite a mi hija…

Beatrice estaba sentada sobre un brazo del sofá. Cada vez que las muchachas se acercaban a la puerta, se ocupaba de alejarlas y volvía a adoptar la misma posición: tobillos cruzados y la cabeza ligeramente ladeada para prestarme la máxima atención.

Clara se llevó las manos a la cara y afirmó:

—Impediremos que se lleve a tu hija. Aquí estás mejor que en cualquier otra parte. ¿Qué piensas hacer? ¿Te presentarás en el Palace y lo amenazarás? Por mucho que consigas llegar, hasta el último soldado sabe quién eres… y lo que has hecho.

Me entretuve en estudiar el perfil de Beatrice, que permanecía en silencio. Tras ella, sentadas a la mesa de la cocina, se hallaban Quinn y Ruby; esta última tenía los ojos enrojecidos y lacrimosos, y con los dedos separaba cuidadosamente las hilachas de una servilleta muy vieja.

—Beatrice, tú lo conoces y lo has visto actuar —le dije—. A la primera oportunidad que se le presente me obligará a regresar a la ciudad.

—En ese caso, iremos contigo —propuso Quinn—. Puesto que has de hacerlo, te ayudaremos.

Miré la mochila que había dejado a mis pies: Maeve me había dado casi todas las provisiones y enseñado a conducir la moto y a cargarla para que el peso quedase uniformemente repartido. De todas las mujeres del asentamiento, era la que menos se había resistido a mi partida, circunstancia que consideré la sutil confirmación de que estaba actuando como correspondía. Por muy peligroso que fuera, si ahora no emprendía el retorno a la ciudad, mi padre vendría a buscarme más adelante..., cuando tuviese una niña que dependiera de mí, cuando ya no estuviera sola.

Me acomodé en la silla, poniéndome una mano sobre el vientre, e imaginé los sentimientos que mi madre había albergado hacia mí: ¿cuántas veces me había demostrado que me quería, tanto diciéndomelo en las cartas, como en la forma que tenía de peinarme, alisando cuidadosamente cada rizo detrás de las orejas? Me había dejado marchar, depositándome en brazos de un desconocido, para que yo tuviera futuro. Era ahora, en pleno embarazo, cuando empezaba a comprender qué había sentido ella. Amar así a alguien era realmente devorador. Pronto llegaría otra persona a la que tendría que proteger. ¿Cómo iba a traerla a este mundo, sabiendo que podrían quitarla fácilmente de en medio? ¿Qué clase de vida sería esa?

187

Meneé la cabeza y rechacé el ofrecimiento de Quinn:

—Precisamente por ese motivo pensaba irme anoche..., se trata de algo que tengo que terminar sola. No quiero que nadie más corra peligro por mí. Ya lo sabes, lo has oído, eres perfectamente consciente de lo que pasa en el Palace.

—El rey ordenará que te ejecuten —intervino Clara—. Lo sabes de sobra.

Me puse de pie y cargué la mochila al hombro.

—Pues por eso debo encontrarlo antes de que él dé conmigo. Mi padre no cuenta con un sustituto, pues el teniente Stark no ejerce el mismo poder que él. Si el rey desaparece, todo será más sencillo cuando lleguen las tropas de las colonias, y estas tendrán realmente la posibilidad de tomar la ciudad. —Clara me cogió del brazo, pero yo la abracé y hundí la cara en la sedosa maraña de su cabello—. Volveré en menos de dos semanas, lo prometo.

Mis palabras flotaron en el ambiente, como si el hecho de haberlas pronunciado las volviese más reales.

Ruby se me acercó con una expresión que en el colegio jamás le había visto, y se presionó los ojos, que todavía estaban hinchados y enrojecidos. Enseguida me rodearon Quinn, Ruby y Beatrice, que susurraron que tuviese cuidado, que no corriera riesgos y que me comunicase por radio si durante el trayecto sufría algún percance.

—Tienes que volver —machacó Ruby insistentemente—. Tienes que regresar.

Las gaviotas chillaron a la vez que trazaban círculos sobre la bahía. Varias chicas subieron corriendo y riendo por el embarcadero. La mochila me resultó más pesada que horas antes, cuando la había preparado.

—Volveré —prometí cuando por fin me separé de mis amigas—. Por descontado que volveré.

Tardé tres días en llegar al túnel. En cuanto me acostumbré a la moto, los kilómetros se sucedieron volando, y me volví más hábil a la hora de sortear coches abandonados y utilizar vías secundarias para impedir que me viesen. Todavía me quedaban víveres de los que Maeve me había entregado, si bien la carne en salazón y los frutos secos habían ido mermando. Estaba convencida de que hacía lo que correspondía: volver a la ciudad. Al acercarme a los edificios abandonados de los alrededores de esta, vi que, por encima de la muralla de piedra, se elevaba una columna de humo blanco. El aire olía a plástico quemado, y ese hedor enfermizo y persistente me invadió los pulmones.

El edificio estaba un poco más adelante: un colegio destartalado, con el asta de la bandera doblada y las paredes pintadas de un verde descolorido. Maeve conocía el emplazamiento gracias a uno de los anteriores mensajes de la ruta. Aconsejaban que no apuntáramos las direcciones, motivo por el cual memoricé: 7351 North Campbell Road; la repetí mentalmente, como en los últimos días había hecho cien veces, y estudie el ajado mapa que aún conservaba, verificando los nombres de las calles para estar segura.

Pasé junto a una zona de juegos abandonada y, cada vez que había una racha de viento, los columpios chocaban entre sí. No encendí el faro de la moto y caminé pegada al edificio para quedar fuera del alcance de la torre de vigilancia. Una de las puertas laterales estaba destrozada; entré por ella, arrastrando la moto, y lo primero que me llamó la atención fue el hedor; lo recordaba de los tiempos de la epidemia: la húmeda podredumbre de los cadáveres. Cuando eché a andar por el pasillo hacia el aula 198, divisé a varios metros el bulto de un hombre tendido boca abajo.

Contuve el aliento y, antes de entrar en el aula, me tapé la boca con el jersey. Había manchas de sangre en el suelo; los pequeños pupitres de madera estaban volcados y apilados, y, en la pared más distante, continuaban escritas varias oraciones sencillas: «La fiesta fue divertida», «Mi mamá sonríe» y «El cielo es azul». Me dirigí al armario del fondo, el tercero contando desde las ventanas, tal como me había indicado Maeve: en la parte inferior había un agujero de noventa centímetros de ancho. Agucé el oído por si oía pisadas. No; todo estaba tranquilo y silencioso.

Descendí y me sumí en la negrura, agarrada a los lados con ambas manos. Al llegar hasta el fondo, busqué la linterna que Maeve me había prestado y, al fin, conseguí encenderla. Al iluminarse el túnel, se hicieron evidentes una serie de cosas: el barro se me había pegado a la suela de las botas; en las paredes había salpicaduras de sangre, ya secas; en el suelo, una chaqueta con un brazalete rojo en la manga…

189

Doblé un recodo y, por primera vez, advertí el cambio en las paredes: el barro dio paso a los restos de los antiguos túneles de cemento del sistema de drenaje. En algunos puntos, el pasillo se ensanchó hasta alcanzar varios metros de amplitud. Había un trozo de tela roja atado a una tubería que salía por el techo y señalaba el punto de entrada a la ciudad. Al aproximarme al final, distinguí una figura agazapada en el suelo que se ocupaba de la herida que tenía en la pierna. Me pareció que llevaba semanas escondido allí, ya que estaba rodeado de latas de comida. El hombre levantó la pistola y me apuntó. Me quedé inmóvil, pero la linterna osciló en mi mano.

—Estoy de paso —me justifiqué—. Además, soy una rebelde.

El individuo entornó los ojos a causa de la luz y bajó el arma.

—En cuanto salgas, dirígete al este —recomendó. Depositó la pistola en el suelo y siguió cambiándose el vendaje de tela—. El régimen ha montado una barricada en el oeste, a tres manzanas de aquí.

Volvió a ocuparse de lo que estaba haciendo y se estremeció de dolor al anudarse el vendaje. No dijo nada más. Buscó algo entre sus cosas y sacó varias botellas de agua tapadas con corchos.

—Gracias —dije, y reanudé la caminata.

Un poco más adelante entreví un orificio en el techo, que desembocaba en una húmeda habitación. Trepé hasta el pequeño vestidor, volví a tapar la abertura con la delgada moqueta y encima coloqué la caja de cartón vacía que, al ascender, había empujado hasta un rincón.

El apartamento de la planta baja estaba a oscuras. Había un sofá destrozado y volcado, así como un bocadillo mohoso a medio comer que alguien había dejado en la mesa de la cocina, como quien no quiere la cosa; daba la sensación de que había tenido que irse deprisa y corriendo y ya no había vuelto. Como una esquina del cristal de la ventana que daba a la calle estaba hecha añicos, costaba ver el exterior.

Corrí dos dedos las andrajosas cortinas para dejar al descubierto un trozo de cristal en buenas condiciones. En ese momento un soldado apareció en la calle; inspeccionó los edificios a través de la mira del fusil, se detuvo unos segundos y enfocó hacia donde yo me encontraba. Quedé petrificada, pero no retiré los dedos de la delgada cortina. El militar, muy delgado y de mejillas hundidas, era más joven que yo; parpadeó y, poco después, enfocó hacia otro lado.

Permanecí largo rato sujetando la cortina que había apartado del cristal, hasta que tuve la certeza de que el militar no regresaría. Acusaba las ocho horas de viaje en moto en mi forma de caminar, en el intenso dolor que sentía en las piernas y en las punzadas en la zona lumbar. Necesitaba una noche de reposo a fin de prepararme para lo que me aguardaba por la mañana, pero quedarme en la boca del túnel era demasiado peligroso, así que salí del apartamento y miré calle arriba y calle abajo en busca de los hombres del rey. Cuando comprobé que estaba despejada, me dirigí al este, tal como me había aconsejado el rebelde, y me dispuse a meterme en el primer sitio seguro que encontrara.

Pocos metros más adelante se alzaba un viejo complejo de apartamentos, en los cuales algunas estancias habían sufrido los estragos de las llamas. El letrero se había caído y yacía en la acera, que estaba cubierta de cristalitos de colores. El edificio estaba apartado de la calle y el patio interior, vacío. Al lado de este se ubicaba el aparcamiento, donde había varios coches panza arriba, como si fuesen bichos muertos.

Acicateada por la explosión que resonó en el este, más o menos a medio kilómetro, subí por la escalera interior. Caminé por el pasillo al descubierto y, por fin, encontré un apartamento con la puerta sin cerrojo y el interior revuelto por alguien en busca de alimentos. Arrastré hasta la puerta de entrada los pocos muebles que había, y no me detuve hasta que formé una pila; bajo el picaporte, a modo de cuña, coloqué una silla de escritorio.

En la mochila no me quedaba más que un puñado de frutos secos. Me esforcé en comerlos a pesar de que la tensión que estaba sufriendo me había cerrado del estómago y sentía ascos. Presté atención a los sonidos procedentes de Afueras y a los disparos ocasionales que atravesaban la noche. En algún lugar alguien gritó. Descansé la cabeza en el sucio colchón tirado en el suelo y me hice un ovillo para tratar de entrar en calor.

Los sonidos del exterior no tardaron en volverse más intensos. Un todoterreno pasó a la velocidad del rayo. A medida que transcurría la noche, pensé en mi padre, en la tranquilidad de su estancia y en la mirada que había cruzado con el teniente Stark cuando Moss y yo éramos interrogados. Me resultaba casi imposible conciliar el sueño, pues mi cuerpo estaba despierto y vivo y mis pensamientos corrían más que yo.

La mañana estaba a punto de llegar para nosotras dos.

Veintiocho

*L*a soldado llevaba varias horas muerta. Sentí un escalofrío cuando le quité la chaqueta. Sus brazos me resultaron pesados y rígidos a medida que retiraba con lentitud las mangas de la prenda. Me esforcé por no mirarla a la cara, pero no lo logré: tenía las mejillas blancas, los labios un poco entreabiertos, resecos y agrietados y los ojos vidriosos.

La había encontrado a varias manzanas del motel, desplomada junto a una tienda incendiada. Sangraba por la nuca, y la sangre se le había adherido a la coleta. Me dio la impresión de que la habían sorprendido mientras patrullaba por Afueras; probablemente, habría sido un rebelde empeñado en desquitarse. Me tomé un respiro, le sujeté la mano helada y le quité la otra manga. En la solapa llevaba bordado su apellido: Jackson.

Me metí en el bolsillo de los pantalones la pistola que le había cogido al hombre del motel, y me colgué el cuchillo de una de las presillas del cinturón. Pronto habría terminado todo. Me puse la chaqueta por encima de los hombros y me quedé la gorra que la soldado aferraba, en cuya parte trasera había una buena mancha de sangre. Antes de irme, miré una vez más a la mujer, que solo tenía unos pocos años más que yo, y reparé en que, en la zona interior de la muñeca, llevaba tatuado un pájaro en pleno vuelo.

Eché a andar hacia el centro comercial del Palace, convencida de que por ahí sería más fácil superar los controles de seguridad. Los militares entraban y salían por ese acceso, saludándose con una inclinación de cabeza al pasar. Llegar a las escaleras de la torre ya no sería tan sencillo, pues recordé que, en los primeros días del asedio, las habían vigilado de cabo a rabo. Los soldados también habían estado de guardia en ellas por la noche, y los turnos cambiaban cada seis horas: a las seis y a las doce.

Varios todoterrenos estaban aparcados junto a la entrada trasera, formando una barrera de poca altura junto al edificio. Dos soldados charlaban con los hombros apoyados en la pared. En ese momento tuve la repentina visión de Arden aquella noche en el colegio, de la forma en que caminó confiadamente junto a las guardianas e hizo señas con las manos, como si hubiera estado toda la vida en libertad. Cuadré los hombros y crucé fugazmente la mirada con ellos cuando los saludé, fingiendo que me acomodaba la gorra para tapar la mancha de sangre, y franqueé la maciza puerta.

El centro comercial del Palace estaba tranquilo, aunque las pisadas de los soldados sobre el suelo de mármol resonaban por los largos pasillos. Algunos de ellos se dirigían a los antiguos salones de juego y ni me hicieron caso cuando entré. Me decanté por una de las escaleras del lado norte de la torre; se encontraba al final de un corredor estrecho, y por tanto, más apartada que las restantes.

Caminé junto a las tiendas cerradas: las persianas metálicas estaban echadas y los maniquíes se perfilaban en los escaparates. Parecía que, desde allá arriba, muy arriba, el gigantesco reloj me observaba: la manecilla de las horas se acercaba lentamente a las doce. Me interné por el corredor y reparé en el soldado agachado que miraba el arañazo que se había hecho en la bota. No dije nada hasta estar muy cerca y haber sujetado la pistola.

—Vengo a relevarte. Todavía es temprano, pero supongo que no te molestará.

Soltando una risilla, el hombre exclamó:

—¡Claro que no!

Recuperó el fusil que había dejado junto a la puerta, mientras yo miraba corredor abajo, pues sabía que el auténtico centinela de relevo se presentaría en cuestión de minutos. En cuanto el hombre se alejó y torció a la izquierda hacia el centro comercial, yo alcancé la escalera e inicié el largo ascenso: una dolorosa quemazón me recorrió las piernas.

Las puertas de las plantas inferiores no tenían echado el cerrojo y daban a hileras de pequeñas habitaciones individuales en las que dormían muchos de los trabajadores del Palace. Recorrí los pasillos y, tanto en la planta veinte como en la veinticinco, cambié de escalera para evitar que me viesen.

Al llegar al último tramo, las piernas me ardían y los pinchazos, breves pero intensos, se extendieron hasta la zona lumbar. Respiré lenta y regularmente, intenté controlar los temblores y procuré no pensar en mi abultado vientre, que había disimulado bajo la chaqueta. Recordé sin cesar aquel momento en la estancia de mi padre, en que él me dio la espalda mientras los soldados me apresaban y se limitó a presenciar las ejecuciones que tenían lugar en la calle. Fuera quien fuese para mí y al margen de lo que compartiéramos, él se había vuelto insensible; había dejado de sentir como sienten las personas. Me dije que debía recordar aquella actitud, que debía tener presente ese recuerdo si quería disponer de la más mínima oportunidad.

Observé por la mirilla de la puerta: el pasillo que conducía a la estancia de mi padre estaba tranquilo. Pero una persona, un poco encorvada, iba leyendo un papel que sostenía en la mano y caminaba hacia donde yo me hallaba; lucía la misma corbata roja que el día en que me fui. Sin darme tiempo a retroceder, Charles alzó la cabeza y nuestras miradas se encontraron. Me replegué en la escalera y esperé. ¿Me habría reconocido?

En cuestión de segundos la puerta se abrió de par en par, y mi marido salió al rellano.

—¿Qué haces aquí? —se alarmó. Se asomó por la barandilla y examinó el hueco de la escalera por si había soldados—. ¿De dónde has sacado ese uniforme?

Pasó revista a mi ropa: la chaqueta y la gorra robadas a la soldado, los pantalones hallados en la habitación del motel y las botas, cuyos cordones me había anudado a la altura de los tobillos. Preocupado, frunció el entrecejo al reparar en el fusil que me colgaba del hombro.

—No me imaginaba que estuvieras en el Palace —reconocí—. Pero veo que te encuentras bien; me inquietaba que te hubiesen castigado por lo que hiciste.

—Los convencí de que me dejaran libre —replicó—. Expliqué que eres mi esposa, que estaba atemorizado y que desconocía lo que habías hecho. Al fin y al cabo, es verdad, ¿no?

—Debo encontrar a mi padre.

Charles atisbó por la mirilla de la puerta y ambos retrocedimos para quedar fuera del alcance de la vista de quienes pasasen por el pasillo.

—No puedes hacerlo —opinó—. Te están buscando. Hace una semana que han enviado patrullas al Valle de la Muerte. No deberías estar aquí, sino escondida, sobre todo en este preciso momento.

—No estoy dispuesta a pasarme la vida esperando a que venga a buscarme. Ya lo has visto, Charles…, has visto con tus propios ojos de qué es capaz. ¿Cuántos años o décadas más seguiremos así?

Deambuló de una punta a la otra del rellano. A la luz del fluorescente, se le veía la piel transparente y cenicienta, y me pareció que estaba indescriptiblemente agotado.

—No tengo más tiempo —supliqué—. Por favor.

Respiró hondo y, mirando hacia arriba, indicó:

—Está en su despacho. Se supone que dentro de una hora tiene una reunión con el teniente.

—Necesito los códigos.

El hombre con el que estaba casada dejó escapar un suspiro agónico.

—Treinta y uno uno. Cambió el código por el de la fecha de tu cumpleaños.

Guardé silencio y me pregunté si él era consciente de la trascendencia del dato que me acababa de proporcionar. Mientras estuve en el colegio no supe cuál era el día de mi nacimiento. Caleb y yo habíamos decidido que sería el veintiocho de agosto; esa fecha se grabó en mi mente mientras estaba en Califia. Enterarme entonces sirvió de recordatorio de la información de la que mi padre disponía: era la única persona que conocía esos detalles sobre mí.

—No te comprometeré —lo tranquilicé.

Me despedí con una inclinación de cabeza y di media vuelta para marcharme.

Apenas había pisado el segundo escalón cuando Charles me

195

cogió de la mano y me atrajo hacia él; me abrazó y me estrechó contra su pecho, mejilla contra mejilla. Me retuvo unos segundos mientras me acariciaba la nuca.

—Ponte a salvo, ¿de acuerdo?

Me aferró la mano y la apretó por última vez. En ese instante me entraron ganas de reír.

—Me cuidaré, lo prometo. No sufras por mí.

Obviamente, era una mentira, pero el cambio que se produjo en su rostro y su ternura me produjeron un ligerísimo alivio. Tal vez no me pasaría nada malo. Cabía la posibilidad de que dentro de una hora todo hubiera terminado, y yo estuviese de nuevo en Afueras, atravesando otra vez los túneles.

Subí dos pisos más e intenté pensar únicamente en el tema que me interesaba. Inspiré muy profundamente con el deseo de aquietar los latidos de mi corazón. Por fin, pulsé el código en el teclado y entré. Cuando comencé a recorrer el pasillo que conducía al despacho de mi padre, me crucé con un soldado. Permanecí cabizbaja y, tapándome la cara con la visera de la gorra, levanté la mano a modo de rápido saludo; el hombre pasó de largo, con la vista fija en una habitación del otro extremo del pasillo.

Del primero al último de mis músculos estaban en tensión mientras me acercaba al despacho. Casi nunca lo había visitado allí, salvo en las contadas ocasiones en que me habían llamado para interrogarme. Desde fuera no percibí sonido alguno. Después de reparar en las gruesas cortinas que colgaban junto a la puerta, llamé, dando unos golpecitos, y me escondí rápidamente tras ellas.

Aunque me esforcé por respirar lentamente, seguí notando los latidos de mi corazón en los oídos, así como las manos frías y húmedas. Saqué la pistola que llevaba en el bolsillo de los pantalones y, tratando de dominarme, aceché el filo de la puerta y esperé a que se abriese. Enseguida sonó el suave chasquido del cerrojo, alguien accionó el picaporte y mi padre se asomó.

Saliendo de detrás de las cortinas, sujeté la puerta con una mano para mantenerla abierta.

—Entra —dije sin dejar de apuntarle con la pistola—. Si llamas a alguien, no tendré más remedio que dispararte.

Él permaneció impasible, pero su mirada se cruzó con la mía cuando retrocedió y se internó en el despacho. Yo también entré, cerré la puerta y eché el cerrojo.

—No serás capaz de matarme —murmuró, cruzándose de brazos, ceñudo.

Parecía más delgado y tenía mala cara. Era como si las semanas transcurridas desde mi fuga no hubieran existido, como si continuase como estaba la última vez que lo había visto y no se hubiera recuperado del intento de envenenamiento.

—Yo no estaría tan segura —repliqué sin dejar de apuntarle, aunque parpadeé para librarme de las lágrimas que, repentinamente, me nublaron la visión.

—Si estuvieras dispuesta a hacerlo, ya me habrías liquidado. Lo que realmente importa son las razones por las que has regresado. ¿Piensas soltarme otra perorata, o es que pretendes convencerme de que las decisiones que tomé, las mismas que han permitido que todos estén a salvo, fueron erróneas?

—No se realizarán más ejecuciones en la ciudad —declaré lentamente—. Hoy mismo abandonarás el poder y me entregarás el control provisional de la ciudad mientras tiene lugar la transición.

197

Se puso rojo como un pimiento, se le destacaron las venas del rostro y entrelazó firmemente las manos.

—Genevieve, ¿de qué transiciones estás hablando? Puesto que pareces saberlo todo, ¿qué transición se llevará a cabo en la ciudad? ¿Será el paso al desgobierno, como el que se produjo después de la epidemia, o al de los disturbios? Antes de mi llegada, los ciudadanos no podían coger agua sin que los cosieran a balazos. ¿Es a esa situación a la que quieres que vuelva la ciudad?

—Baja la voz.

—Si pretendes saber cuál es la otra cara de esta revuelta, adelante —declaró alzando las manos—. Te diré que se acercan unas tinieblas que ni siquiera puedes imaginar.

Muy quieto, no me quitaba ojo de encima, como si me suplicara que le disparase. Pero entonces, se dio media vuelta y se dirigió hacia la mesa de trabajo; yo tardé una fracción de segundo en reparar en su veloz juego de manos al meterse una mano en el bolsillo interior de la chaqueta: alzó un brazo, el arma quedó a la vista y fue patente su total concentración. Disparé una sola vez, y el sonido me sobresaltó. Él retrocedió y cayó de lado sobre el escritorio; la pistola rebotó en el suelo.

Me acerqué y pegué una patada al arma para alejarla. Respirando agitadamente, me quedé junto a mi padre mientras veía cómo adoptaba una extraña expresión y se retorcía de dolor. Se llevó una mano al pecho e intentó taponarse la herida que tenía a la derecha del corazón. Lo sostuve cuando se desplomó y lo ayudé a tenderse en el suelo. La sangre brotó muy deprisa, empapándole la chaqueta; la tela estaba rasgada en la zona por la que había penetrado el proyectil. Me arrodillé a su lado, casi esperando a que me apartase, pero permanecimos juntos y me apretó una mano a medida que empalidecía. Luego cerró los ojos. Su respiración se fue ralentizando hasta detenerse, y volví a quedarme sola y en silencio.

Veintinueve

Todo había terminado. Era lo que yo quería, ¿no? La noticia de la muerte del rey no tardaría en propagarse a través de la ruta y, por fin, arribaría el ejército procedente de las colonias. La ciudad viviría el proceso de transición hacia el nuevo poder. Se suponía que ahora las cosas irían mejor.

Le sostuve una mano y reparé en su frialdad y en el modo en que la sangre manaba, empapándole la chaqueta e impregnando la gruesa moqueta. Encorvado desgarbadamente y con el mentón pegado al pecho, había caído contra la parte frontal del escritorio. Sin embargo, no me consoló verificar que había muerto y solo pensé en aquella foto, la foto arrugada, la misma que llevaba en la mano el día en que nos conocimos. Esa fotografía había desaparecido de mi dormitorio la primera semana de mi estancia en el Palace; Beatrice la había buscado durante horas. En ella, se le veía muy contento y pendiente de mi madre, mirando cómo el oscuro flequillo le caía sobre los ojos. En esa foto, mi padre parecía feliz.

Le desabroché el botón superior de la chaqueta y, por primera vez, reparé en la pistolera colgada del hombro, la funda de piel en la que ocultaba el arma. No quería mirar, pero no me quedó otra opción. Palpé el bolsillo interior y topé con el cuadrado de papel grueso adherido al forro de seda: seguía allí. Mi padre todavía llevaba encima la foto; la había metido en el bolsillo izquierdo de la chaqueta, justo encima del corazón.

Inspiré, y la profunda sensación de ahogo me abrumó tan rápido que no pude preverla. En esa fotografía aparecían retratados mis padres un año antes de que se iniciara la epidemia;

estaban juntos, eternamente unidos en el tiempo. Me la metí debajo de la blusa y la presioné contra la camiseta para no perderla. Pensé que él había dicho la verdad y tuve que hacer un gran esfuerzo para contener el llanto. Era verdad que la amaba; en ese aspecto no había mentido.

La ciudad se mantenía en silencio y tranquila. Sabía que debía irme, pero fui incapaz de dar un paso. En cambio, estreché la mano de mi padre y no se la solté. Me sorprendí cuando llamaron a la puerta y solo entonces me conciencié de dónde estaba y de lo que había hecho.

Alguien accionó el picaporte, y la puerta se cerró produciendo un chasquido. Después de una breve pausa, una voz masculina llamó desde el pasillo:

—Señor…

Me incorporé tan rápido como pude y di un vistazo al impresionante escritorio de madera maciza, a las cortinas que enmarcaban los ventanales y a los armarios de la pared de enfrente en busca de un sitio donde esconderme. El soldado pulsó el código en el teclado contiguo a la puerta, y el picaporte volvió a girar. Apenas me dio tiempo de meterme detrás del escritorio y acurrucarme debajo de este antes de que se abriese la puerta.

El soldado se quedó tan quieto que hasta oía sus inspiraciones y exhalaciones. Le costó tanto reaccionar que, para no perder la calma, comencé a contarlas.

—¡Jones! —gritó al fin pasillo abajo—. ¡Venga inmediatamente! —Hasta mí llegó el ruido de las pisadas y un suave susurro cuando el militar se inclinó al otro lado del escritorio, a pocos centímetros de mí—: Señor, ¿me oye?

—¿Qué ocurre? —preguntó Jones desde el pasillo.

—Alerte al teniente Stark. Han disparado al rey.

No aparté la mano de la pistola. Como existía un hueco de tres centímetros entre la parte inferior del escritorio y la moqueta, seguí la sombra que proyectaba el soldado a medida que rodeaba el mueble. Se detuvo delante de mí, y sus pies quedaron a pocos centímetros de los míos; aprecié el arañazo que se había hecho en la puntera de la bota derecha y cómo se le había enredado el bajo del pantalón en los cordones de color negro. Dio golpecitos espasmódicamente con un pie mientras hojeaba los papeles que había sobre la mesa. Me quedé inmóvil donde estaba y contuve el aliento en un intento de no emitir el menor ruido. El soldado terminó de rodear el escritorio y se acercó a la ventana.

Solo disponía de unos minutos para no quedar atrapada en el despacho, pues en cuanto se personase, el teniente se encargaría de acordonarlo y registrarlo. Tenía que irme sin más dilación.

Me asomé por el borde del escritorio y comprobé que la puerta estaba abierta. El otro soldado se encontraba en el extremo del pasillo, hablando rápidamente por la radio que sostenía en la mano; recorrió varias veces la reducida anchura del pasillo y luego torció a la izquierda y desapareció. Salí de debajo del escritorio, me pegué a uno de sus lados y me esforcé por no hacer ruido. El soldado que estaba en el despacho seguía delante de los ventanales, y me llegaron las interferencias de la radio que llevaba a la cintura.

Mis palpitaciones se calmaron un poco. Demostré una gran flexibilidad cuando salté y crucé a la carrera la puerta abierta. El soldado tardó unos segundos en procesar lo ocurrido. No cesé de correr, impulsándome con los brazos a toda velocidad, y di grandes zancadas hacia al final del pasillo. El soldado llegó a la puerta del despacho en el mismo momento en que yo giraba y disparó dos veces, pero las balas se empotraron en la pared situada detrás de mí.

201

Continué corriendo hacia la escalera más cercana y pulsé rápidamente el código en el teclado. Cuando el soldado llegó al fondo del pasillo, yo ya estaba en la escalera y bajaba los peldaños de tres en tres. Seguí descendiendo en espiral, aferrada a la fría barandilla para que me ayudara a bajar más deprisa. Había bajado cuatro tramos cuando oí el chasquido metálico del cerrojo y una puerta que se abría en lo alto de la escalera. Sonó un disparo, y la bala arrancó un trozo de cemento del borde del escalón. No me detuve, sino que me pegué a la pared, lejos del hueco de la escalera, e intenté mantenerme fuera del alcance de quien estuviera arriba.

Había bajado dos tramos más cuando una puerta se abrió por debajo de donde me encontraba. Al entrever el uniforme de la persona que subía la escalera corriendo, me planteé retroceder, pero la planta más próxima estaba un piso más arriba, y el soldado que me perseguía desde el despacho bajaba ya, cortándome el paso. El que ascendía me apuntó con la pistola. Ambos nos detuvimos, pero fui consciente de que me había reconocido por la ligera relajación que evidenció al identificarme. El teniente Stark subió a tal velocidad que casi no tuve tiempo de darme la vuelta. En un abrir y cerrar de ojos, se situó a mi lado y me encañonó los riñones con la pistola.

Levanté los brazos mientras el otro militar terminaba de bajar los peldaños. Estaba atrapada. El teniente me agarró una muñeca, doblándome el brazo hacia la espalda, y la ató a la otra con una brida de plástico.

—El rey está muerto —anunció el soldado, que no dejó de apuntarme hasta que Stark le ordenó que bajase el arma.

—Vuelva al despacho y custodie el cuerpo —ordenó el teniente—. Subiré en menos de una hora. No se le ocurra decirle nada a nadie sobre lo sucedido. Si le preguntan algo, ha sido una falsa alarma. Usted se ha confundido.

Mientras hablaba, me tiró del brazo y me arrastró detrás de él. Me esforcé por recuperar el equilibrio cuando comenzamos a bajar la escalera.

—¿Dónde la lleva? —quiso saber el soldado.

Al tensar las manos contra la sujeción de plástico, la sangre me palpitó.

—Al calabozo de la planta baja —replicó Stark—. Difunda el mensaje de que esta tarde, antes de la puesta del sol, se celebrará otra ejecución. Toda la ciudadanía debe congregarse ante el Palace.

El soldado se quedó atónito y, mirándome el vientre, musitó:

—Pues yo creía que...

—La princesa ha traicionado a su padre —lo interrumpió el teniente.

De nuevo me tironeó de las muñecas y me empujó hacia el pasillo en penumbra.

Treinta

*T*ía Rose caminó junto a los soldados e intentó ponerse delante de nosotros para verme mejor.

—¡No lo hagáis! —gritó a los militares, que no se inmutaron cuando lo dijo—. ¿Dónde está su padre? Quiero hablar con él. Da igual lo que haya pasado entre ellos; seguro que no desea que esto ocurra.

La pistola seguía encañonándome la cintura, espoleándome a continuar andando por el vestíbulo principal. Controlé cuanto había alrededor mediante miradas rápidas y fugaces: el rebuscado dibujo de la moqueta, las tragaperras cubiertas con sábanas, los dos soldados que montaban guardia a los lados de los ascensores dorados… Los trabajadores del Palace lloraban; algunos de ellos estaban agrupados detrás del mostrador de la recepción y me inspeccionaron cuando pasé junto a la gran fuente del centro de la entrada: se me había hinchado la cara donde el teniente me había golpeado y me ardía el pómulo. Después de ocho horas de interrogatorio habían cejado en su empeño. No habían cesado de hacerme preguntas sobre los rebeldes, sobre la zona de la muralla bajo la cual estaba el túnel y sobre el lugar del caos en el que se hallaban las chicas. Me negué a hablar, consintiendo que el teniente me pegase hasta que uno de los soldados lo detuvo.

—Actuáis sin autorización del rey. ¿Dónde está él? —insistió mi tía.

Rose aferró las puntas del chal para tratar de disimular su nerviosismo. Al mirarla, adiviné la cara que Clara ponía cuando se enfadaba y su tez se llenaba de manchas sonrosadas.

—Es él quien ha dado la orden —chilló Stark, que caminaba detrás de un grupo de soldados, y le hizo señas para que se apartase—. Genevieve es responsable del intento de asesinato de su padre.

En el Palace, tía Rose nunca me había hecho mucho caso. Por el contrario, siempre se había mostrado muy preocupada por Clara, por la ropa que se ponía, por su alimentación o por retirarle los mechones de pelo que a veces le caían sobre la cara. Jamás la había visto como ahora: prácticamente, gritaba a los soldados y pronunciaba cada palabra con furia demoledora. Lamenté no haberla tratado más ni haber intimado más con ella.

—No podéis hacerlo —insistió ella, levantando la voz.

—El soberano me ha pedido que, provisionalmente, ocupe su lugar, al menos mientras se recupera —añadió el teniente Stark.

Mi tía llamó entonces a un hombre que se encontraba ante las puertas principales, y fue corriendo a su encuentro. Charles discutía con uno de los soldados, el mismo que había estado de guardia en el calabozo la mayor parte del día; había dedicado horas en tratar de convencerlos de que suspendieran la ejecución, y exigido ver a mi padre. Desde la celda en la que me hallaba, me había enterado de todo, maravillándome del cuidado con el que mi marido se expresó para no revelar lo que sabía, aunque en ningún momento los soldados respondieron a sus preguntas y se limitaron a remitirlo al teniente.

Tía Rose hizo un comentario a Charles y me señaló cuando iban a sacarme del edificio. Entonces todo se puso en marcha a mi alrededor, pero me sentí aislada y sola. Las voces del vestíbulo principal se entremezclaron y me resultó imposible entender las palabras.

Las bridas me apretaban tanto las manos que ya no las sentía. Me habían arrebatado el cuchillo y la pistola y despojado del uniforme, de manera que vestía la misma ropa que me había puesto al marcharme de Califia; la pechera de la camisa estaba manchada de sangre. Al pasar junto a Charles, le había dedicado una ligera inclinación de cabeza, como reconocimiento de que había intentado salvarme. Pero, en el fondo, prefería que no hiciese nada más, pues temía que se comprometiera.

Era yo la que había vuelto a la ciudad para ejecutar lo que me había propuesto, y él no tenía la culpa de nada.

Las puertas se abrieron y, al salir, la luz del sol me lastimó los ojos. Me condujeron por la curva calzada de acceso, sobrepasando la larga hilera de esbeltos árboles. La tarima continuaba montada. Miré hacia la ingente cantidad de personas reunidas ante el cadalso, e intenté deducir si por ahí habría alguna salida para mí: había una valla metálica de aproximadamente un metro veinte de altura; me dije que tendría que escalarla si pretendía perderme entre la multitud. Como la calzada de acceso trazaba una curva hacia la calle, me tocaría correr unos buenos veinte metros. Por mucho que esperase hasta que estuviésemos más cerca, probablemente me disparacían sin darme tiempo a saltar la valla.

Tuve la sensación de que las piernas estaban a punto de fallarme. Los soldados me incitaron a seguir adelante y me sujetaron los brazos para que no me desplomase. En el fondo sabía que era una tontería, pero la verdad es que todavía seguía haciendo listas mentalmente: si yo moría, tendrían que comunicárselo a Arden, pues quería que supiese lo mucho que le debía por todo lo que había hecho por Pip y por Ruby; Beatrice debía saber que la había perdonado incluso antes de que me lo pidiera; además, albergaba la esperanza de que Maeve accediese a que Silas y Benny se quedaran definitivamente en Califia, puesto que conocía las razones por las que yo me había trasladado a la ciudad. Esperaba poder cumplir con todas esas cosas si existía alguna manera de regresar a Califia.

Charles descendió por la calzada de acceso; tía Rose le pisaba los talones. Él caminaba deprisa mientras nos seguía, y su presencia me llevó a sentirme menos sola. Las mejillas de mi tía estaban salpicadas de manchas negras, una mezcolanza de maquillaje y lágrimas. Recordé las palabras de Clara cuando nos dirigíamos al norte, respecto a lo preocupada que debía de estar Rose, ya que ignoraba dónde andaba su hija. Me giré hacia ellos y esperé a que mi tía levantara la cabeza.

No pronuncié más que tres palabras en voz alta para que me oyera: «Clara está viva». Me habría gustado contarle más cosas de Califia y decirle que su hija regresaría tan pronto como le fuese posible, pero un soldado me tiró del brazo y me obligó a girarme hacia la tarima.

Mientras me forzaban a acercarme a toda velocidad a los peldaños de esta, observé la torre de vigilancia de la ciudad: la luz roja del extremo superior parpadeaba sin cesar, lo que suponía una advertencia lenta y constante. Varias personas de entre la multitud también la observaban y trataban de averiguar si pasaba algo a la altura de la puerta norte. Desde lejos, llegaba el sonido ronco y persistente de voces. Un hombre se asomó por la ventana de su apartamento de un piso alto, intentando deducir de qué dirección procedía el ruido.

Nerviosos ante la pérdida de la atención de los congregados, los soldados me empujaron para que subiera los escalones de la tarima. En Afueras ocurría algo, aunque era imposible saber de qué se trataba. Me hicieron dar la vuelta e imaginé qué habían sentido Curtis y Jo ahí arriba, de cara al gentío. La gente se había sumido en un peculiar silencio. Reconocí a varios integrantes del círculo de mi padre. Por ejemplo, Amelda Wentworth, que pocos meses antes me había felicitado por mi compromiso, estaba casi en primera fila, tapándose la cara con un pañuelito.

«Haced algo —pensé al verlos rígidos y expectantes—. ¿Por qué os quedáis ahí como pasmarotes?»

Retrocedí y me aparté de los soldados y de la cuerda enrollada, pero ellos me empujaron hacia delante. Luché desesperadamente por mantenerme en pie, ya que casi no me sostenía. Por el rabillo del ojo vi al teniente Stark, que miraba hacia la puerta norte, hacia el humo negro que subía en oleadas hasta el cielo de color anaranjado. Sonó una explosión, y el estentóreo chasquido se pareció mucho al petardeo del motor de un coche.

—Acabemos con esto de una vez —ordenó el teniente a los soldados que me sujetaban; no me miró cuando lo dijo.

Resonaron más explosiones y todo el mundo gritó. Pero no se trataba de disturbios en Afueras, porque el ruido se volvió ensordecedor. La multitud salió en desbandada, dispersándose por la calle principal, y emprendió el regreso a sus apartamentos. Algunas personas echaron a correr, se abrieron paso hasta el extremo sur de la calle y se alejaron a grandes zancadas. El teniente me empujó e intentó subirme al cajón de madera de noventa centímetros de ancho. Me resistí, cargando contra él todo el peso del cuerpo y, aunque las piernas me fallaban, intenté ser tan contundente como pude.

—¡Necesito ayuda! —chilló Stark, dirigiéndose a los soldados que lo acompañaban.

Pendientes del humo que sobrepasaba el extremo norte de la muralla, estos retrocedieron. Al sonar otra explosión, se oyó un grito colectivo. La luz de lo alto de la torre de vigilancia pasó del rojo intermitente al permanente, lo que significaba que el perímetro de la muralla estaba en peligro.

—El ejército de las colonias ha llegado —anunció un joven, y echó a correr por la calle hacia el sur.

De pronto el gentío cambió de dirección, y al derribar la valla metálica que lo separaba de la tarima, provocó que muchas personas tropezaran en la acera, mientras que un grupo de mujeres se precipitaba hacia el centro comercial del Palace con la esperanza de refugiarse en él. Yo eché la cabeza hacia atrás con todas mis fuerzas y le di al teniente en la nariz; entonces me giré y le asesté una soberana patada en la entrepierna. Se retorció de dolor y, trastabillando, retrocedió. En cuanto me soltó, bajé de la tarima a la carrera y me interné entre la multitud. A los pocos metros lo perdí de vista, aunque su cara aparecía y desaparecía a medida que la gente huía en desbandada.

Con la cabeza gacha, corrí por la calle principal sorteando a los ciudadanos que se alejaban de la plataforma. Las manos se me habían entumecido, pues todavía llevaba las muñecas atadas a la espalda. Un hombre ataviado con una raída chaqueta negra chocó conmigo, y en cuanto me identificó, siguió su camino. Todos estaban profundamente interesados en ponerse a cubierto bajo techo. Los primeros indicios del ejército de las colonias fueron visibles en el extremo norte de la calle: un muro de soldados, de ropas desteñidas y cubiertas de barro. Los rebeldes llevaban un trozo de tela roja, que se veía desde lejos, atado en un brazo.

Me interné en los jardines del Venetian y zigzagueé por los callejones que había conocido cuando estuve con Caleb. Correr con las manos atadas a la espalda era más difícil y me latían las muñecas debido a que las bridas se me clavaban en la piel. Avancé deprisa, recorrí la parte trasera del edificio y pasé junto

207

a los anchos canales de color azul, en cuya cristalina superficie se reflejaba el cielo crepuscular. La gente pasaba a gran velocidad junto a las tiendas cerradas a cal y canto, se internaba por los pórticos y atravesaba los pasillos en su intento de ocultarse. Otras personas se dirigían a la entrada del complejo de apartamentos y, después de acceder, echaban el cerrojo a la puerta. Miré atrás y contemplé las arcadas de los puentes, el patio y las sillas de hierro forjado volcadas sobre el suelo de ladrillo. Por el camino había perdido de vista al teniente, pero me percaté de que un soldado se me aproximaba, sin quitarme ojo de encima, al tiempo que desenfundaba el cuchillo.

Corrí a tanta velocidad hacia uno de los pasillos descubiertos que las columnas de piedra parecían volar a derecha e izquierda. Por fin llegué a una de las entradas laterales del Venetian, pero estaba cerrada con llave y los picaportes interiores sujetos con una cadena enrollada. Rodeé el edificio y fui probando las puertas en busca de una que no tuviese el cerrojo echado. El soldado se me acercaba rápidamente, acortando distancias a medida que yo buscaba la manera de entrar en el hotel. En cuestión de segundos lo tuve a mi lado.

—Princesa... —dijo con el cuchillo en ristre. Me cogió del brazo, me dio la vuelta y cortó las bridas—. Ya está. Pensé que una pequeña ayuda no le vendría nada mal.

La circulación volvió poco a poco a mis manos y el hormigueo me espabiló. Abrí y cerré las manos intentando que entraran en calor. El soldado tendría uno o dos años más que yo, el pelo de color zanahoria muy corto y un montón de pecas en la nariz; lo reconocí como uno de los hombres que solía estar apostado en las puertas del invernadero del Palace. El muchacho, de ojos grises, me escudriñó el rostro y los brazos y, luego, el vientre: no ignoraba que estaba embarazada.

Acto seguido, giró la cabeza y ojeó a las gentes que todavía se alejaban de la calle principal. Otro soldado apareció en la zona de los canales, en un extremo del puente, y mi salvador echó a correr nuevamente, esta vez hacia el este, para distanciarse de mí. Me saludó con un gesto de cabeza antes de girar por detrás del viejo hotel.

Me dirigí lo más deprisa que pude hacia Afueras y pasé junto al monorraíl, que estaba parado en lo alto. A lo lejos, una vez sobrepasados los restantes hoteles, el terreno daba paso a espacios de arena reseca y gris. Crucé a la carrera un aparcamiento, donde había varios cadáveres tendidos en el suelo; la sangre derramada en el asfalto formaba charcos sobrecogedores. Les volví la espalda e intenté concentrarme en el almacén de tres plantas que tenía delante. Un grupo de ocho personas entraba en fila india; la última de ellas era una mujer que llevaba un abrigo roto; cuando hubo entrado, se giró para cerrar la puerta.

—¡Un momento! —grité al tiempo que daba una ojeada a la calle principal, ya que los disparos sonaban cada vez más cerca—. Supongo que puede entrar uno más, ¿verdad? —añadí, y me dispuse a franquear rápidamente la puerta.

—Ella, no —objetó el hombre, de pelo negro y alborotado, que estaba justo al lado del marco de la puerta—. Nos condenarán por tomar partido por los rebeldes.

La mujer estaba demacrada y pálida, y la piel del cuello le colgaba a causa de la edad.

—Eso ocurrirá en el caso de que los rebeldes sean vencidos —precisó la mujer—. Por si no se ha enterado, esta joven está embarazada. No podemos permitir que se quede fuera.

Me llegaron las voces de una discusión en el interior del almacén. Miré atrás y fui testigo del despliegue de los soldados de las colonias, que se repartieron por las calles. Dos de ellos corrieron como rayos hacia el norte y giraron antes de vernos en la puerta del almacén.

—Por favor… —supliqué.

La mujer ni se molestó en volver a consultar a sus compañeros. Me agarró para que entrara en el almacén a oscuras, y cerró la puerta con llave.

209

Treinta y uno

Al desaparecer el sol tras el horizonte, el cielo adquirió un tono amoratado y las estrellas asomaron en la gigantesca bóveda celeste, pero el humo que ascendía desde las murallas las ocultó. Había millares de soldados. Los camiones y los todoterrenos se encontraban en el oeste, justo a las afueras de la ciudad. Aunque no los veía con claridad debido a la creciente oscuridad, vislumbré que los rebeldes seguían bajando de la parte trasera de los vehículos y se acercaban a la destrozada puerta de la Ciudad de Arena.

Seguí aferrada al pretil de la azotea. Un puñado de mujeres apiñadas a mis espaldas miraba hacia Afueras. Puesto que el ejército de las colonias todavía no se había desplegado del todo por la zona, continuaba haciendo incursiones por las calles secundarias y llamaba a las puertas de los destartalados complejos de apartamentos; sus efectivos se abrieron paso a través de las fábricas de ropa y de los campos de cultivo del oeste. Eran millares; algunos de ellos se desplazaban en vehículos restaurados, semejantes a los todoterrenos del Gobierno, y otros lo hacían a pie. Tal como ya había visto, todos llevaban un trozo de tela roja alrededor del brazo; había quienes portaban armas de fuego y los demás, cuchillos.

Hacía, como mínimo, dos horas que estábamos en la azotea. El tiempo transcurría deprisa a medida que los rebeldes se disgregaban por el sur y aparecían a menos de un kilómetro. En una de las calles avisté a dos soldados neoamericanos que se arrodillaban, depositaban las armas en la calzada y levantaban los brazos en señal de rendición. Un rebelde se les acercó, les ató las manos a la espalda y los alineó contra la pared.

—Y eso que se supone que somos más numerosos —comentó una de las mujeres que se encontraban detrás de mí. Les sacaba una cabeza a las demás y se pellizcaba las mejillas—. Afirmaron que las colonias no disponían de los recursos necesarios para llegar hasta aquí.

—Pues nos contaron una mentira —repliqué y, prácticamente, no me volví al decírselo, porque tan solo me importaba la cantidad creciente de rebeldes que aparecían en la calle, avanzaban bajo el monorraíl y se nos aproximaban.

Siempre que había oído hablar a mi padre acerca de las colonias, recuerdo que decía a los neoamericanos lo afortunados que éramos por estar en la ciudad y por los lujos con que contábamos si nos comparábamos con los moradores del este. Describía a las dos colonias más grandes —Texas y Pensilvania—, como primitivas y carentes de electricidad y agua corriente; decía además que en ellas todavía se cometían asesinatos y se luchaba por los limitados recursos de que disponían. Tenía intención de conquistarlas y de amurallarlas a lo largo de los próximos años. Por ese motivo, no me imaginaba que esas personas que vivían tan lejos fueran más numerosas que nosotros y, de hecho, más poderosas y dotadas de mayores suministros.

Cuando acortaron distancias, pasé revista a los rebeldes en busca de los muchachos del refugio subterráneo, pues todavía pensaba que, probablemente, estarían en la ciudad. Pero esas caras me resultaron desconocidas por completo. Muchos jóvenes iban cubiertos de tierra y barro y calzaban botas rotas; algunos de ellos estaban flacos y ojerosos, y a una chica le habían colocado una tablilla en la muñeca, sujeta con una cuerda, para fijarle el hueso.

—Por fin todo ha terminado —reconoció una mujer madura que se encontraba a mi lado. Por la camisa blanca y el pantalón negro que vestía, deduje que trabajaba en una de las tiendas del centro comercial del Palace—. Se acabó.

Sonrió y casi se echó a reír cuando los soldados de las colonias se aproximaron al almacén con las armas desenfundadas. Dos de ellos alzaron la vista hacia el borde de la azotea y nos apuntaron.

—Alguien tiene que bajar a abrir —gritó un rebelde—. Los demás permaneced con las manos en alto y quedaos donde estáis, para que os veamos.

Un hombre delgado, que usaba gafas, se ofreció voluntario para franquearles la entrada, de modo que se fue y se perdió en las entrañas del almacén. Regresó al cabo de unos minutos acompañado de dos soldados. La militar rebelde, de facciones severas y muy marcadas, tenía una mejilla ensangrentada; sin dejar de apuntarnos, nos dijo:

—Solo lo preguntaremos una vez. ¿Hay aquí alguna persona vinculada al régimen?

Formamos una fila, con las manos en alto, e intenté ralentizar la respiración para dominar mi excitación. Transcurrieron unos segundos. La mujer que estaba a mi lado se mantuvo expectante, a la espera de ver si yo respondía o no. Cerré los ojos. Al fin y al cabo, era la hija del rey, un hecho ineludible.

Nadie dijo nada. El viento soplaba en la azotea, y los ojos se me anegaron de lágrimas. Conté los segundos y me alegré de que pasasen. El segundo soldado, más bajo y con las perneras rotas a la altura de las rodillas, se paseó por delante de nosotros. Nos inspeccionó el rostro y la indumentaria, y se detuvo ante la mujer que vestía el uniforme del Palace.

—¿Trabaja usted en...?

—¡Un momento! —lo interrumpió el hombre situado al final de la fila, que no cesaba de mirarme. La chaqueta de color gris que llevaba estaba raída. Me señaló con un dedo vacilante—. Es la hija del rey; habían ordenado que hoy fuese ejecutada en la ciudad.

—Porque intentó asesinar a su padre —precisó la mujer que se hallaba junto a mí, encarándose a los soldados—. No podéis castigarla. Ella no está en contra de los rebeldes, sino a su favor.

Los soldados no abrieron la boca. El más bajo, fornido y de pelo canoso me sacó de la fila. Cogió una cuerda que llevaba colgada del cinturón y me maniató, mientras la soldado me apuntaba al pecho; su expresión era serena y no revelaron la más mínima emoción.

—¿Alguien más? —preguntó despacio la soldado, que tenía un corte en el labio y la comisura hinchada—. ¿Hay alguien más del Palace?

—No deberíais castigarla —insistió la mujer que continuaba a mi lado. Bajó las manos y rompió la fila—. Por favor, dejadla en paz. Está embarazada.

El rebelde de pelo canoso me obligó a caminar y le espetó a la mujer:

—Esa decisión no le corresponde a usted.

Me condujo hacia la salida de la azotea, escoltados por la soldado. Los demás ciudadanos continuaron donde estaban, atentos a lo que pasaba y con los brazos en alto, cuando me obligaron a bajar la escalera.

En cuanto estuvimos a solas, las palabras me brotaron de los labios. Procuré disimular mi desesperación mientras descendíamos; tuve la sensación de que mis pies volaban sobre los peldaños metálicos.

—Yo trabajaba con Moss. —Apenas les adivinaba la cara en la penumbra—. Ocupaba un cargo en el Palace y colaboré con él en la conspiración para asesinar al rey.

El soldado fornido volvió a enrollarse la cuerda alrededor de la mano, y cuando hice ese comentario, ni se dignó a mirarme. Atravesamos el almacén, cuyo interior húmedo y tenebroso estaba lleno de muebles a medio construir: tocadores, mesas y sillas. Al salir a la calle, volví a sentir un fusil clavado en la zona lumbar.

—Jamás he oído hablar de ese tal Moss —dijo la soldado.

—Reginald —aclaré—; en la ciudad se hacía llamar Reginald. Trabajaba como jefe de Prensa de mi padre.

Más adelante detectamos un incendio que arrojaba un extraño resplandor sobre los edificios. El soldado fornido me obligó a caminar y la cuerda me dañó las muñecas.

—Entonces, reconoce que el rey es su padre —planteó el hombre.

La soldado meneó la cabeza; lucía delgadas rastas, cuyas puntas estaban llenas de barro.

—Pertenezco a la ruta —añadí—. Preguntad a las mujeres de Califia…, contactad con Maeve, que lo sabe perfectamente.

Seguimos caminando, pero la expresión de mis captores era igualmente impávida cuando nos cruzamos con hileras de ciudadanos. Algunos de estos se apelotonaban a las puertas de los complejos de apartamentos mientras los rebeldes los interro-

213

gaban. En el aparcamiento de un supermercado abandonado, había una fila de soldados neoamericanos con las manos atadas a la espalda y las armas apiladas en el suelo.

Intenté hacer caso omiso del soterrado y persistente temor que se había apoderado de mí. ¿Sería posible que todo terminase allí y de esa manera?

—Fui yo quien lo mató. No se trató de un intento de asesinato. Pronto lo sabréis. El rey está muerto.

Tampoco respondieron. Estábamos a punto de llegar a la calle principal. Había un grupo de rebeldes delante de los apartamentos Mirage, cuya fachada de cristal permanecía a oscuras. Estaban atentos a la mujer que lanzaba órdenes a gritos y que señaló en varias direcciones, diciendo:

—Necesitamos más efectivos en el extremo sur de la ciudad.

Ella me daba la espalda; el negro cabello, aunque corto, se le rizaba en la nuca. La reconocí antes de que se girase y mostrara el mismo perfil que había visto centenares de veces. Sonreí a pesar de la cuerda que me maniataba y de los sonidos de disparos procedentes del norte, de la zona cercana a la muralla.

—¡Estás viva! —grité—. ¿Eres la cabecilla de los rebeldes?

Arden se dio la vuelta. El cabello le había crecido y la melena le enmarcaba el rostro. Sin embargo, con aquella ropa embarrada que vestía y el brazalete rojo en el bíceps, se parecía a los demás soldados; el fusil le colgaba a la espalda. Alzó una mano, y las tropas que la rodeaban guardaron silencio a la espera de que les diera nuevas instrucciones.

Se me acercó y me dio un abrazo inmenso. Mi angustia desapareció y me derrumbé sobre ella. Le apoyé la cara en el cuello y me permití llorar por primera vez en muchos días. El sentimiento fue tan intenso que me pareció que me ahogaba. Me aferré a los costados de Arden y no la solté, como si fuera la última persona que quedara sobre la faz de la Tierra.

Treinta y dos

—Ya han avistado los primeros camiones —dijo Arden—. Las muchachas de los colegios tardarán menos de una hora en llegar a la ciudad.

Se quitó los zapatos y se sentó en el borde de mi cama, con los pies bajo el trasero; vestía un jersey de punto negro y falda morada y se había peinado la melenita hacia atrás. Después de tantos meses compartidos en el caos y de verla con prendas sucias y manchadas de barro, su aspecto me resultó extraño. Pero se la veía completamente a sus anchas en la ciudad, segura de sí misma en su forma de actuar.

—Iré contigo a recibirlas —afirmé—. Hemos llamado a los trabajadores de los centros de adopción para que nos presten ayuda, y ellos han trasladado las provisiones a las plantas inferiores de los apartamentos Mandalay. Espero que dentro de unas semanas, en cuanto la situación se estabilice, las chicas se atrevan a salir y a recorrer la ciudad.

—Eso espero —repitió.

Me miró a los ojos antes de desviar la vista; no hizo falta que explicase lo que quería decir. Habían transcurrido tres semanas desde la toma del poder por parte de las colonias, y continuaba el proceso de transición en la ciudad. ¿Hasta cuándo durarían los estallidos repentinos que se producían en la calle principal? Una facción de soldados neoamericanos se había indignado porque los rebeldes habían asumido el control del ejército y relajado las medidas de seguridad en las murallas. El teniente Stark había huido en las horas posteriores a la invasión y abandonado a sus efectivos. Cuando imaginé la vida en la ciudad sin mi padre y con los rebeldes al mando del Palace, no pensé que yo seguiría estando en peligro. Incluso en ese momento, en que Arden y yo estábamos resguardadas en la torre del Cosmopolitan, a varias manzanas de distancia, los soldados me escoltaban dondequiera que fuese. Y por la noche, montaban guardia a las puertas de nuestras habitaciones a fin de prevenir cualquier tentativa de asesinato.

—Ojalá las elecciones se celebren lo antes posible —opiné—. En cuanto tenga lugar la transición formal del poder y en cuanto haya un dirigente...

—Un presidente —me corrigió Arden, y estuvo a punto de sonreír—, el primero en casi diecisiete años.

—Tal vez tú misma —aventuré.

Ella se puso de pie, casi sin hacer caso de mi comentario. Varios cabecillas del este habían llegado a la conclusión de que lo mejor era aunar los recursos de las ciudades y convertirlas en tres asentamientos autónomos bajo un gobierno unificado. Decían que la pareja que había dirigido la colonia más septentrional se presentaría a las elecciones, aunque también corrían rumores de que Arden entraría en liza. Era una de los tres rebeldes del oeste que habían convencido a las colonias de que avanzasen sobre la Ciudad de Arena tras el fracaso del asedio. Cada vez que pensaba en que ella había abandonado a los muchachos y cabalgado rumbo al este, más convencida estaba de que merecía un cargo permanente en el Palace (el «palacio», un término que usábamos cada vez menos).

—También habrá un lugar para ti —especificó Arden—. Y para Charles, pues su intervención ha sido de gran valor a la hora de permitirnos acceder a los archivos de tu padre. Según los rebeldes, nada podía contribuir más a la transición.

En los días posteriores a la toma del poder por los insurrectos, me había tocado prestar declaración y ofrecí una explicación detallada de los acontecimientos que dieron como resultado la muerte de mi padre, incluidas las jornadas que pasé en el caos. Hice una relación pormenorizada de la muerte de Moss, a pesar de que aún no se había recuperado su cuerpo. Los rebeldes suponían que lo habían enterrado en una de las fosas comunes que cavaron cerca del extremo sur de la muralla. Aunque la cifra exacta jamás se confirmó, sospechábamos que varios miles de personas habían perdido la vida durante el asedio inicial y los consecuentes estallidos de violencia que desencadenó.

Mientras Arden se dirigía a la puerta, me puse de pie, pero al experimentar un movimiento repentino en la barriga, me quedé paralizada. Me toqué el vientre, tan abultado que ya no podía esconderlo bajo la camisa.

—¿Qué te pasa? —me preguntó, acortando distancias rápidamente.

Puse la mano en la zona donde se había producido la alteración y esperé a que ese breve y repentino movimiento se repitiese. Antes había sufrido una extraña sensación de aleteo, pero se me había pasado enseguida.

—Creo que la niña se ha movido.

Fue una tensión sutil, casi como un espasmo muscular, tan fugaz que deduje que eran imaginaciones mías.

Arden permaneció a mi lado, inmóvil, con las manos extendidas pero sin tocarme. Pareció dudar mientras estuvo pendiente de mí. Mantuve la mano debajo del ombligo y volví a advertir esa tensión. Me eché a reír, y el sonido me resultó tan extraño que me sobresalté.

—Eve… —musitó Arden, y esta vez puso su mano sobre la mía. La forma de estrechármela y su expresión lo decían todo. Desde que le había contado la desgracia de Pip, se había preocupado cada vez más por mí y no había cesado de vigilarme a partir de las semanas siguientes a su llegada—. ¿Te encuentras bien?

Di una ojeada alrededor como si viera esa habitación por primera vez: la cama que solo ocupaba yo y la camiseta de Caleb doblada bajo la almohada; la puerta que no tenía teclado, código ni cerrojo que me impidieran salir… Hasta la ciudad me parecía distinta y, tras la ventana de cristal laminado, el cielo era de un azul límpido.

—Estoy muy bien —repuse y, retirando la mano de la tripa, sentí que estaba diciendo la verdad—. Las dos estamos bien.

Más chicas se apearon de los camiones y formaron una larga hilera; llevaban las mochilas sobre el pecho y algunas se cogían de las manos. Era la segunda tanda de refugiadas de los colegios; llegaban, prácticamente, doce horas después de la primera.

—En fila, por favor —solicitó una de las voluntarias, que estaba en la entrada principal de los apartamentos Mandalay, dándoles instrucciones. Medio atontada, deambulé por el vestíbulo vacío. Era casi la una de la madrugada, y no había pegado ojo desde la noche anterior.

—¿De dónde vienen? —preguntó otra voluntaria, aproximándose.

Por el vestido azul que llevaba, constaté que era una de las trabajadoras de los centros de adopción.

—De un colegio del norte de California —repuse—. En total son treinta y tres.

Parecía que la voluntaria esperaba más explicaciones, pero mi pensamiento ya se había centrado en Clara y Beatrice. Confiaba en que arribasen y me habría ilusionado que formaran parte de ese grupo. Desde Califia habían informado de que varias mujeres regresarían a la ciudad en cuanto se hubiesen trasladado a uno de los colegios liberados. Habían enviado camiones a recogerlas, lo mismo que a Benny y Silas. Seguramente, les quedaban pocas horas de camino.

Estaba a punto de marcharme, pero la mujer seguía allí sin dejar de mirarme.

—Lo siento, pero estoy un poco distraída —me disculpé.

—¿Has dicho que buscabas a unos chicos de la zona del lago Tahoe? —preguntó, enternecida—. Me he enterado de que acaban de traer a otro grupo de sobrevivientes; los han instalado en el hotel MGM.

Recorrí el vestíbulo con la mirada e intenté orientarme en medio de esa vorágine. Suponíamos que los muchachos del refugio no habían salido indemnes de los primeros embates del asedio. Ningún médico había comunicado que hubiera supervivientes de esa zona, y Arden en persona había pasado revista a los heridos. De todas maneras, me encaminé hacia la puerta, ya que prefería corroborarlo personalmente.

Dos soldados me siguieron y murmuraron algo que no conseguí oír. Me interné en la noche. Una vez desaparecido el humo, las estrellas se veían más rutilantes que en las últimas semanas.

Cada vez que los camiones pasaban y retiraban los cadáveres que todavía quedaban en las calles, pensaba en Kevin, Aaron, Michael y Leif... ¿Cuánto tiempo habían estado intramuros? ¿Cuánto tiempo habían combatido? Hacía más de un mes que Arden los había dejado a ochenta kilómetros de la ciudad, para que prosiguieran la marcha hasta las puertas de la muralla.

Los soldados me alcanzaron y me flanquearon, sin soltar las pistolas. El olor a sangre predominaba en el ambiente del MGM, convertido en hospital de campaña. El vestíbulo estaba lleno de catres, colchones y de cuanto encontraron que sirviera para depositar a los heridos. Pasé entre los lechos, mirando cada cama en busca de rostros conocidos.

A un hombre le habían puesto un apósito en una mejilla, pero igualmente la tenía ensangrentada; además, había perdido parte de una oreja. A otro herido le faltaba un brazo, probablemente arrancado al estallarle una granada en la mano. Por todas partes había seres que sufrían, algunos de los cuales solo contaban catorce años. Seguí andando lo más rápida y metódicamente que pude, pero no hallé a ninguno de los chicos del refugio subterráneo.

—Señorita, ¿se encuentra bien? —preguntó un cuidador—. Parece perdida.

—Busco supervivientes del norte, integrantes de un grupo de rebeldes del lago Tahoe.

Observando los lechos, el hombre dijo:

—Solo he oído hablar de uno.

Al otro lado del vestíbulo, un médico atendía a un herido al que le habían puesto gruesos vendajes blancos sobre el ojo derecho. El cuidador me lo señaló como si fuese el más indicado para que le preguntara por esas personas. El doctor era un cincuentón de cabello semicanoso que vestía camisa blanca y pantalón negro.

Mientras me acercaba, cogió unos papeles de debajo del catre y apuntó algo en los márgenes.

—Me han dicho que usted puede ayudarme. Busco supervivientes de un grupo de rebeldes que habitaban cerca del lago Tahoe —repetí.

El médico asintió, sorteó las camas y ni se molestó en decirme que lo siguiera.

—Hace tiempo que ese joven está bajo mis cuidados. Los hombres del rey me ordenaron que no le aplicara ningún tratamiento y que lo dejara morir, pero ha resistido, y en los últimos meses, me he encargado de su restablecimiento. Sin embargo, no ha recuperado el movimiento de las piernas. Está en una de las habitaciones.

—¿Cómo se llama? —pregunté con la esperanza de que, si conseguía identificar a Aaron o a Kevin, también pudiese encontrar a los demás.

—Caleb Young.

—¿Dónde, dónde está? —inquirí, a punto de echar a correr sin esperarlo.

—En la habitación del final del pasillo. Está con tres heridos más. —Extrañado, preguntó a un soldado—: ¿Quién es esta joven?

No volví la vista atrás; solo miraba hacia delante pero, posando una mano en la suave redondez de mi vientre, respondí:

—Soy su mujer.

Agradecimientos

*E*sta trilogía no habría sido posible sin el apoyo de varias personas. Quiero transmitir un gran abrazo y mi agradecimiento a Josh Bank, por ese giro que lo cambió todo; a Sara Shandler, hada madrina de la edición, que realmente consigue que los sueños se hagan realidad; a Joelle Hobeika, editora, confidente y compañera de almuerzos y caminatas, por sus agudas cartas con correcciones, por salvar los momentos difíciles y por conocer la trilogía del derecho y del revés; a Farrin Jacobs, por su confianza y apoyo constantes, y a Sarah Landis, por su inagotable comprensión. Mi gratitud infinita por defender *Eve* contra viento y marea.

Al equipo de *Eve* al completo, que ha apoyado estos libros con afecto y cuidado; a los publicistas de HarperCollins, a Marisa Russell y a Hallie Patterson por convertir en un gran éxito la gira Spring into the Future; a Deb Shapiro, por sus dardos y por mucho más, y a Christina Colangelo, por mis días oscuros. Mi enorme agradecimiento a Kristin Marang, por esas delirantes semanas de blogueo maratoniano, y a Heather Schroder, de ICM, por quedarse hasta las tantas para terminar *Una vez*. Vuestro entusiasmo ha sido fundamental para mí.

A tantos amigos de muchas ciudades por vuestro afecto y apoyo ilimitados. Mi agradecimiento específico a aquellos amigos y familiares que han leído de la primera a la última página: Eve Carey, Christine Imbrogno, Helen Carey, Susan Smoter, Cindy Meyers, Ali Mountford, Anna Gilbert, Lauren Weisman y Lauren Morphew. Un cariño inmenso para mi hermano Kevin, asesor médico oficial y publicista oficioso. Me costaría

mucho encontrar a otro hombre de treinta y un años tan entu-
siasmado con esta trilogía. A mi afable y democrático padre,
Tom, por involucrarme únicamente en las mejores cosas; te
agradezco que no te hayas tomado este libro a pecho. Y a mi
madre, Elaine, por creer en lo que no se ve. Vuestra confianza
me ha permitido salir airosa. Os quiero, os quiero, os quiero.

Este libro utiliza el tipo Aldus, que toma su nombre
del vanguardista impresor del Renacimiento
italiano, Aldus Manutius. Hermann Zapf
diseñó el tipo Aldus para la imprenta
Stempel en 1954, como una réplica
más ligera y elegante del
popular tipo
Palatino

Un mundo nuevo se acabó de imprimir
en un día de invierno de 2014,
en los talleres gráficos de Egedsa
Roís de Corella 12-16, nave 1
Sabadell
(Barcelona)